David Zurdo
Ángel Gutiérrez

W0182781

El último secreto de Da Vinci

Síndonem

El enigma de la Sábana Santa

hermética

Si usted desea que le mantengamos informado de nuestras publicaciones, sólo tiene que remitirnos su nombre y dirección, indicando qué temas le interesan, y gustosamente complaceremos su petición.

Ediciones Robinbook
información bibliográfica
Industria, 11 (Pol. Ind. Buvisa)
08329 Teià (Barcelona)
e-mail: info@robinbook.com

Visite nuestra WEB

www.robinbook.com

© David Zurdo Sáiz y Ángel Gutiérrez Tapia.

© 2004, Ediciones Robinbook, s. l., Barcelona.
Diseño sobrecubierta: Cifra, s. l.
ISBN: 84-7927-721-1.
Depósito legal: B-19.567-2004.
Impreso por Limpergraf, Mogoda 29-31 (Can Salvatella), 08210 Barberà del Vallès.

Quedan rigurosamente prohibidas, sin la autorización escrita de los titulares del copyright, bajo las sanciones establecidas en las leyes, la reproducción total o parcial de esta obra por cualquier medio o procedimiento, comprendidos la reprografía y el tratamiento informático, y la distribución de ejemplares de la misma mediante alquiler o préstamo públicos.

Impreso en España - *Printed in Spain*

Al hombre de la Síndone

Non nobis, Domine, sed
Nomini tuo da Gloriam

Inscripción en el estandarte
de los templarios

A finales del siglo XIX, bajo el Pont au Change de París, en el lecho del Sena, fue hallado un misterioso medallón de plomo. En él estaban grabados los escudos de las casas de Charny y de Vergy, y, entre ellos, la imagen del Santo Sudario de Cristo.

El medallón fue estudiado por un profesor de la Universidad de La Sorbona. Allí, oculto en su interior, encapsulado en el metal, descubrió un enigmático mensaje templario.

En la actualidad se muestra una copia del medallón a los visitantes del Museo de Cluny.

Primera parte

1

1502, Florencia. Roma

La luz diáfana de la mañana hacía refulgir el agua de la fuente situada en el centro de la *Piazza della Signoria*, en Florencia; esa misma plaza que, algunos años atrás, había presenciado la quema en la hoguera del iluminado Savonarola, y que albergaría orgullosa, poco después, el colosal *David* de Miguel Ángel. Paseando en torno a la fuente, un hombre pulcra y elegantemente vestido, con una amplia túnica rosada, parecía estar absorto en sus pensamientos, ajeno al ajetreo de la plaza, al sonido de las ruedas de los carruajes en el adoquinado, a las voces de los mercaderes y las vendedoras, al trajín de los sirvientes del *Palazzo Vecchio* y de la *Logia dell'Orcagna*. Su porte era distinguido y la abundante barba plateada que ostentaba le confería venerabilidad, aumentada por la expresión de su rostro, de extraña hermosura, su mirada profunda y su caminar majestuoso. Era el *Divino* Leonardo da Vinci, que en aquel entonces contaba cincuenta años y hacía varios meses que trabajaba, como ingeniero militar, al servicio de César Borgia.

Leonardo reflexionaba sobre un nuevo encargo de su patrón, una obra de ejecución difícil y compleja, a medio camino entre el arte y la ciencia. La confianza de Borgia en sus aptitudes estaba en un punto elevado, ya que había conseguido proyectar con éxito las defensas de las fortalezas que aquél poseía en la Romaña.

Pero esto era muy diferente, un encargo que debía mantenerse en el mayor de los secretos y que Leonardo no estaba seguro de poder cumplir.

A medida que el sol de finales de verano, esplendoroso, describía su arco sobre el horizonte, el ajetreo de la plaza iba disminuyendo. Era el mediodía, y casi todos estaban comiendo o descansando del trabajo de la mañana. Pero Leonardo seguía, imperturbable, dando tranquilas vueltas alrededor de la fuente, con la mirada lejana, sosegada, perdida en lugares muy distantes.

Súbitamente, el *Divino* alzó los ojos, muy abiertos, hacia el Astro Rey, al tiempo que sus pupilas se contraían al recibir la fúlgida luz. Deslumbrado, separó la vista bajando la cabeza, y la dejó fija en un punto cualquiera del adoquinado de la plaza. Se mantuvo quieto unos breves instantes y de pronto salió corriendo. Sus zancadas eran largas; hubo de recogerse la túnica con las manos para evitar trabarse con ella y caer. En su rostro, la expresión de un niño entusiasmado.

Atravesó la plaza, pasando ante el *Palazzo Vecchio* y dejando a un lado los amplios arcos de la *Logia*, y se dirigió a toda velocidad hacia su taller, situado muy cerca de allí. A punto estuvo de ser atropellado por un carruaje al doblar una esquina, pero eso no lo frenó. Parecía poseído, quizá por el genio creador de un artista incomparable. Y aunque Leonardo solía mostrarse tranquilo, sereno, siempre reflexivo, cuando una idea con la fuerza de un torrente lo invadía, era capaz de conducirse como un jovenzuelo ardoroso. A veces, en su trabajo, la energía parecía inundarlo, mientras que en otras ocasiones pasaba horas y horas, e incluso días, en un estado contemplativo. La inspiración era la mitad de su genio; la otra mitad, la reflexión intelectual. Por ello se había granjeado fama de artista lento y parsimonioso, como demuestran los tres años que invirtió en pintar su obra maestra, la *Santa Cena*, en una pared del refectorio de *Santa Maria delle Grazie*, en Milán.

Una semana atrás, César Borgia le había hecho acudir a Roma. Aunque Leonardo estaba a su servicio y los Borgia no eran populares en Florencia, había conseguido que se le permitiera vivir en la ciudad tan próxima a su Vinci natal. En plena noche, un emisario lo despertó con el mensaje de César: debía acompañarlo de inmediato, sin tiempo que perder en preparativos.

Leonardo tenía un espíritu afable, pero reservado e independiente, y le contrariaba sobremanera estar forzado al capricho de los distintos patrones o protectores a cuyo servicio o bajo cuyo auspicio trabajó en su vida. Y César Borgia era, además, un personaje inquietante. El halo que lo rodeaba, la fama de horrendos crímenes que tenía tras de sí, hacían estar siempre alerta a quienes lo trataban. Era difícil saber qué pasaba por su cabeza, ya que su rostro no dejaba traslucir jamás sus íntimas y verdaderas intenciones. Podía estar siendo devorado por los lobos y, aun así, sonreír y burlarse del dolor; un hombre brillante y sagaz que, no obstante, rara vez se comportaba con auténtica naturalidad, permanentemente oculto bajo la impasible máscara de la astucia y el cinismo.

Cuando Leonardo llegó a Roma, fue conducido directamente al palacio del Vaticano, residencia del Sumo Pontífice. Allí, César y su padre, Rodrigo, papa con el nombre de Alejandro VI, lo esperaban con impaciencia. Por aquel entonces, la fama de Da Vinci era ya enorme en Italia, Francia y el resto de Europa. Todos lo apreciaban como artista magistral y competente ingeniero, apartado este último de la actividad humana del que casi podría considerarse padre en un sentido moderno. Y aunque la admiración que sus contemporáneos le tributaban no hacía de él un hombre soberbio, sí favorecía que se le tratara con profundo respeto. Por ello, los Borgia se mostraban considerados y amables, exquisitos en el trato, algo que no solían practicar con la mayoría de sus servidores o patrocinados.

La excitación de los dos cabezas de la poderosa familia se debía a un hecho acaecido en los días precedentes, instigado por ellos mismos tiempo atrás, pero que obtuvo su fruto de un modo repentino e inesperado. César había conocido, en libros y legajos que se atesoraban en la Biblioteca Vaticana, leyendas que relataban los poderes de la mítica Sábana con la impronta de Jesús, la Sábana en la que el humilde galileo fue amortajado tras morir en la cruz.

y en la que estuvo envuelto, según las Escrituras, dos noches y un día antes de su resurrección. Desde mediados del siglo XV, dicho sudario se encontraba en posesión de una de las dinastías italianas más poderosas, los Saboya, que lo habían recibido como legado de sus anteriores custodios, los franceses Charny, no sin antes producirse un buen número de disputas.

César quería tener la Sábana para sí, el emblema protector que conservaría y aumentaría su poder y quizá borraría la huella de sus atrocidades. Pero los Saboya eran sus enemigos, unos enemigos poderosos que no se dejarían arrebatar tan preciada reliquia. Sólo la refinada astucia del joven Borgia podría idear un plan para conseguirla. Y este plan resultó, en el fondo, más sencillo de lo que imaginó en un principio, ya que apelaba a uno de los aspectos más íntimos y acervos de la naturaleza humana, al más bajo instinto del hombre: la lascivia.

Los Borgia enviarían a una mujer joven, hermosa y carente de escrúpulos encargada de seducir a Carlos, el joven hijo de Filiberto, duque de Saboya; éste, engañado por la irresistible hembra y a petición suya, le mostraría la Sábana celosamente guardada, satisfaciendo en ella un deseo que debería obtener para él la ansiada recompensa de la carne. La mujer le pondría la miel en los labios, obligándole cada vez a mayores concesiones, hasta el momento en que podría sustraer la reliquia y huir de Chambéry llevándola consigo.

El plan había funcionado. Incluso antes de lo que César tenía previsto. Carlos de Saboya, todavía sólo un muchacho, sucumbió a los encantos de la pérfida agente de los Borgia. Se dejó enredar, en su ingenuidad, por las falsas palabras de amor, y permitió que el preciado Sudario fuera robado. Esto desencadenó una reacción de la familia que César tenía calculada. En primer lugar, lo mantendrían en secreto, tanto para preservar el buen nombre del chico como para evitar la hostilidad del pueblo que veneraba la reliquia, aunque le fuera mostrada en contadísimas ocasiones. Pero, además, tratarían de averiguar quién estaba detrás del robo, ya que era improbable que una sola persona urdiera la trama, consiguiera los salvoconductos falsos para penetrar en el territorio saboyano y tuviera la información necesaria y precisa para llevarla a cabo. Y era esto justamente lo que provocaba la excitación de los Borgia: necesitaban hacer deprisa una copia de la Sábana, tan exacta que nadie pudiera distinguirla; así podrían devolverla a los Saboya, aduciendo que la ladrona había sido apresada en sus territorios. Mantendrían para sí la reliquia auténtica a la par que obtendrían una ventaja diplomática.

Pero César, a pesar de no ser un experto, como hombre del Renacimiento, culto, refinado y capaz, sabía que no resultaría fácil pintar una copia idéntica de la tenue imagen del Sudario. Aquí entraba Leonardo, el más apreciado pintor de Italia, un hombre de amplio bagaje artístico y científico, maestro de la naturalidad, de la figura integrada en el entorno, del *sfumato*. Si alguien podía lograrlo, sin duda ése era él.

–Bienvenido, querido maestro –dijo el papa Alejandro cuando Da Vinci se aproximó a él y le hizo una cortés reverencia besando su anillo–. Debéis perdonar a mi hijo. Siempre es demasiado impulsivo.

–Santidad, no solicitéis disculpas de vuestro modesto servidor y explicadme, si tenéis a bien, el motivo de tanta urgencia –respondió Leonardo dulcemente pero con un punto de irritación.

César observaba a ambos algo apartado, con el ojo del ave de rapiña, escrutador, capaz de atravesar con la mirada las almas de los hombres. Por primera vez intervino, en su tono habitual, más enérgico que el de su padre, casi amenazante:

–Da Vinci, tenemos un encargo para vos. Debéis juzgarlo sin más preámbulos.

–Bien decís, señor. Es mejor ahorrar ceremonia. Mostradme, pues, de qué se trata.

–Antes de satisfacer vuestra curiosidad, decidme solamente, ¿qué sabéis del Sudario de Cristo?

Leonardo comprendió enseguida mucho más de lo que dio a entender con su respuesta. Prefirió dejarse llevar por César; no le convenía demostrar una sagacidad que sólo aquél, en su soberbia, creía poseer.

–Conozco el mito –dijo con desinterés–. Una tela que muestra la imagen de un cuerpo. Se venera como la Impronta de Cristo –notó cómo el rostro de César se encendía ligeramente, aunque éste no perdió la calma.

–¿Nada más?

–Nada... En realidad, sí. Creo que pertenece a la Casa de Saboya, ¿no es cierto? Aunque hay copias desperdigadas en toda la Cristiandad.

Esta vez, César prefirió no replicar a las palabras de Da Vinci, llenas de una insolencia lo bastante sutil como para evitar cualquier ataque abierto. Se dirigió pausadamente hacia un arca de plata, la abrió y extrajo el Sudario doblado en cuatro pliegues, modo tradicional en que se conservaba desde los tiempos legendarios de Edesa, y que recibe el nombre griego de *tetradiplon*.

Al ver el difuso rostro de Jesús, que ocupaba el centro de la división superior –el *Mandylion*–, Leonardo quedó maravillado por la tenue imagen, carente de dolor, solemne y plena de paz. Si él hubiera visto antes ese rostro, no se habría burlado ni tan siquiera como inocente juego de su intelecto. Tenía la expresión del artista que contempla una obra superior y comprende con total nitidez que lo es. Sólo fue capaz de exclamar:

–¡Oh! ¡Qué belleza tan serena!

El papa Alejandro lanzó una mirada de aquiescencia a su hijo, que éste, aún dolido por la ironía de Leonardo, le devolvió glacial. Era fácil comprender quién regía verdaderamente la familia Borgia.

–Veo que también vos compartís la admiración de todos los que la han visto –dijo César desdeñoso.

–Ahora lo comprendo, ahora lo comprendo... –Leonardo estaba absorto devorando la Impronta con la mirada.

–¿Qué es lo que comprendéis? –le preguntó entonces el papa.

–Comprendo por qué la llaman «figura no pintada por mano humana» –respondió Da Vinci aún embebido en la contemplación–. Sería imposible que un hombre la hubiera creado.

La expresión de César Borgia cambió al oír estas palabras. Su gesto, altivo y fatuo, se tornó extremadamente grave.

–Pues debe haber quien la copie –intervino irritado, casi gritando.

En la amplia estancia, ricamente decorada, se hizo el silencio. Parecía que los ángeles del fresco que adornaba el techo hubiesen hecho una pausa en su labor alegórica, observándolos desde las alturas celestiales y esperando una solución. Los grandes espejos, de áureos marcos, situados en el centro de cada pared, reflejaban impasibles a los tres hombres y creaban un ambiente onírico, irreal.

De pronto, Leonardo dijo con una infinita franqueza:

–Yo no soy el artista adecuado. No podría imitar la Sábana. Hablad con Miguel Ángel; quizá...

–¡Olvidad a Miguel Ángel! ¿Cómo me habláis de él, que tanto os desprecia? Es un hombre con talento pero totalmente irreflexivo y caprichoso –vociferó César encolerizado–. No os pago para que me digáis que no puede hacerse. No os pregunto si puede hacerse: os pregunto cuánto tardaréis.

La existencia de Leonardo da Vinci, en lo personal, se había basado en evitar a toda costa cualquier enfrentamiento. De hecho, buscaba siempre reconciliarse con todos aquellos con los que, muchas veces a causa de rivalidades excitadas por terceros, había iniciado alguna disputa o antagonismo. Incluso estaba dispuesto, cuando era necesario, a rebajarse él mismo, a asumir parte de una culpa que casi nunca tenía, pues era de naturaleza cordial y amable, en nada vanidoso o altanero. Y aunque esta actitud le había procurado algunos episodios desdichados, sobre todo con Miguel Ángel Buonarotti –a quien, en secreto, admiraba–, prefería continuar manteniendo esa postura.

–Está bien –aceptó Leonardo inclinando la cabeza–. Intentaré hacer lo que me pedís, señores. Pero no puedo prometeros nada. Y en cuanto al tiempo, al menos necesitaré un año; puede que más...

–Tendréis cuatro semanas a lo sumo –dijo César ya aparentemente calmado–. No disponemos de más tiempo.

—Sabemos que lo haréis con vuestra acostumbrada maestría —intervino el papa. Y tratando de recordar, le preguntó—: ¿Cómo era vuestra divisa, Leonardo?

—*Obstinato rigore*, santidad —respondió éste con un hilo de voz.

—Obstinado rigor de alcanzar la perfección, eso es: obstinado rigor.

2

1888, París

La noche era fría y desapacible. La Ciudad de la Luz, París, se convertía a esas horas en un manto de sombras, que la escasa iluminación de la calle apenas acertaba a penetrar. Las lámparas de gas aún no habían llegado a aquella parte de la ciudad. En el aire, un pestilente olor a moho proveniente del Sena se mezclaba con el repugnante aroma a pescado podrido de las lonjas y el de las inmundicias que se arrojaban al río. Y, por encima de todo, el hedor a cerveza rancia que emergía de las poco recomendables tabernas. Aquél era el lugar donde asesinos, borrachos y prostitutas se divertían hasta que llegaba el alba, y donde temibles personajes urdían intrigas y muertes.

Jean Garou se dirigía a su casa, al igual que todas las noches, pero más tarde de lo habitual. Regentaba una tienda de pescado, que había pertenecido a su familia durante generaciones, en la zona de los muelles: una destartalada casucha de maderas podridas que había conocido mejores tiempos. Encaminó sus pasos por el muelle, mirando en todas direcciones con recelo, y tratando de escrutar las sombras. Ya lo habían atacado en varias ocasiones; en una de ellas incluso resultó herido de gravedad. Al recordarlo, se rozó sin apenas darse cuenta la cicatriz que le atravesaba la mejilla. «Son malos tiempos para los hombres decentes», susurró. El aullido lastimero de un perro se oyó a lo lejos, como si deseara confirmar sus palabras.

Jean alzó la vista hacia el cielo. Las nubes lo cubrían en gran parte, aunque en ocasiones la Luna llena conseguía asomarse. Su luz iluminaba la catedral de *Notre Dame*, situada hacia el este, en la *Île de la Cité*, y le daba a su silueta un aspecto fantasmagórico. Había muchas leyendas que hablaban de esa catedral, antiguos mitos acerca de sociedades secretas y de poderosos caballeros. Garou se preguntaba a menudo qué habría de verdad en aquellos cuentos de brujas.

Algo ocurrió cuando la luna apareció de nuevo entre las nubes. Durante un breve instante, Jean creyó percibir un brillo tenue en el río. Se volvió hacia el borde del muelle, a la vez intrigado y temeroso. Trató de penetrar las oscuras aguas pero no consiguió ver nada. Se puso de rodillas y escrutó aún con más intensidad. Frustrado, se inclinó hasta que su nariz casi llegó a rozar la superficie del río.

–¿Dónde...?

Se oyeron unos pasos a su espalda, acompañados de unas risotadas grotescas y amenazadoras. El ruido cogió de improviso a Garou, que perdió el equilibrio y cayó al río. De repente se vio sumido en la más absoluta oscuridad. El agua helada atenazó al instante su cuerpo, mientras movía frenéticamente brazos y piernas en un vano intento por salir de nuevo a la superficie. Había algo aferrando su pierna que lo impedía. Estaba aterrorizado: tanto, que olvidó dónde se encontraba; y gritó, gritó con todas sus fuerzas. Pero sólo pudo oír un sonido amortiguado y extraño. El agua fétida entró en sus pulmones a través de la nariz y la boca. Se estaba ahogando y, aun así, sintió náuseas. Estaba perdiendo el conocimiento, notaba cómo su conciencia se disolvía en la misma agua que lo estaba matando. Miró por última vez al cielo. La luna apareció entre las nubes, rodeada de un halo verdoso, distorsionada... y entonces lo vio. Se encontraba justo delante de él. Con las pocas fuerzas que le quedaban extendió el brazo lentamente. Sintió su tacto frío en las yemas de los dedos y un escalofrío recorrió su cuerpo cuando, por fin, lo tuvo en su mano. Entonces quedó liberado. Fuera lo que fuese lo que agarraba su pierna, simplemente lo soltó.

Cuando logró salir a la superficie, aspiró el aire con tanta fuerza que se hizo daño en el pecho. A duras penas, volvió a la seguridad del muelle, donde permaneció inmóvil durante un tiempo, vomitando agua y tratando de recuperar el aliento.

3

1502, Florencia

El taller de Leonardo da Vinci estaba situado en el centro de la vida florentina. Era un lugar en que se discutían los principios del arte entre el ruido de los cinceles; un lugar en que los discípulos hacían labores domésticas además de artísticas, y creaban un ambiente tan renacentista como el propio *Duomo* de Brunelleschi.

Leonardo llegó excitado y jadeante por la carrera. Al entrar, únicamente Salai, su discípulo predilecto –aunque no por su habilidad–, estaba trabajando. Modelaba, como parte de su aprendizaje, una reproducción poco afortunada del caballo que su maestro había diseñado para la estatua ecuestre de Francesco Sforza, duque de Milán, que nunca llegó a fundirse en realidad, y en la que sin embargo el *Divino* continuaba haciendo modificaciones desde hacía años.

–¡Lo tengo! ¡Lo tengo! ¡Seré estúpido...!

–Maestro –exclamó Salai sobresaltado al oír los gritos–. ¿Qué os sucede?

–Deja lo que estás haciendo, querido, tenemos trabajo.

Tras su entrevista con Rodrigo y César Borgia, Leonardo había caído en un estado de postración. Cuatro semanas eran un período demasiado breve para realizar la copia. Y esto aún si fuera un cuadro de otro artista o una figura natural. Pero aquella sábana no la había pintado mano humana. Este hecho martilleaba su cabeza, haciéndose obsesivo. Tendría que analizarla profundamente, decidir la técnica que debía emplear, el soporte, los pigmentos... Era necesario que se sobrepusiera: el más difícil encargo de su vida sería también el mayor reto.

Cuando examinó cuidadosamente el Lienzo, comprobó que se trataba de lino, tejido según un modo específico que se conoce como «espina de pescado». Esta técnica le da gran belleza a la tela, aunque puede hacerla menos resistente si no se domina a la perfección. Así que, por lo pronto, Leonardo mandó confeccionar una tela similar a un taller de la ciudad, muy afamado, propiedad de la familia Scevola, que llevaba más de un siglo produciendo los más finos géneros de Florencia y toda la Toscana.

Bajo la atenta mirada de Leonardo, la Impronta se reveló como una alteración del propio tejido, una marca en el lino debida a un proceso de degradación. No había en ella rastro alguno de pintura o de ningún otro producto de pigmentación. Sin embargo, encontró manchas de sangre, rodeadas del fluido seroso que la acompaña cuando se vierte desde una herida reciente. En diversos lugares había también salpicaduras de cera, supuso que de cirios usados en su culto, así como quemaduras, desgarros y rasgaduras. Y en cuanto a la imagen misma, a la Impronta, el cadáver que en ella se mostraba parecía haber sido horriblemente torturado. El rostro revelaba un cruel martirio. La mejilla derecha estaba tumefacta y había marcas de heridas y contusiones repartidas por todo el cuerpo. La legendaria corona de espinas había dejado un rosario de pequeñas huellas sanguinolentas en torno a la cabeza. Un grueso y sinuoso reguero de sangre descendía por la frente del muerto. Los latigazos, la terrible lanzada en su costado... Todo ello sobrecogedor.

Leonardo era un gran anatomista. Se alegró de haber hecho más de veinte disecciones de cadáveres, algunas de ellas acompañado por su antiguo maestro, Verrocchio. Esto lo ayudó a comprender la extraña postura del cadáver, la procedencia y formación de las heridas, las manos dilatadas y con los pulgares hacia dentro o las piernas de diferente longitud, sin recurrir a los mitos que llegaron, siglos atrás, incluso a suponer que Jesús era cojo. Aunque, sorprendentemente, muchas antiguas pinturas que mostraban a Cristo crucificado eran coherentes con lo que, a simple vista, se observaba en la Síndone. Y en su propia época, la *Crucifixión* de Masaccio también presentaba a un Jesús de cabeza incorpórea, cabellos intonsos, según la costumbre hebrea, y piernas de distinta largura, una de ellas arqueada para confluir con la otra en el clavo que atravesaba los pies. Aunque no todo coincidía, ya que en la Sábana se podían apreciar con claridad las perforaciones de los clavos en las muñecas del cadáver, que tradicionalmente se representaban en las palmas de las manos.

Pero, por encima de todo, lo que más extrañó al insigne pintor fue que la imagen se había formado clara en los lugares que debieran ser oscuros, y oscura en los lugares que tendrían que haber sido claros. Esto le hizo reflexionar mucho, dándole más y más vueltas. Parecía algo incomprensible y, por mucho que trató de entenderlo, no lo logró. El motivo quedaría oculto durante casi cuatro siglos, hasta que un abogado de Turín contemplara por primera vez el rostro en positivo de Jesús.

Cuando Leonardo abandonó Roma llevando consigo el Santo Sudario de Cristo, custodiado por los guardias del Vaticano, experimentaba una mezcla de sensaciones complicada de definir. Como persona agnóstica, aquella sábana le creaba una gran confusión; abría una nueva puerta a la reflexión de los hechos acaecidos en Judea al principio de nuestra era. Como artista, sufría la doble excitación de tener ante sí un encargo complejo y a la vez un nuevo desafío, temor y deseo simultáneos. Como hombre de ciencia, se hallaba frente a un misterio en apariencia insoluble.

Nada más ver la Sábana con cierta tranquilidad, antes incluso del más somero análisis, Leonardo recordó un antiguo experimento que había llevado a cabo unos pocos años atrás, en Milán, y que quizá le sirviera, perfeccionado, para copiar el Sudario. El proceso, que le habían inspirado viejos libros de alquimia árabe, consistía en impregnar una tela o un pergamino con ciertas sales de plata, que se oscurecían, quedaban impresionadas al contacto con la luz. Hizo algunas pruebas muy interesantes, sobre todo en la cámara oscura, en la que, situando la placa sensible a la distancia adecuada de la abertura, conseguía reproducir imágenes reales con cierta fidelidad aunque, eso sí, borrosas y monocromáticas. Por desgracia, no encontró el modo de mejorar la calidad de las figuras impresionadas, que se veían difusas, confundidas con el fondo. Al marcharse de la ciudad de Milán dejó de estar al servicio de los Sforza y olvidó la idea, como tantas otras que llenaban la genial cabeza del toscano, alumbrando durante un breve espacio de tiempo y desapareciendo después, reemplazadas por nuevas invenciones.

La Impronta de la Sábana y sus *luximagos*, como los dio en llamar –es decir, «imágenes formadas por la luz»–, tenían en común la más extraña característica que la imaginación pudiera concebir: ambos mostraban las figuras produciendo una impresión de relieve, como si no fueran realmente planas. Pero, a diferencia de las pruebas de Leonardo, la Síndone no tenía «perspectiva»; no parecía haber ningún foco de luz localizado. El motivo estuvo oculto a su sagaz mente hasta que comprendió algo fundamental y de lógica indiscutible, aunque no por ello menos desconcertante. Si el cadáver había emitido por sí mismo alguna clase de luz, no habría necesidad de ningún foco externo, a la vez que quedarían explicadas las diferencias de intensidad de la imagen en zonas más o menos alejadas del Lienzo, como las cuencas de los ojos o los costados y la nariz o las manos.

Durante la primera semana de trabajo, Leonardo se dedicó por entero a hacer dibujos de la Sábana a escala, algunos generales y otros de detalle. Si lograba impresionar el lino de los Scevola, de lo que no estaba seguro en absoluto, aún tendría que copiar con total exactitud las manchas de sangre y cera, las quemaduras, las marcas de los pliegues y los rasgones. Además, la tenuidad de la imagen del cuerpo respecto al fondo de la tela lo obligaría a realizar un buen número de ensayos previos, hasta lograr el efecto deseado. Pero todavía no era capaz de impresionar nítidamente el soporte, y sin eso no tenía nada.

4

1888, París

Jean volvió en sí completamente desorientado. Con la vista borrosa, miró a su alrededor intentando recordar dónde se hallaba. Tenía el cuerpo dolorido y temblaba de frío. Por un instante, pensó que lo habían atacado de nuevo. Recordaba vagamente unas risas y después... nada. Su mente parecía negarse a revelarle lo que había ocurrido más allá de ese punto. Únicamente podía recordar que, de algún modo, había caído al río.

Comprobó aliviado que la calle estaba desierta. Su vista iba aclarándose por momentos y consiguió identificar su tienda, que estaba a unos cien metros. Trató de levantarse pero la cabeza le daba vueltas, y volvió a desplomarse en el suelo. Se sentía débil y mareado. Sólo se logró incorporar lo suficiente para sentarse. Al apoyar la mano, se dio cuenta de que le dolía. La tenía cubierta por un lodo verdoso, salpicado por unas manchas resecas de sangre. Se limpió en la ropa y pudo comprobar que tenía unas extrañas heridas en la palma: parecían dos medias lunas, una bajo los dedos y otra junto al pulgar. Observó las marcas con una mezcla de aprensión e incredulidad, preguntándose cómo se las habría producido.

Una brisa gélida proveniente del río le azotó la cara, haciéndole temblar de nuevo. Los dientes le castañeteaban emitiendo un ruido sobrecogedor que parecía amplificarse en la noche. Un escalofrío le recorrió la espalda e hizo que se le erizara el vello de la nuca. Volvió la cabeza con tanta fuerza que su cuello crujió por el esfuerzo. Se sentía observado, a pesar de que no veía a nadie a su alrededor.

Se levantó con tal ímpetu que a punto estuvo de perder el equilibrio y caer otra vez. Entonces oyó un ruido sordo a sus pies. Cuando bajó la vista comprobó que había una forma oscura junto a ellos, en el suelo. Recogió el objeto sin apenas mirarlo y se lo metió en el bolsillo. Después salió corriendo en dirección al cercano *Pont au Change*, cruzó el río tan rápido como pudo y no aminoró la marcha hasta que fue incapaz de seguir corriendo. Cuando llegó a su casa, todavía estaba jadeando por el esfuerzo. Una vez dentro, cerró la puerta bruscamente y recorrió los dos pisos como un poseído, asegurando las ventanas y cerciorándose de que estaba solo.

Más tranquilo, se puso un camisón y se limpió el lodo que le cubría una buena parte de la cara y los brazos. Luego, encendió el hogar antes de desplomarse exhausto en una silla de madera que había junto a él. En la mano tenía el objeto que había recogido del suelo.

La casa era humilde, pero desde hacía tiempo disponía de agua corriente, gracias a las reformas del precepto Haussmann. Los muebles eran toscos y escasos; en las paredes, se veían las huellas dejadas por la humedad y las goteras. La cocina ocupaba casi todo el piso inferior, que compartía con una despensa y una pequeña sala que hacía de retrete. En el segundo piso estaba la habitación, donde había una cama y un maltrecho armario al que le faltaba una puerta. Garou era soltero y nunca se había molestado en tratar de arreglarlo.

Junto al hogar estaba apilado un montón de troncos. Jean cogió uno y lo arrojó al fuego para avivarlo. Aún sentía frío. Miró con detenimiento el objeto que tenía en su mano. Era de forma circular, aunque sus bordes presentaban un aspecto discontinuo. Una capa verdosa lo cubría casi por completo, al igual que lo que parecía ser una cadena unida a la pieza central. En ese momento, una idea cruzó la mente de Jean. Con mano temblorosa, colocó el objeto encima de su palma derecha. Las marcas que había en ella coincidían perfectamente con los bordes del objeto. Parecía que hubiera estado aferrándolo con tanta fuerza que se había clavado en su carne.

El recuerdo de lo que había ocurrido lo golpeó de repente. La impresión fue tal que, por un momento, no pudo siquiera respirar. Como había hecho en el río, abrió la boca tratando de robar un poco de aire. De nuevo sintió náuseas, e incluso saboreó otra vez el agua putrefacta. Con un gesto brusco soltó el medallón. Al golpear contra el suelo, se desprendió una parte de la coraza verdosa, dejando al descubierto algo de aspecto metálico. Estaba terriblemente asustado. Permaneció inmóvil en la silla observando con horror el objeto. No se atrevía a moverse, pero tampoco quería que aquello permaneciera en su casa ni un instante más. Reuniendo todo el poco valor que le quedaba, se atrevió a levantarse y a ponerse de nuevo sus ropas. Todavía olían a fango y estaban húmedas. Mientras se vestía, no dejó de mirar el objeto que yacía en el suelo, en el mismo lugar en que lo había arrojado.

Cogió el atizador de la hoguera y, con él, lo agarró por un eslabón de la cadena. Luego tomó un pequeño saco de tela donde guardaba el pan y lo introdujo con cuidado en su interior, tratando por todos los medios de no tocarlo.

5

1502, Florencia

La inclinación de Leonardo por el conocimiento en cualesquiera de sus manifestaciones llegaba más allá de la simple curiosidad. Y a pesar de que su época no le permitiera llevar demasiado lejos la investigación, el vuelo libre del intelecto –al menos en su vertiente más exotérica–, el Renacimiento favoreció que se relajara el control ejercido por la Iglesia en los saberes humanos. Aun así, todo lo que significara pensamiento en estado puro era susceptible de ser interpretado como herejía o blasfemia, y la Inquisición papal estaba facultada para tomar cartas frente a las desviaciones y a lo que se pudiera considerar un peligro para la doctrina. De la hoguera a la aceptación había sólo una línea sutil, la que trazaba la frontera entre la ortodoxia dogmática de la religión y las ideas que amenazaran su hegemonía.

Sin embargo, el toscano sentía tal ansia de saber, de averiguar la esencia del mundo y las maravillas en él contenidas que no desdeñaba ninguna oportunidad de adquirir nuevos conocimientos. Y eran precisamente las materias prohibidas, los saberes ocultos e iniciáticos, aquellos que mayor interés despertaban en los hombres de su época. La alquimia ocupaba un lugar preeminente entre las disciplinas esotéricas, y si bien se consideraba en ocasiones una especie de magia infundada, como acontece a menudo con lo que se ignora o se teme, había quienes aseguraban que sus prácticas habían logrado prodigios inmensos.

La primera vez que Leonardo tomó verdadero contacto con los alquimistas fue en Milán, durante su etapa al servicio del duque Ludovico *el Moro*, cabeza de la dinastía de los Sforza e hijo de su fundador, Francesco, que conquistó el ducado en 1450 y creó en él un estado floreciente y poderoso. Allí, el *Divino* conoció a un anciano hombrecillo, de corta estatura y aspecto descuidado, pero cuya fuerza moral lo impresionó. Su nombre era Ambrogio de Varese, aunque se hacía llamar *Gran Taumaturgo*, y desempeñaba el puesto de astrólogo-médico del *Moro*. Muchos decían que tenía más de doscientos años y que, en efecto, obraba maravillas.

Por lo que Leonardo pudo averiguar, Varese era de origen judío, convertido al cristianismo, junto con toda su familia, al auspicio del obispo de Palermo, Giacomo de Varese, de quien tomó su apellido (nadie conocía el verdadero). Había recorrido toda Italia, y gran parte de Europa, África del norte y Oriente. Hablaba decenas de lenguas y poseía conocimientos insondables. En Milán, fuera de su trabajo con los Sforza, había creado una logia con un grupo de discípulos que practicaban la alquimia, además de una extraña gimnasia oriental. La sociedad era bien conocida, pero sus prácticas interiores se preservaban en el más absoluto secretismo.

Los miembros de la logia, que se consideraban hermanos, tenían fama de ascetas y hombres de moralidad recta, morigerados y justos, firmes en la búsqueda de la sabiduría y el equilibrio, tanto físico como psíquico. Su interés se centraba en alcanzar la perfección moral, y no en el descubrimiento de la piedra filosofal o la panacea universal, modos con los que ellos designaban la transformación del ser humano en una criatura superior, por encima de todo materialismo. Más allá de la pretensión de alargar la existencia carnal, ansiaban el pleno desarrollo del espíritu, la catarsis del alma.

Su emblema era el huevo, incomparable símbolo de la energía y de la vida, y se referían a sus prácticas, a su disciplina y su filosofía, como *Ciencia Regia*. Observaban unas reglas muy estrictas y guardaban una escrupulosa conducta, rodeados en sus ritos de una extraña simbología llena de carga alegórica. En sus escritos empleaban una grafía hermética llamada *Alfabeto de Honorio de Tebas*, cuyo origen se remontaba a los albores de la era cristiana. Para ellos, las doce operaciones alquímicas tenían un sentido también espiritual, y las realizaban en la práctica como medio simbólico de alcanzar el progreso interior. Su código, aceptado por todos los miembros, contenía cuatro obligaciones básicas: no entregarse a otra profesión salvo la de sanar y mejorar la vida; reunirse el primer domingo de cada mes en la logia con el resto de los hermanos; tomar a cargo un discípulo, y guardar los secretos de la sociedad incluso ante el peligro de muerte.

Fue el propio Varese quien trabó contacto con Leonardo, al enterarse de que éste había acudido a Milán para ponerse al servicio del *Moro*. Su gran maestría interesaba al sabio, y pronto él también interesó a Leonardo. Sin embargo, su amistad no llegó a ser íntima. Los dos hombres tenían personalidades muy distintas e incluso contrapuestas, aunque de un modo espiritual sí alcanzaron una gran comunión, y eso es lo que une auténticamente a los hombres excepcionales. En la práctica, Varese no toleraba la rigurosidad especulativa de Leonardo, rayana en la intransigencia, y éste tampoco comprendía el sentido último de las filosofías orientalistas de Varese. A pesar de ello, la contribución que recíprocamente se hicieron el uno al otro fue muy enriquecedora para ambos.

Las ideas sobre un modo para formar imágenes por medio de la luz llegaron a Leonardo a través de Varese. Éste profesaba fervorosa devoción hacia un médico árabe llamado Abú Musa al-Sufí, el más grande alquimista de todos los tiempos, según decía. En sus investigaciones, el árabe empleaba los principios clásicos de los alquimistas, oro, mercurio, arsénico, azufre, sales y ácidos, y había descubierto multitud de sustancias reactivas, desconocidas anteriormente. Entre ellas se encontraban las sales de plata que reaccionaban en exposición prolongada a la luz, aunque él nunca encontró una aplicación práctica a tan interesante hallazgo.

Fue Leonardo el primero que hizo experimentos con pergaminos bañados en dichas sales, impresionándolos en la cámara oscura. Los resultados fueron en ocasiones aceptables, aunque exis tía un problema que el toscano no fue capaz de resolver: las imágenes que se formaban aparecían desvaídas. Durante algunos meses, en contra quizá de su espíritu genial pero poco constante, intentó dar las más diversas soluciones a este defecto, aunque no alcanzó ninguna conclusión positiva. Cuando, algún tiempo después, abandonó Milán, olvidó esta técnica que le había entusiasmado y desconcertado en la misma medida.

Ahora, ante el encargo de los Borgia, todo su ingenio se había puesto al servicio de la tarea encomendada, y por fin una idea emergía de su mente, un pensamiento tan difuso como las imágenes producidas en la cámara oscura. No obstante, algo le decía que estaba en el camino correcto.

Leonardo llevaba mucho tiempo usando lentes en uno de sus inventos más importantes, que trataba de perfeccionar desde hacía años: el telescopio. Diseñó nuevas clases de ellas y métodos para mejorar su pulimento, su esfericidad y su geometría. Había comprobado que, además de sus posibilidades de aumento o disminución, las lentes permitían corregir distorsiones de la luz.

No tenía tiempo que perder. Ya había consumido más de la mitad de las cuatro semanas que César Borgia le había dado para realizar la copia de la Sábana Santa. Al llegar a su taller, pidió a Salai que lo ayudara a probar todas las lentes que tuviera pulidas. Algunas estaban montadas en tubos de diversos tamaños, pintados interiormente de negro humo para evitar reflejos. Otras aún no estaban listas para utilizarse, detenidas en algún punto intermedio del proceso de fabricación.

Los experimentos de Leonardo en el telescopio habían sido muy amplios, y pudieron reunir más de una veintena de lentes terminadas. La mitad fue desechada por su tamaño inadecuado o su escasa calidad. Con las diez restantes, el *Divino* comenzó a hacer pruebas. Las incrustó, una por una, en la cámara oscura, que no era sino una estancia interior sellada, en una de cuyas paredes había practicado un orificio. El agujero comunicaba la habitación con otra adyacente, que disponía de amplios ventanales laterales, y en la que varios espejos esféricos concentraban la luz en un punto central opuesto a la abertura de la primera. Puede que nadie en todo el mundo tuviera una cámara oscura de tales dimensiones.

Las planchas que Leonardo utilizaba en sus luximagos eran pergaminos cuadrados de unos cincuenta centímetros de lado, barnizados con una capa de yoduro de plata. El proceso resultaba lento, ya que la sensibilidad del reactivo era muy limitada. De ahí el motivo de los espejos, dispuestos para aumentar la iluminación del objeto. Pasado el tiempo necesario para impresionar el pergamino, éste se fijaba exponiéndolo a vapores de mercurio, uno de los elementos preferidos de los alquimistas, al que ellos denominaban *hidroargentum*, es decir, plata líquida. Por último, para evitar que la imagen siguiera reaccionando a la luz que recibiera con posterioridad a la toma, debía lavarse con una solución muy concentrada de sal común. Esto detenía el proceso y ya sólo restaba aclarar la plancha con agua, pudiendo contemplarse entonces una imagen positiva en la misma, compuesta por manchas de distintos tonos marrones.

Salai preparó un pergamino e hicieron un ensayo con la primera de las lentes. Transcurrida la espera necesaria, con el modelo a escala del caballo de Francesco Sforza como objeto, una nueva plancha sustituyó a la primera, y la segunda lente ocupó el orificio de la ciclópea cámara oscura. Este proceso se repitió hasta que todas y cada una de las lentes fueron probadas.

La excitación de Leonardo era muy grande pero, a medida que los pergaminos mostraron sus imágenes, descendió hasta convertirse en frustración y disgusto. Sólo una lente había formado una figura reconocible, y no podía decirse que mejorara demasiado el método anterior, prescindiendo de cualquier lente. Pero Leonardo se controló, evitó la cólera o el desaliento, y comenzó a analizar cada pergamino, reflexionando sobre las causas del fracaso.

La primera conclusión que obtuvo fue que no todas las regiones impresionadas de las planchas coincidían. Algunas no habían sido completamente expuestas, y mostraban un círculo iluminado en el centro. En otras, las que estaban impresionadas en su totalidad, las difusas imágenes presentaban manchas similares, pero de tamaños diferentes.

En algo se había equivocado, de eso estaba seguro. Leonardo era tan sabio porque no se creía infalible. Y, sin embargo, no lograba atisbar una solución.

6

1888, París

—¡Ya voy, ya voy, tenga paciencia!

El párroco de la iglesia de *Saint Germain* se preguntaba malhumorado quién podía llamar a esas horas. Estaba durmiendo cuando oyó unos fuertes golpes en la puerta principal que le hicieron despertarse alarmado.

–Pare de aporrear la puerta, le digo –gritó sin esperar que su petición tuviera algún efecto.

El sacerdote accedió a la nave central desde la sacristía. Se arrodilló ante el altar y se santiguó antes de continuar hacia la entrada. Llevaba un candil en la mano con el que iba iluminando el camino. Sus pasos presurosos producían un sonido que retumbaba en las paredes de piedra. Cuando por fin llegó a la puerta, los golpes se habían detenido.

–¿Quién es usted? ¿Y qué desea a estas horas tan intempestivas? –preguntó sin abrir la puerta–. ¿Acaso lo persigue algún demonio? –añadió con malicia.

La respuesta le llegó como si viniera de muy lejos, amortiguada por la gruesa madera. Apenas fue capaz de entender lo que decía el hombre que le habló. ¿«Usted lo ha dicho»? ¿Era eso lo que había oído?, se preguntó el párroco. Descorrió los múltiples cerrojos y abrió la puerta con cuidado. A través de la estrecha abertura podía ver a un individuo bajo y rechoncho. Por su aspecto y sus ropas, parecía un hombre sencillo. Tenía el rostro completamente blanco y desencajado. Una cicatriz mal suturada atravesaba su mejilla derecha. De una de sus manos colgaba un pequeño saco que miraba con temor, a la vez que trataba de mantenerlo lo más lejos posible de su cuerpo.

–Le repito, ¿quién es usted?

–Disculpe que lo moleste, padre. Soy Jean Garou, tengo una tienda de pescado cerca de los muelles y vivo...

–No es necesario que me cuente toda su vida –le espetó el clérigo levantando la mano con gesto displicente–. ¿Y qué lleva ahí dentro?

–Es-estaba en el río, padre. Cre-creo que tiene algún poder maligno –tartamudeó Garou, con expresión temerosa.

–¿De veras? ¿Y dice que lo ha encontrado en el río? ¿No habrá sido más bien en el fondo de una jarra de cerveza, señor Garou? –la paciencia del párroco se estaba agotando.

–Créame, por amor de Dios. Le aseguro que no he bebido ni una gota. Yo soy un hombre honrado. Me caí al río y lo encontré allí.

Jean no entendía por qué el sacerdote no lo ayudaba. Estaba seguro de que había algún poder demoníaco encerrado en ese objeto, y que sólo un siervo de Dios podía acabar con él. Era ésa la razón que lo había decidido a abandonar su casa en plena noche y acudir a la cercana iglesia de *Saint Germain*.

–Se lo ruego, padre... –dijo sollozando.

El clérigo lo observó con detenimiento sin decir nada. Parecía estar considerando sus palabras. Por fin, abrió la puerta completamente y se echó a un lado.

–Está bien; puede pasar.

Cuando Jean accedió al templo, el párroco lo condujo por su interior hasta el altar. Allí, volvió a arrodillarse y hacer la señal de la cruz; Jean lo imitó, para luego seguirlo por una puerta lateral que conducía a los aposentos privados del sacerdote. Éste lo llevó hasta una pequeña cocina y le pidió que se sentara mientras reavivaba las brasas del fuego. Jean obedeció sin decir palabra, observando al clérigo con la mirada perdida. Dejó la bolsa en el suelo a una distancia prudencial, pero sin perderla de vista.

–Tómese esto, señor Garou –dijo el párroco ofreciéndole un tazón humeante–. Es un caldo de pollo que ha preparado mi ama de llaves. Le sentará bien.

–Gracias, padre.

–Y ahora, haga el favor de contarme esa historia suya.

Jean le relató al sacerdote lo que le había ocurrido esa noche, desde que había cerrado su tienda para dirigirse a casa hasta el momento en que se encaminó hacia la iglesia. El párroco no dejó de observarlo en ningún momento, con una mirada curiosa unas veces e inquisitiva otras; especialmente, cuando le habló de cómo algo había aprisionado su pierna hasta que cogió el objeto. Hubo instantes en que tuvo que instarle a que continuara, pues Jean no se atrevía a hacerlo. Cuando terminó, el clérigo se mantuvo en silencio durante unos instantes, mientras Garou se terminaba el caldo que apenas había probado.

El sacerdote no sabía qué pensar. Realmente el hombre parecía decir la verdad. En cualquier caso, ¿qué sentido tendría que mintiera?, se preguntaba. Sin embargo, esos aspectos extraños de la historia: el brillo bajo las aguas cuando apenas había luz, el poder que parecía ejercer el objeto... nada de aquello tenía sentido. Quizá simplemente se tratara de un loco. El clérigo pensó, no sin cierta tristeza, que, no muchos siglos antes, probablemente habrían condenado a ese hombre por brujería si hubiera contado una historia similar. La Iglesia no siempre había sido tan piadosa como en esos tiempos.

–¿Puede enseñármelo? –preguntó el clérigo.

Jean vaciló por un instante. Fuera o no un loco, no cabía duda de que estaba muy asustado.

–Está allí dentro –consiguió decir, señalando con la cabeza–. Por favor, quédeselo y haga lo que crea conveniente. Yo tan sólo deseo librarme de él.

–Como quiera. –El párroco cogió la bolsa y la depositó en una alacena junto al fuego–. Vaya en paz entonces, que yo me ocuparé del resto.

El sacerdote casi pudo sentir el alivio que Jean experimentó al oír sus palabras. En su rostro cansado se dibujó por un momento un atisbo de sonrisa.

–No sé cómo agradecerle... –empezó a decir casi al borde de las lágrimas.

–Oh, vamos, señor Garou, no tiene que darme las gracias. Ahora vuelva a casa y trate de descansar y de olvidar todo.

El clérigo lo acompañó hasta la salida, volviendo por el mismo camino por el que habían entrado. En esta ocasión, Jean no se limitó solamente a hacer una genuflexión frente al altar, sino que permaneció allí un buen rato, bañado por la escasa y amarilla luz de los cirios. Sin duda, agradeciendo al Altísimo su infinita bondad. El párroco descubrió con cierta sorpresa que estaba deseando que el pescadero se marchara para poder ver de cerca aquel objeto que tanto le había impresionado. Sin embargo, respetó su oración y se mantuvo a su lado hasta que terminó. Al levantarse, el sacerdote comprobó que había lágrimas en los ojos del hombre. Tras agradecerle una vez más su ayuda, Jean abandonó la iglesia. El clérigo lo siguió con la mirada hasta que desapareció por una esquina.

Después de cerrar de nuevo la pesada puerta, se dirigió a sus aposentos. Cuando llegó, el fuego casi se había extinguido, y la cocina estaba fría y oscura. Sólo permanecía iluminado un círculo alrededor de la hoguera, que emitía chasquidos mortecinos. El saco aún estaba donde lo había dejado, aunque envuelto en sombras, excepto por el lado más próximo al fuego. El sacerdote se limitó a arrojar un par de troncos a la hoguera, sin molestarse siquiera en encender alguna lámpara. Se sentó en una robusta silla de pino y colocó el saco sobre sus rodillas.

–Veamos qué tenemos aquí –le dijo a la habitación vacía.

Metió la mano en la bolsa y tanteó el interior hasta que dio con el objeto. Tenía un tacto áspero y húmedo, aunque, curiosamente, no resultaba del todo desagradable. Al contrario: sentía algo extraño que le recorría todo el brazo, comenzando en la punta de los dedos, un leve hormigueo quizá. El clérigo se dijo que no era más que el fruto de su imaginación. Después de todo, parecía que el pescadero le había contagiado su insensatez.

Una vez que lo extrajo del saco, acercó el objeto al fuego para verlo mejor. Como Jean había dicho, estaba cubierto por una capa verdosa. Probablemente no era más que lodo y algas, acumulados durante el tiempo que el objeto había permanecido bajo las aguas del río. Era extraño que hubiera brillado, aunque en un borde la cáscara estaba levantada y dejaba ver una parte metálica. El párroco depositó el objeto en el suelo de piedra. Luego, con mucho cuidado, fue golpeándolo con el atizador. No pudo evitar sonreír como un niño al comprobar que la cobertura iba despedazándose, y salía a la luz lo que ocultaba en su interior.

Lleno de curiosidad, observó lo que parecía ser un medallón. Era gris y muy pesado para sus reducidas dimensiones, por lo que dedujo que debía ser de plomo. Tenía una cadena que estaba partida, como si el medallón hubiera sido arrancado bruscamente del cuello de quien lo portara. Una de sus caras estaba perfectamente pulida, mientras que la otra presentaba lo que, en un principio, tomó por simples rugosidades.

No se dio cuenta de lo que eran realmente hasta que echó agua en una bacía para limpiar el medallón. Lo que vio le dejó tan perturbado que se desplomó en la silla tratando de asimilarlo. Terminó de lavar el medallón con la manga de su propio hábito y se lo acercó a los ojos para comprobar lo que creía haber visto.

–Cielo santo –susurró maravillado.

7

1502, Florencia

Aquella fue una mala noche para Leonardo. Todos los fantasmas se congregaron para mortificarlo en un tormento inmisericorde. Las pesadillas llenaron sus sueños, repletos de figuras grotescas, diabólicas y monstruosas. El tiempo, simbolizado por un reloj de perversas esferas, marcaba constante el paso de las horas. Una sima negra y profunda absorbía a millares de seres extraviados, atraídos por un magnetismo pavoroso, que se desvanecían con un gemido lastimero.

La figura de César Borgia también estaba presente en el sueño, vívida y opresiva, riendo a grandes carcajadas mientras los mortales se precipitaban a la grieta. Su risa estridente se convertía en un agudo lamento, en un grito angustioso, acallado desde la oscuridad lejana. Pero Leonardo no sentía miedo. Notaba que su amenaza estaba llena de fanfarronería; Borgia estaba perdido y, como un animal víctima de crueles heridas, intentaba defenderse con sus últimas energías, simulando una fiereza que lo había abandonado.

La mente castigada del *Divino*, presa de una extraña sensación de vértigo, generaba escenas dantescas, morbosas, cargadas de fatalismo. Pero, de pronto, una luz celestial inundó el espacio onírico. Desde las alturas apareció una imagen tenue, fantasmagórica: era similar a uno de los muchos dibujos con que solía representar sus inventos y artefactos, una especie de plano a mano alzada en que el caballo de Francesco Sforza se mostraba a ambos lados de una gran lente luminosa. Entonces, Leonardo lo vio con claridad.

Sobresaltado y empapado en sudor, el *Divino* despertó de su sueño. Estuvo unos instantes quieto en el lecho, con los ojos muy abiertos. Su corazón palpitaba frenético. Casi no era todavía consciente de que estaba despierto, de que había vuelto a la realidad desde el mundo fantástico de sus sueños.

Durante algún tiempo trató de asimilar la idea que se le había presentado tan clara y evidente. Las piezas se unieron por sí solas, sin esfuerzo, y por fin lo comprendió, con el fulgor de un relámpago, de un modo repentino, como un auténtico pensamiento racional y no una mera imagen del intelecto: su error radicaba en la distancia a la que había situado el modelo y la plancha sensible, a cada lado de la lente de la cámara oscura. Por ello las imágenes se mostraban desproporcionadas y difusas.

Con una energía inusitada, en mitad de la noche, Leonardo saltó de la cama como un muchacho que fuera a visitar, en secreto, a su amada. Se apretó la cabeza con ambas manos, pensando cómo había podido ser tan necio. Y, a la vez, estuvo contento y satisfecho de sí mismo. No había problema que no pudiera solucionar, ni reto lo bastante difícil para escapar a su genialidad. Todo artista lleva en su interior un cielo y un infierno.

Cuando, a la mañana siguiente, Salai despertó, su maestro llevaba horas haciendo cálculos y dibujos. Estaba diseñando una lente esférica que le permitiera obtener una imagen a la misma escala que el objeto material. Para ello, tuvo que medir la profundidad de la cámara oscura, entre el orificio y la pared situada en el fondo. En la habitación contigua hizo una marca en el suelo, que definía aproximadamente la misma distancia.

Para probar su teoría, Leonardo mandó a Salai y a otros dos de sus discípulos –que ignoraban completamente el proyecto de su maestro–, César de Sesto y Zoroastro, que prepararan con celeridad una nueva lente según sus indicaciones. Si el resultado era satisfactorio, el *Divino* adquiriría un bloque de vidrio veneciano de la mayor calidad, lo puliría con el máximo cuidado y mediría con exactitud la distancia a la que habría de situar la Síndone.

Aunque todo eso funcionara, tendría aún otro problema que resolver: la orientación precisa del modelo. La placa impregnada en yoduro de plata debería ser perfectamente paralela a la que sustentara la Sábana. Y ambas tendrían que situarse perpendiculares al eje de la lente en su centro. De no ser así, la imagen de la copia aparecería desplazada o distorsionada, reducida o aumentada en alguna de sus dimensiones, como si se observara desde una cierta perspectiva.

Con sumo cuidado, pero ligero a la par, Leonardo aseguró la recién terminada lente en la posición adecuada. Después, tras colocar una plancha sensible en la cámara oscura, efectuó la exposición. Fueron momentos tensos. Excepto Salai, sus discípulos estaban extrañados de tanta expectación. Pero Leonardo era un hombre de rara personalidad, ánimo cambiante y cierta excentricidad, que siempre quedaba oculta en público bajo su distinguida elegancia.

Esta vez no hubo errores. Leonardo había comprendido bien el problema, y su solución al mismo era acertada. Con la nueva lente dispuesta por sus ayudantes, la imagen proyectada en la placa sensible había aparecido mucho más definida que en las pruebas anteriores. Y también fue correcto el cálculo de las distancias, ya que entre el modelo y la copia la diferencia de tamaños era casi inapreciable.

Sin tiempo que perder, ya totalmente despejados sus miedos y dudas, exultante, el *Divino* entregó a Salai cien ducados de oro, cantidad más que suficiente fuera cual fuese su precio, y lo envió a Venecia para comprar un bloque de vidrio de la máxima calidad existente. Mientras, él se encargaría de construir los armazones para la Síndone y la sábana de los Scevola, y diseñaría el sistema de ubicación espacial de ambos lienzos.

Los venecianos producían los mejores vidrios de toda Europa, tanto en su calidad material como en su tallado y decoración artística. A pesar de ello, Leonardo entregó a su enviado unas indicaciones muy precisas para la fabricación del bloque en que labraría la lente. Durante el proceso, el vidrio debería ser tratado con manganeso para eliminar el color debido a las impurezas y aumentar a la vez su transparencia; también habría de añadirse arsénico, ya que este elemento impide la formación de burbujas, aspecto muy importante en la fabricación de lentes, y finalmente tendría que ser expuesto a un segundo cocido con el objeto de eliminar tensiones internas y aumentar su homogeneidad.

Salai tardaría, si no había ningún contratiempo, al menos tres días en el viaje a Venecia y el regreso a Florencia con el bloque de vidrio, uno en la ida, otro mientras se fabricaba el material con los requisitos de su maestro, y otro de vuelta. Por lo tanto, éste era el tiempo que Leonardo debía invertir en el diseño y construcción de los armazones.

En primer lugar compuso un marco de gruesos listones de roble perfectamente perpendiculares. Después colocó, con clavos muy finos y una goma de su invención, travesaños a lo largo y ancho de toda la armadura, rebajando los que se cruzaran con los ya acoplados para que todos juntos formaran una malla plana. Alisó toda la superficie con un cepillo de carpintero y la lijó con cuidado de que ninguna astilla sobresaliera. Para asegurarse aún más de ello, barnizó la estructura con una sustancia resinosa que al secar adquiría una extrema dureza, y que Leonardo empleaba en sus pinturas murales, puesto que odiaba la técnica del *fresco*.

En la cara exterior del listón que habría de ocupar la parte superior, una vez el armazón alzado, el *Divino* ajustó una larga placa de hierro que sobresalía unos pocos centímetros por cada lado, y a la que había practicado sendos orificios en sus flancos. Éstos servirían para anudar los cordones de los que pendería la estructura, colgada del techo.

Leonardo había realizado, desde su juventud, múltiples estudios sobre la gravedad. Aunque nunca llegó a justificar satisfactoriamente su sentido físico íntimo, sí logró comprender con claridad sus propiedades. Siguiendo uno de sus lemas favoritos, *más le-*

jos, más difícil, más nuevo, más personal, efectuó ensayos con graves en diversos períodos de tiempo distribuidos a lo largo de toda su vida. Comprobó que todo cuerpo tiende a caer sobre la superficie de la Tierra en la dirección de su centro, y siempre por el camino más corto, recorriendo la vertical del lugar, es decir, siguiendo la línea imaginaria que une el cenit y el nadir. De hecho esto era lo que sucedía, salvo cuando intervienen fuerzas exteriores, como en el lanzamiento de un proyectil, cuya trayectoria está regida por la combinación del impulso inicial y la atracción gravitatoria.

Su amigo Paolo del Pozzo Toscanelli, el célebre autor del mapa que quizás inflamó la imaginación de Cristóbal Colón, estaba convencido de que la fuerza de la gravedad se debía a la falta de equilibrio entre los cielos y los infiernos. El hombre, y todo lo material, marcado con el estigma del pecado, era atraído hacia el reino de las profundidades y las tinieblas.

La pared del fondo de la cámara oscura no era perfectamente lisa, y la placa sensible estaría apoyada en ella, a la misma altura que la Síndone en la habitación contigua. A Leonardo le bastó, para solucionar este problema menor, con aplicar una nueva capa de yeso cuidadosamente plana y carente de irregularidades.

Después, con ayuda de una larga y recta vara, el *Divino* midió la distancia entre la pared con el orificio de la cámara oscura y su opuesta, en el interior de la habitación cerrada. Para conseguir la verdadera distancia perpendicular, la mínima, puso la vara en el suelo y la fijó en uno de sus extremos. Luego trazó con ella un arco y buscó el punto en que el muro la impedía continuar. Fue recortando poco a poco la vara hasta que justo llegó a tocar ambas paredes, pero sin quedar ya trabada. Después trasladó esta distancia a la habitación contigua, repitiendo el proceso con la vara fija en varios puntos distintos de la pared de la lente, y marcando en el suelo el trazo de cada uno de ellos con una tiza. Diez repeticiones le bastaron para conseguir que la superposición de los arcos se asemejara a una línea recta.

Por delante de la raya de tiza, colocó luego un pie de madera formado por un grueso travesaño que levantaba del piso más de un palmo. Su longitud era mayor que la anchura del armazón de la Sábana. Lo clavó al suelo por sus costados, en que había hecho unos rebajes, y marcó en él, aproximadamente, la línea que definiría el eje de la lente una vez instalada en la pared. Con esta marca como centro, y con la ayuda de una cuerda, trasladó al travesaño la posición de los orificios de la placa metálica superior del armazón. Antes de colgar la Sábana, tenía que proyectar dichos puntos en el techo en la misma posición vertical que ocupaban abajo. Esto lo logró con facilidad mediante una plomada muy bien compensada, por aproximaciones sucesivas, hasta que su extremo apuntó con exactitud hacia las marcas del tablón.

Como el armazón pesaría más por el lado en que sustentara la Sábana Santa, éste se inclinaría levemente una vez colgado. Para evitar dicho efecto, Leonardo había previsto incorporar unos pequeños pesos en su cara contraria y lo más abajo posible, donde tendrían mayor influencia, que compensarían la desigual masa del conjunto. En el instante en que el listón inferior de la armadura tocara el travesaño clavado en el suelo, la Síndone habría alcanzado su adecuada ubicación espacial.

Todavía no bastaba con esto. Otro problema más que el *Divino* hubo de solventar fue medir la altura y posición a la que se debería colocar la lente. En anteriores ensayos, el orificio de la cámara oscura, al estar practicado en una pared, no modificaba su posición, y eran los propios objetos los que se elevaban y desplazaban a derecha o izquierda hasta quedar alineados con su centro, es decir, con el eje de la lente cuando la había, o simplemente el punto central de la abertura en caso contrario. Pero el tamaño de la Síndone imposibilitaba hacer lo mismo, por lo que Leonardo necesitó tapar la abertura original y abrir una nueva, cuyo centro coincidiera, en proyección horizontal, con el mismo punto del armazón ya instalado, es decir, la intersección de las diagonales, y elevado a la altura adecuada sobre el suelo. Para ello empleó una gran escuadra de madera, que construyó con el lado mayor igual a la longitud de la vara empleada con anterioridad.

Si todo parecían dificultades, al menos había algo que sería relativamente sencillo, y era exponer el lienzo nuevo bañado en yoduro de plata hasta que registrara la Impronta de la Síndone. Para ello, bastaría comprobar cada cierto tiempo el grado de oscurecimiento del soporte, entrando en la sala aunque penetrara un poco de luz del exterior, pues el yoduro de plata era un reactivo tan lento que las verificaciones ocasionales no lo deteriorarían.

8

1888, París

El sacerdote contempló una vez más el medallón a la luz del fuego. Lo que había tomado por simples raspaduras eran, en realidad, unos símbolos. Dos de ellos parecían algún tipo de escudo, aunque no logró identificarlos. Los emblemas flanqueaban una imagen, que era la verdadera causa de la excitación del clérigo. Los trazos del grabado en forma de espina de pez lo hacían inconfundible. Se trataba de la representación de una de las más preciadas reliquias de la Cristiandad: el Santo Sudario de Cristo, el lienzo en que el Hijo de Dios fue amortajado tras su muerte en la cruz.

La mente del sacerdote era un auténtico torbellino en el que se agolpaban preguntas que no era capaz de responder: ¿De dónde provenía el medallón? ¿Cómo había terminado en el río? ¿A quién o quiénes pertenecían los emblemas que custodiaban la Sábana? Él no poseía los medios ni los conocimientos necesarios para desenterrar los misterios del medallón, pero sí conocía a alguien que quizá los tuviera. Su nombre era Gilles Bossuet. Lo había conocido muchos años antes, cuando ambos cursaban sus estudios en La Sorbona: Gilles en la Academia de Ciencias y él en la de Teología. Desde entonces habían continuado viéndose habitualmente, ya que Bossuet trabajaba como profesor en la Universidad, en la misma escuela donde había estudiado, que no se encontraba muy lejos de la iglesia de Saint Germain. El párroco lo consideraba un verdadero amigo, a pesar de que Gilles era uno de los más recalcitrantes ateos que jamás había conocido.

Decidió irse a dormir y llevarle el medallón a su amigo a la mañana siguiente. Sin embargo, pasó casi toda la noche en vela, emocionado por su descubrimiento y haciéndose preguntas, preguntas que apenas se atrevía a pensar. Cuando por fin logró dormirse, tuvo un sueño extraño. En él podía ver a un hombre de piel tostada, vestido con exóticos ropajes de seda, que sonreía de un modo afable conforme otra figura se le aproximaba lentamente. El sacerdote no era capaz de distinguir el rostro del segundo hombre, cuya blanca túnica ondulaba al capricho del viento, pues aparecía borroso, difuminado de algún modo.

El párroco ya estaba completamente despierto cuando salió el sol. En la sacristía, se puso con rapidez la casulla y se dirigió a la iglesia para decir la misa de la mañana, que aquel día fue de una inusual brevedad. Después, ya con sotana, fue a la cocina. Allí estaba preparando el desayuno la señora Du Champs, su ama de llaves.

–Buenos días, padre. ¿Ha dormido bien? No tiene usted muy buen aspecto –le reprochó con tono maternal–. Tómese el desayuno. Seguro que después se encontrará mejor.

La señora Du Champs llevaba cuidándolo desde que se había hecho cargo de la iglesia, diez años antes. Era una maravillosa cocinera y una mujer encantadora, que lo trataba como si fuera su madre. De hecho, pensaba que para la pobre mujer tal vez era el hijo que nunca llegó a tener.

–Buenos días, señora Du Champs. Lo siento, pero esta mañana no voy a comer nada. Tengo que hacer un recado urgente.

La mujer lo miró con una expresión severa, incapaz de concebir que algo pudiera ser lo suficientemente importante para que el párroco no tomara su desayuno.

–No se preocupe –trató de animarla–; me lo comeré en el almuerzo.

Sin darle tiempo a replicar, aunque sintiéndose un poco culpable, el sacerdote se puso el bonete y se marchó dando grandes zancadas. Al salir a la calle, la luz del sol lo cegó durante un momento. Hacía un día realmente magnífico. Antes de tomar el bulevar en dirección a La Sorbona, introdujo la mano en el bolsillo y comprobó que llevaba la bolsa con el medallón. Luego bajó por la Rue des Écoles para entrar por el acceso norte de la universidad.

A pesar del tiempo que había pasado en aquel edificio, no podía dejar de admirarse cada vez que lo visitaba. La fachada era imponente, a pesar de su sobriedad, con unos discretos arcos románicos entre dos torres, coronadas por sendos chapiteles circulares. Sobre los arcos se abrían unos grandes ventanales, y otros más pequeños en el piso superior. El clérigo atravesó los arcos y penetró en el vestíbulo, una enorme sala de más de cuarenta metros de largo por diez de ancho, de cuyo techo abovedado pendían grandes faroles de hierro fundido. Enfrente se encontraban las escaleras de honor que daban acceso al gran anfiteatro y a la sala de recepción. Dos estatuas de piedra, una de Arquímedes y otra de Homero, parecían custodiar la estancia, observando con rostro imperturbable a cuantos entraban en el edificio.

El párroco se encaminó hacia la galería Gerson, una antigua calle que había sido cubierta y que separaba las facultades de letras y de ciencias. Con paso rápido, la recorrió en dirección a las dependencias del rectorado. Allí se encontraba el despacho de su amigo Bossuet. Golpeó suavemente en la puerta antes de entrar en la habitación.

–Ahora mismo lo atiendo. Puede sentarse si lo desea.

La voz provenía de una pequeña sala contigua. Era Gilles, que debía estar terminando de hacer algo en su *sancta sanctórum*, como él solía llamarlo. En ese lugar era donde guardaba sus más preciados objetos: legajos y manuscritos antiguos, raras piezas arqueológicas e incluso unas pequeñas cabezas de misioneros, reducidas por unos desagradables indios suramericanos, que al clérigo le parecían espantosas.

Mientras aguardaba, se entretuvo observando la habitación. Estaba exactamente igual que de costumbre. Su decoración era de una austera elegancia, al igual que la del resto de la Academia de

Ciencias, lo que contrastaba con la pompa y el estilo sobrecargado de la de letras. A excepción de la pared del fondo, en la que se abría un amplio ventanal con vistas a la Rue des Écoles, unas sencillas estanterías de roble cubrían toda la sala. En ellas se apilaban multitud de libros, ordenados aparentemente sin ningún criterio. Una robusta mesa, repleta de papeles, ocupaba una posición central junto a la ventana y parecía ser demasiado grande para el tamaño del despacho.

–Oh, buenos días Jacques, eres tú –dijo Bossuet con gesto contrariado, mientras salía de la estancia contigua–. Creía que se trataba otra vez de ese inaguantable arquitecto. De haberlo sabido no te hubiese hecho esperar. Confío en que me disculpes.

Gilles se refería, cómo no, a Anatole de Baudot, uno de los arquitectos encargados de llevar a cabo la ampliación de la Universidad. Jacques ignoraba por qué Bossuet le tenía tan poco aprecio a Baudot, aunque sospechaba que debía de tener relación con su fama de pretencioso y agorero. Detestaba las nuevas tendencias y todo lo que oliera a innovación; incluso se había atrevido a desafiar al gran Alexandre Gustave Eiffel, apostando una fuerte suma de dinero a que su imponente torre, que se estaba construyendo para la Exposición Universal del año siguiente, no sería capaz de sustentarse sin hormigón.

–No tiene importancia –dijo haciendo un leve gesto con la mano–. He venido a traerte un pequeño regalo.

–¿De veras? ¿Qué es?

–Ahí está precisamente el problema, mi buen amigo: no lo sé. Por eso te lo he traído.

Gilles lo miró expectante, como un crío a la espera de un caramelo. Jacques podía sentir la emoción del académico. A menudo se preguntaba qué no podría hacer aquel hombre si tan sólo tuviera un poco de fe. El clérigo desató el nudo que había hecho a la bolsa del pescadero y, con teatral cuidado, extrajo de ella el medallón, para luego entregárselo a Bossuet. Éste lo observó con mucha atención, de un modo casi reverente que, por algún motivo, emocionó al párroco.

–¿Dónde lo has encontrado? –dijo al fin sin dejar de observar el medallón.

–No me creerías si te lo dijera –afirmó el sacerdote un tanto divertido.

Gilles levantó la vista por un momento para fijar su mirada en los ojos de su amigo. Cuando se dio cuenta de que no estaba bromeando, preguntó:

–¿No crees que vale la pena hacer la prueba?

–Está bien, como quieras. Un pescadero lo trajo ayer a la iglesia en mitad de la noche. Según me contó, un resplandor lo atrajo hacia el río. No recordaba cómo, pero acabó cayendo al agua. Entonces algo le agarró la pierna y no lo liberó hasta que encontró esto –dijo señalando el medallón con el dedo.

–¡Oh, vamos, por amor del cielo! –exclamó Bossuet tratando de no reírse–. ¿No está el Hospital de los Inválidos cerca de tu iglesia? Quizá se les haya escapado uno de sus lunáticos veteranos de guerra –consiguió añadir antes de romper a carcajadas.

–Ya te dije que no me creerías –sentenció el clérigo con toda tranquilidad una vez que terminaron las risas.

–Lo siento, Jacques, lo siento de veras –acertó a decir Gilles, haciendo visibles esfuerzos por no explotar otra vez.

–¿Y bien? ¿Qué opinas?

Más calmado, Bossuet hizo girar el medallón entre sus dedos. Observó la cadena y las dos caras, deteniéndose largo rato en la que estaba grabada. Con el rostro ceñudo, cogió sus gafas de un cajón del escritorio y aproximó la pieza a sus ojos para verla más de cerca. El párroco notó que una expresión de sorpresa cruzaba el rostro del académico, aunque desapareció tan rápidamente como había surgido.

–Tengo que hacer algunas pruebas para estar seguro, pero creo que el medallón es de plomo –dijo sopesándolo–. Estos símbolos de los lados son escudos heráldicos, antiguos, probablemente franceses. En cuanto a la imagen central, parece una representación de...

–La Sábana Santa –terminó el sacerdote.

–Sí, podría ser. Ya veo que el regalo no es sólo para mí –dijo con una sonrisa en los labios–. Parece que mi buen amigo Jacques también está interesado en este medallón. ¿Me equivoco?

–No, no te equivocas –reconoció el párroco sonriente–. Para serte sincero estoy intrigado con esa loca historia del pescadero y...

–¿Y?

–Nada, no tiene importancia.

El clérigo había estado a punto de contarle lo que él mismo creyó sentir al tocar el medallón, y aquel extraño sueño que le había parecido tan real. Sin embargo, se contuvo; prefería guardar esa parte sólo para él.

–Está bien. Empezaré a analizarlo tan pronto como disponga de un poco de tiempo. No te imaginas la cantidad de papeles que debo rellenar. La burocracia, amigo mío, es la perdición del mundo.

–Gracias, Gilles –dijo el párroco levantándose.

–No tienes por qué dármelas. Ya te contaré lo que voy descubriendo.

Bossuet acompañó al sacerdote hasta la entrada del despacho y se despidió de él con un cordial apretón de manos. Cuando cerró la puerta, pudo oír sus pasos alejándose por el pasillo. Se sentó en la butaca cogiendo de nuevo el medallón. La luz que entraba por la ventana apenas lograba hacer brillar su superficie, de un gris azulado y opaco.

–La Sábana Santa... –repitió Gilles recordando divertido las palabras del clérigo.

Y por un momento un leve hormigueo le recorrió la mano. Sin duda, pensó, debido a la electricidad estática acumulada en el medallón. Sin duda. Aunque el plomo es un mal conductor de la electricidad. Era un hecho interesante, se dijo.

Después de abandonar el despacho de Bossuet, el sacerdote se dirigió hacia la galería Sorbon, llamada así en homenaje al fundador de la Universidad. Ésta daba acceso a un patio interior, rodeado por las dependencias académicas y por la iglesia de La

Sorbona, situada en el extremo opuesto. El párroco atravesó la distancia que lo separaba de ella y ascendió por las escaleras de piedra hasta la puerta de acceso, flanqueada por unas enormes columnas de estilo corintio.

El interior de la iglesia estaba fresco y silencioso. En la intersección de las naves, en el suelo, podían verse unos óvalos de luz provenientes de las ventanas de la cúpula. Los rayos luminosos hacían brillar tenuemente pequeñas motas de polvo suspendidas en el aire, que parecían flotar por algún efecto mágico. El lugar inspiraba la más absoluta paz. El párroco se dirigió a la izquierda, hacia el fondo de la nave. En su camino estaba la tumba de Richelieu, en la que una figura del cardenal era asistida por la *Pietà* en el momento del juicio final, mientras la *Doctrina*, aduladora, lo observaba a sus pies y dos ángeles sostenían su escudo de armas. El sacerdote apenas le prestó atención y continuó en dirección al altar, donde se puso de rodillas y comenzó sus oraciones.

Terminó casi al mediodía. A esa hora, el sol iluminaba el patio cerca de su cenit, por lo que apenas daban sombra los edificios que lo rodeaban. Debía apresurarse en regresar a su iglesia o la señora Du Champs se preocuparía. Nunca se demoraba a la hora del almuerzo. Casi había terminado de cruzar el patio cuando levantó la vista. Arriba, en la base del tejado, había un reloj de sol. En la parte inferior, enmarcada en bronce dorado, podía leerse una frase de las Escrituras: *Sicut umbra dies nostri*, «Nuestros días son como una sombra».

El sacerdote sintió un escalofrío a pesar de la calurosa mañana.

9

1502, Florencia

Salai llegó de nuevo a Florencia cuatro días después de haber partido. Había acumulado un pequeño retraso debido, como explicó a su maestro, a una fuerte tormenta que lo sorprendió en el camino de regreso y lo obligó a resguardarse algunas horas en una pequeña ermita. Leonardo, expectante, observó el bloque de vidrio que su discípulo le había traído. A primera vista parecía de muy buena clase, aunque esto no podría saberlo con certeza antes de pulirlo; sólo entonces conocería realmente su calidad.

Siempre prudente, Leonardo pidió al muchacho que le devolviera el dinero sobrante, pero éste le aseguró que el bloque de vidrio le había costado justamente las cien piezas de oro que le había entregado. De hecho, se justificó con gran teatralidad, incluso tuvo que regatear con el patrón del taller para que aceptara esa suma, inferior a la requerida en un principio. Pero, como él amaba tanto a su maestro, aceptó trabajar allí toda la mañana para compensar el defecto monetario.

El chico esperaba una recompensa, pero Leonardo, por supuesto, no había creído una sola palabra de su historia. Ni sobre el precio del vidrio ni sobre la tormenta. Estaba seguro de que Salai, al que se refería siempre como «ladrón, mentiroso, terco y glotón», se había gastado el dinero sobrante, que debió de ser considerable, en alguna juerga con mujeres de mala vida y en vino a raudales. Él amaba a ese difícil muchacho, arisco y sin talento para el arte, pero de enorme belleza física. Y Salai, consciente de ello, se aprovechaba de su maestro. Si el desagradecimiento es un vicio deplorable, aún es más vil la ingratitud, que no sólo no corresponde a los beneficios obtenidos, sino que ni tan siquiera los reconoce como tales.

A pesar de todo, el *Divino* era incapaz de castigar a Salai, al menos con auténtica severidad, y se limitó a olvidar de inmediato sus mentiras y la ofensa que de ellas se derivaba. Además, tenía cosas mucho más importantes que hacer, ya que el tallado de la nueva lente habría de ser esmerado y exquisito.

Como en casi todos los aspectos en que el ser humano de su tiempo fijó su interés, Leonardo también había investigado los procedimientos más adecuados para pulir lentes. Estudió y mejoró las técnicas tradicionales hasta el punto de alcanzar mayor perfección en su tallado y bruñido que en la fabricación del propio vidrio. Tras extraer, como un escultor de un sillar de mármol, la futura lente del bloque de vidrio, cortándola con cinceles de punta de diamante, era necesario pulirla con abrasivos cada vez más finos. Ése era el momento más crítico, pues si el vidrio tenía defectos internos podía agrietarse y quedar inservible.

Una vez formada la inicial y tosca lenteja vítrea, Leonardo comenzaba a pulirla con una robusta lima de hierro, mediante la que eliminaba las irregularidades más groseras. Luego utilizaba piedras de esmeril, ligeramente cóncavas, cuyo grano iba disminuyendo. Por último, en el pulimento más delicado, empleaba un método ideado por él, que consistía en frotar la superficie de la lente con una herramienta impregnada de brea y mordiente rojo.

Leonardo no quería que ninguno de sus discípulos, excepción hecha a Salai, conociera la verdadera naturaleza de su proyecto. Cuanto menos supieran, menor su riesgo y también el suyo propio, ya que César Borgia no era precisamente un hombre magnánimo. Entre sus crímenes, a cual más abominable, se contaba incluso la violación de un obispo de quince años en su propia iglesia. También se decía de él que mantenía relaciones incestuosas con la bellísima Lucrecia, su hermana, sin que el papa Alejandro lo censurara ya que, por añadidura, este último la utilizaba para los más oscuros fines, intrigas, seducciones, engaños, envenenamientos...

El joven Borgia, duque de la Romaña y de Valentinois, que ostentaba el rango de cardenal y manejaba a su voluntad el Papado, era un hombre sin medida, lleno, en igual proporción, de dudas y seguridades. Amable y cruel, apasionado y despiadado, poseía un voluble carácter, que lo hacía, si cabe, más perturbador. Su aguda inteligencia y su enorme poder no lo habían convertido en un bienhechor, grande y generoso; al contrario, sólo habían servido para hacer de él una criatura cauta y recelosa, en constante análisis psicológico de quienes lo trataban.

En ocasiones, el *Divino* se preguntaba cómo pudo aceptar ponerse a su servicio, pero algo en él lo había fascinado. No su gusto artístico, ya que César Borgia, en arte, sólo se preocupaba en realidad del diseño de sus armas y de los trajes de sus soldados, sino más bien, tal vez, su personalidad enérgica y arrolladora. Era un personaje contrapuesto en lo exterior a Leonardo, pero con muchos más puntos interiores en común de lo que éste era capaz de admitir.

Con todo, debía ser cauto, desconfiar de aquel hombre amoral, despiadado con todo lo que no era capaz de amar o temer, de odiar o admirar, de considerar, en definitiva, fuera de lo común.

Después de tantas reflexiones, después de todas las pruebas y ensayos, parecía al fin que Leonardo sería capaz de hacer la copia de la Sábana. No sabía si el resultado sería del todo aceptable, pero sí estaba seguro de que seguía el único camino posible. Cuando todo acabara, la duda quedaría resuelta. Y esto era precisamente el estímulo del artista que el *Divino* llevaba dentro, más fuerte que una tempestad en alta mar. Si él abandonaba muchas de sus obras antes de acabarlas era porque no alcanzaban el ideal que de ellas se había forjado en la imaginación. Pero esto no le hacía desdeñar la ejecución artística, sino esforzarse más cada día, tratando de mejorar, de rozar el cielo, aunque eso lo llevara en ocasiones al infierno, en su *obstinato rigore* de alcanzar la perfección.

Leonardo decidió hacer una prueba con el Santo Sudario antes de usar el lienzo de los Scevola. Para ello, empleó otra sábana de paño más tosco, también nueva, que colocó en su lugar en la cámara oscura, en el segundo armazón que había construido. Antes de sacar la Síndone de su arca de plata, ordenó abandonar la estancia a César de Sesto y Zoroastro, prohibiéndoles que bajo ninguna circunstancia tratasen de volver a entrar hasta que él se lo permitiera. Sólo cuando se marcharon y Salai hubo asegurado la puerta con una gruesa cadena, Leonardo situó y afianzó la parte anterior de la Sábana en el armazón. Su tamaño, con una longitud de más de cuatro metros, lo había inclinado a decidirse por ese modo de hacer la copia. Primero impresionaría una parte, aquella en la que se exhibía el rostro de Cristo; después, la que mostraba su espalda.

La lente ocupaba ya su posición en la pared. Antes de incrustarla, el *Divino* la había engastado en un disco metálico ancho y de bordes planos, que le facilitó la tarea de orientar su eje, ya que éste podía desviarse del centro de la Sábana en el armazón si no quedaba perfectamente vertical en el muro. Pero en su engarce, bastaba con que éste quedara horizontal para que la correcta orientación de la lente estuviera asegurada.

El tiempo de exposición pasó muy despacio. Los espejos que concentraban la luz en la Sábana brillaban refulgentes. En la calle, el día era soleado. Quizá fuera un buen augurio, aunque Da Vinci no creía en supersticiones. Un reloj de arena, situado sobre una mesa, indicaba el instante en que realizar las sucesivas comprobaciones.

En un principio, parecía que las sales de plata no reaccionaban sobre el lino. No se le ocurría un motivo claro para ello, pero ése era el hecho. Leonardo se alarmó; en anteriores pruebas con el caballo de Francesco Sforza todo había ido bien. Para su tranquilidad, comenzaron a aparecer unas tenues manchas pardas, y el *Divino* comprendió repentinamente lo que ocurría: la imagen del

Sudario era tan sutil que casi no se percibía al formarse lentamente en la sustancia reactiva. A veces lo más obvio pasa desapercibido cuando la mente está ocupada en mil detalles.

Una sensación casi mística se apoderó de Leonardo. Se mantuvo en silencio todo el tiempo, soportando estoicamente los ruidos que producía Salai con unos dados que lanzaba continuamente, en pugna consigo mismo. Todo él era una criatura irrespetuosa y desconsiderada, pero hacía ya años que su maestro había abandonado la esperanza de reformarlo, y se limitaba, ingenuamente, a esperar que el buen ejemplo cambiara su carácter egoísta, despreocupado y grosero.

Cuando por fin el *Divino* extrajo la sábana con la imagen de la Impronta y la observó a la luz del día, quedó durante algunos momentos mudo de admiración. Incluso Salai, al que nunca parecía interesarle otra cosa que el libertinaje y las juergas, se acercó a la copia asombrado por el increíble parecido con el original. Hasta las más pequeñas marcas del Lienzo se distinguían con claridad. No importaba que el proceso de exposición continuara; de hecho era mejor que la imagen se borrara por sí misma en lugar de tener que quemarla para destruir la prueba.

En aquel mismo instante, embargado por una emoción nueva, nunca antes experimentada, la vida de Leonardo cambió. Y, como voto sagrado al hombre cuyo rostro presidía la estancia, impasible, penetrando lo más recóndito de su interior, irradiando una energía misteriosa pero casi tangible, decidió, cuando hubiera realizado la copia definitiva, destruir la lente y no repetir jamás el proceso. Le parecía una blasfemia perversa emplearlo de nuevo en algo vulgar.

10

1888, París

La biblioteca de La Sorbona estaba en las antiguas dependencias de la facultad de letras. Había sido trasladada allí desde su localización original, en el cercano colegio Louis le Grand de la calle Saint Jacques, que constituía el límite oriental de la universidad. El día anterior, Gilles había mantenido la conversación con su amigo el párroco de Saint Germain. Dispuesto a averiguar algo más acerca del medallón, decidió consultar la amplia bibliografía de que disponía la biblioteca, cuyos extensos fondos abarcaban todos los conocimientos humanos. A esas horas de la tarde no había ya nadie en la enorme y alargada sala de lectura. Las mesas y bancos de madera vacíos estaban pulcramente alineados a lo largo de la estancia, y daban al lugar un aspecto desolado. Aún entraba algo de luz a través de los amplios ventanales, aunque pronto se haría de noche, por lo que Bossuet encendió una de las lámparas de gas que estaban repartidas por las mesas.

Delante de él tenía un grueso libro de tapas agrietadas y lomo castaño; unas letras de un desvaído color dorado anunciaban: *Genealogía y heráldica de la nobleza francesa*. Gilles se lo había pedido al bibliotecario unas horas antes, junto con algunos otros volúmenes sobre el mismo tema. Sin embargo, hasta ese momento no había conseguido descubrir nada. Quizá los escudos, a pesar de su forma tradicional, no eran franceses después de todo. Puede que fueran italianos o, más probablemente, de nobles aragoneses o catalanes.

En la primera página del libro había una cita, de un autor español del siglo XVI llamado Juan Flórez de Ocariz, recordando el origen de la nobleza, y que decía así: «Y aunque las armas heráldicas testifican la nobleza de su dueño, no las ha menester el hidalgo para serlo; porque las armas no dan nobleza, sino proceden della».

Tenía los ojos cansados y doloridos. Se quitó las gafas y se los presionó ligeramente con las palmas de las manos. Después de que se le aclarara la vista, continuó pasando las páginas del libro. Había revisado ya más de la mitad cuando por fin encontró uno de los escudos que buscaba. Con creciente entusiasmo, situó el medallón sobre la página, de modo que pudiera verlo mejor. Tras compararlos cuidadosamente, aunque la calidad de impresión no era demasiado buena, llegó a la conclusión de que, en efecto, aquél era uno de los escudos que buscaba.

–Hasta mañana, profesor –dijo una voz a su espalda que lo sobresaltó.

Era el bibliotecario. Bossuet estaba tan ensimismado que no lo había oído acercarse. El corazón le latía agitadamente en el pecho y a punto había estado de rasgar la página al girarse con brusquedad.

–¡Dios del cielo, Pierre! Me ha dado usted un susto de muerte.

–Discúlpeme señor –rogó el bibliotecario con auténtica aflicción–. No era mi intención hacerlo. Sólo quería advertirle que es hora de que me marche y preguntarle si deseaba algo más antes de irme.

–No se preocupe. No ha sido culpa suya –intentó tranquilizarlo, aunque todavía no se había recuperado completamente–. Creo que tengo todo cuanto necesito, pero le agradezco su atención.

–Gracias señor. Hasta mañana entonces.

–Hasta mañana, Pierre.

De nuevo solo, volvió a centrarse en el libro. El escudo ocupaba una buena parte de la página. Estaba dividido en cuatro partes, iguales dos a dos: el cuadro superior izquierdo y el inferior derecho tenían un fondo blanco con la cruz roja de Malta en su centro; en los otros dos cuadros, de fondo rojo, un león amarillo de aspecto temible levantaba sus garras. Bajo el emblema, podía leerse «Escudo de armas de la familia Charny», cuya descripción heráldica era la siguiente:

ARMAS: Escudo cuartelado en cruz, con cruces de Malta de gules sobre fondo de plata, y leones rampantes de oro en campo de gules.

También se incluía en el texto una breve reseña histórica, en la que se hablaba de algunas de las figuras más representativas de esa familia:

Los orígenes de los Charny se pierden en los albores de la primera cruzada, que comenzó, bajo los auspicios del papa Urbano II, el día 27 de noviembre del 1095. A las órdenes de Godofredo de Bouillon, duque de la Baja Lorena, y con sólo diecisiete años, Cristián de Charny combatió en las sucesivas campañas que los cruzados llevaron a cabo en Tierra Santa: tras la conquista de Nicea y la derrota, en Dorilea, del grueso del ejército turco de Anatolia, participó en el sitio y asalto de Jerusalén, cuyos defensores egipcios fueron masacrados.

Después de la guerra, Bouillon fue nombrado gobernador de Jerusalén, lugar en que permaneció junto con un reducido grupo de hombres, entre ellos, Cristián de Charny. Tras la muerte del duque en el 1100, Cristián vuelve a Francia, a sus posesiones en el norte, donde se ve obligado a luchar de nuevo. Esta vez junto a Roberto II, duque de Normandía que, al año siguiente, invadió Inglaterra para arrebatársela a su hermano Enrique. Después de cinco años de falsas treguas, intrigas y batallas, Roberto es derrotado y Normandía pasa a manos de Enrique I, rey de Inglaterra.

Hastiado por las luchas entre nobles cristianos, se une a las huestes de Hugo de la Champagne, que se dirigían a Palestina con el fin de proteger el reino latino de Jerusalén. Durante el largo viaje entabló amistad con uno de los capitanes del noble francés, Hugo de Payns. En 1118, éste y Cristián, junto con siete caballeros más, ofrecieron sus servicios y protección a Balduino II, entonces rey de Jerusalén, a quien Payns había conocido en el transcurso de la primera cruzada. Los caballeros fueron alojados en el templo de Salomón, por lo que recibieron el nombre de Caballeros del Temple o Templarios.

Gilles se detuvo unos instantes. Le parecía haber oído un ruido a su espalda. Se irguió y escrutó a su alrededor para ver de qué se trataba. Sin embargo, como pudo comprobar, no había nadie en la sala excepto él. Tan sólo lo acompañaba el solemne retrato de Armand Jean du Plessis Richelieu, situado en uno de los extremos. El poderoso cardenal parecía estar más atento al académico que a los planos de La Sorbona, que sostenía en sus manos, aunque Bossuet no pensaba que fuera capaz de moverse. Probablemente no se tratara más que del crujido de las viejas maderas.

–¿Me permitís continuar, monseñor? –interrogó al religioso antes de proseguir.

Esta orden de monjes-guerreros se instituyó oficialmente nueve años más tarde, en el Concilio de Troyes de 1127, con el respaldo del papa Honorio II. Cristián de Charny siguió perteneciendo a ella hasta su muerte, acaecida en el 1141.

La estirpe de los Charny estuvo a partir de entonces ligada inexorablemente a los templarios. Se cree que participaron en el saqueo de Constantinopla por los cruzados en 1204 aunque, después de esa fecha, no existe ningún dato sobre la familia hasta cien años más tarde, época en la que vivió Godofredo de Charny, maestre de la orden templaria de Normandía, que fue condenado a morir en la hoguera por orden de Felipe IV de Francia, junto al gran maestre, Jacobo de Molay, durante el proceso que destruyó la Orden del Temple.

El académico se sorprendió al leer lo que le había ocurrido a Godofredo de Charny. Se preguntaba qué razones habían llevado al rey francés a acabar, de un modo tan terrible, con los caballeros templarios y con la vida de sus más altos representantes.

Los años posteriores fueron muy duros para la familia Charny. Muchos de sus miembros, también caballeros templarios, se vieron despojados de sus bienes y obligados a jurar, frente a varios testigos y el obispo de Rávena, que no habían cometido herejía alguna. Comenzó entonces un nuevo período de tiempo en blanco, que termina con otro Godofredo de Charny, caballero que murió defendiendo a su rey, Juan II, en la batalla de Poitiers frente a los ingleses. Años antes, había sido hecho prisionero por éstos y conseguido escapar de un modo milagroso de la fortaleza donde lo tenían recluido. Convencido de la intervención divina en su fuga, ordenó la construcción de una iglesia en la pequeña localidad de Lirey. En ella, mandó edificar una capilla donde se custodiaría el Santo Sudario de Cristo que, de algún modo no del todo esclarecido, había llegado a manos de la familia Charny.

–¡Ésa es la relación! –exclamó el académico en voz alta–. Los Charny tenían la Sábana Santa.

Siguió leyendo entre líneas para tratar de confirmar una sospecha que su imaginación había concebido de improviso. Según el libro, la esposa de Godofredo de Charny era Juana de Vergy. Gilles buscó el apellido en el índice del libro cuando logró abrirlo por la página correcta.

–¡Sí! –casi gritó con expresión triunfal al ver el escudo–. Aquí está.

Cerca del final de la lista aparecía el nombre Vergy. El escudo de esta familia se correspondía exactamente con el otro emblema que aparecía en el medallón: un torreón sobre fondo rojo y una estrella amarilla en fondo azul, separados por una línea diagonal que partía el escudo de la parte superior derecha a la inferior izquierda, y, en medio, una pequeña insignia con olas blanquiazules. Debajo se podía leer:

ARMAS: Escudo tajado. El primer cuartel de gules y la torre de plata, mazonada de sable. Y el segundo cuartel en campo de azur con estrella de oro. En escusón, ondas de azur y plata.

Lo había encontrado. Después de todo, había sido más fácil de lo que pensó. El misterio estaba resuelto, o eso creía él. No mucho tiempo después comprendería que el enigma sólo acababa de empezar.

11

1502, Florencia

Si la prueba con la lente de vidrio veneciano había sido un éxito, la copia definitiva en el soberbio lino del taller de los Scevola fue aun más fiel y perfecta. En esta segunda réplica, Leonardo sí tuvo que concluir el proceso de fijación de la imagen exponiéndola a vapores de mercurio, o azogue, como solían decir en su tiempo, calentado este líquido metal en una marmita para aumentar su volatilidad, muy baja a temperatura ambiente. Terminó el proceso lavando el lienzo en agua saturada de sal común, en la que lo tuvo sumergido toda la noche para estar completamente seguro de su efectividad. Podía ser, pensó, que cuanto mejor fuera el lavado más tiempo se mantendría la imagen.

En la sábana falsa habían quedado impresas todas las marcas de la original: las espantosas señales de la cruel, inhumana, tortura de Cristo, las manchas de cera de los cirios votivos usados en su culto, las quemaduras producidas en los incendios que estuvieron a punto de destruirla en más de una ocasión... Ahora, Leonardo tendría que reproducir dichas huellas siguiendo el patrón, como si se tratara de una plantilla enorme y aterradora.

El *Divino* se había percatado, también gracias a sus estudios anatómicos y fisiológicos, de que las manchas de sangre estaban rodeadas por fluido seroso. En ellas, por tanto, había dos zonas diferenciadas, una más oscura y perfilada, menor, y otra más extensa y casi imperceptible, algo que sólo ocurre cuando la sangre se vierte desde una herida reciente. Por este motivo, Leonardo pensó utilizar un conejo vivo, haciéndole un corte en el cuello que seccionara la aorta, y dejando gotear su sangre en un embudo, al que uniría una caña articulada para pintar con ella las marcas en el lienzo.

Parecía una buena solución, pero quizá la sangre del conejo, al secarse, produjera un efecto distinto al de la humana. Y además sentía cierta lástima del pobre animal, que sufriría una muerte lenta y dolorosa. Por ello, como indirecto tributo al Hombre de la Sábana, cambió de idea, y decidió usar su propia sangre, vertida desde el corte, que se produciría en el brazo izquierdo por estar mejor regado por el corazón, sobre la sábana impresa.

Las huellas dejadas por la cera eran más fáciles de reproducir, ya que, con el paso de los siglos, las gotas adheridas al paño se habían desprendido, dejando únicamente su marca en los intersticios del tejido. Le bastó emplear un grueso cirio; cuando cociera el lienzo, más tarde, la cera derretida se eliminaría por sí sola y dejaría unas manchas idénticas al original.

En lo que respecta a las quemaduras y desgarrones, Leonardo empleó en ambos una técnica similar. Donde faltaba un trozo de tela, ya hubiera sido devorada por el fuego o simplemente arrancada, él cortó un pedazo con la misma forma, pero más pequeño. Luego quemó los bordes, en el caso de las primeras, y los deshilachó en el de los segundos. Se vio obligado también a estropear todo el perímetro de la sábana, pues el tiempo había deteriorado el contorno, mellándolo como la dentadura de un anciano.

Cuando todo estuvo hecho, terminada por fin su más difícil obra, aquella que había influido más en su interior, adentrándose en la espiral de su compleja mente, Leonardo la observó largo tiempo, orgulloso. Casi obligándose a apartar de ella su mirada, la colocó en un gran horno que empleaba en su taller para el cocido de cerámica, doblada en torno a unos travesaños de madera y protegida en el interior de un cofre de hierro. Este proceso final simularía la vejez de la Sábana Santa, las quince centurias transcurridas desde que un humilde galileo de Belén fuera amortajado en ella.

El genial toscano, antes de partir hacia Roma al día siguiente, desasosegado en su fuero más íntimo, recordó el principio de un antiguo himno cristiano que su madre adoptiva le enseñara en su más tierna infancia, y que contribuyó a apaciguar en alguna medida su espíritu: *Te Deum laudamus; te Dominum confitemur*, «A ti, oh Dios, te alabamos; a ti por Señor te reconocemos».

Leonardo entregó a los Borgia la Sábana Santa y la copia con enorme disgusto que, por supuesto, no dejó traslucir. Sentía como si diera en matrimonio una hija, que nunca tuvo, al más lascivo de los hombres. Aunque nunca confió demasiado en Dios, le parecía un sacrilegio que aquellos seres malvados poseyeran la Síndone auténtica. Pero al menos, se consoló, la conservarían en Roma, bien guardada y protegida en el Vaticano.

Las alabanzas que el papa Alejandro y César Borgia le rindieron al comprobar su trabajo llegaron a disgustar al *Divino*, que fue objeto de una glorificación demasiado mundana y repugnante. Si bien César lo hizo como mero cumplido, Alejandro VI parecía víctima de la misma ansia de adulación de la que él mismo fuera objeto en su coronación, y que tanto lo disgustó en su día.

Sin embargo, era César quien reflejaba mayor emoción; una emoción inusual en él, no fruto de la fiereza o la jactancia, sino, antes bien, nacida de su infinito anhelo de poder. Él creía estar ante el estandarte de sus triunfos venideros y, muy al contrario, pronto comenzaría su declive.

Durante el tiempo en que Leonardo trabajó en la copia de la Síndone, César había esperado con gran expectación, abrasado en su interior, que el maestro fuera capaz de llevar a cabo su encargo. Él era un hombre realista y plenamente consciente de que no resultaría fácil. Incluso había concebido oscuros planes para conservarla aunque el *Divino* no consiguiera realizar la copia o ésta no fuera perfecta.

Pero su estrella aún lucía en el firmamento, y Leonardo había logrado cumplir su petición. Esto lo liberaba de grandes tensiones, ya que podía seguir el plan original, el óptimo por su limpieza perversa. Lo primero que hizo el joven Borgia fue enviar un emisario a Chambéry con el anuncio de que la ladrona de la reliquia había sido apresada en Roma por la guardia papal, cuando trataba de conseguir una audiencia con su padre, Alejandro VI, para venderle la Sábana.

Los Saboya, como esperaba, agradecieron su mensaje, y le rogaron, sumamente cordiales, como la situación requería frente a un enemigo declarado, que les fuese restablecida, acompañando su petición con un valioso presente. César, que dominaba la situación a placer, no se inmutó al ordenar que decapitasen a la mujer que había robado el Sudario para él, con la que había mantenido relaciones íntimas durante los anteriores días, y enviaran su cabeza en un cesto junto con el arca de plata que contenía la reliquia. Así logró el joven Borgia cumplir sus deseos: poseer el verdadero Santo Sudario de Cristo y que la poderosa Casa de Saboya estuviera en deuda con su familia.

Pero el año siguiente, 1503, el papa Alejandro VI murió, quizás envenenado por su propia hija, Lucrecia, harta de los abusos de su padre; abusos para con ella, a la que utilizaba como una marioneta por designios de César, y de la que gozaba carnalmente cuando lo deseaba. Este hecho afectó a los Borgia muy negativamente ya que, a pesar de que era César quien regía la familia y tomaba todas las decisiones importantes, el papa sustentaba su poder desde la Silla de Pedro.

El momento crucial en el inicio de la caída de los Borgia fue la elección como papa de Giuliano della Rovere, el célebre Julio II que encargó a Miguel Ángel pintar el techo de la Capilla Sixtina, en el cónclave que siguió al efímero papado de Pío III. Julio II era un enemigo reconocido de César, al que privó de su dignidad cardenalicia y ordenó detener, lo que le obligó a huir a Nápoles, que estaba en poder de los ejércitos castellanos desde hacía algo más de un año.

Sin embargo, la decisión de establecerse en Nápoles, donde César tenía parte de su familia, no resultó acertada ya que, deseoso de mantener buenas relaciones con Roma, el rey Fernando *el Católico,* regente de Castilla a la muerte de la reina Isabel, lo hizo apresar. Fue enviado a España por su captor, Gonzalo Fernández de Córdoba, donde sufrió prisión en los castillos de la Mota y de Chinchilla. Pero consiguió escapar una vez más y se refugió en Navarra, de cuyo rey, Juan III, era cuñado. Unido a éste en su guerra contra Castilla, murió en 1507 durante el sitio de Viana. Fue enterrado en una iglesia, bajo una losa de piedra en el centro de la nave, hollado por los pies de los fieles que asisten al culto y quizás olvidado como hombre en el océano de su notoriedad histórica.

12

1888, París

Gilles impartía clases de matemáticas en La Sorbona, aunque, como el verdadero hombre de ciencia que era, sus actividades no se limitaban únicamente a esta disciplina. Además de una completa formación en el campo de las letras y las humanidades, poseía amplios conocimientos de física y química. Por ello, no resultaba extraño verlo trabajando en alguno de los laboratorios de la universidad, especialmente en el de esta última materia. Hasta tal punto esto era así, que el catedrático de química solía referirse a Bossuet con el apelativo cariñoso de *El alquimista*, y a menudo bromeaba expresándole su temor de que volara el Barrio Latino de París con alguno de sus experimentos.

Aquella noche se encontraba precisamente en el laboratorio de química, tratando de averiguar algo más acerca de la composición del medallón. Había transcurrido ya casi una semana desde que descubriera a quiénes pertenecían los escudos que estaban grabados en él. En todo ese tiempo le había resultado imposible dedicarle su atención, pues se lo habían impedido las obligaciones académicas. Eran ya casi las once y media; únicamente a esa hora había podido tomarse un respiro. No había nadie en la estancia excepto él.

Las paredes de la sala aparecían alicatadas con azulejos de un blanco impoluto, y en el aire flotaba un olor ácido y agudo: quizás una mezcla entre desinfectante y algún tipo de compuesto sulfuroso. La mayor parte de la habitación estaba ocupada por mesas, cada una equipada con un pequeño grifo. Sobre ellas, había numerosos artilugios y sustancias empleados en los experimentos: pipetas, botellas transparentes de productos químicos con manidas etiquetas blancas, mecheros *Bunsen*, pinzas de varios tamaños, balanzas y, sobre todo, probetas, vasijas graduadas, tubos de ensayo y otros recipientes de formas retorcidas que parecían estar sufriendo los más horribles tormentos del infierno.

Gilles se encaminó al extremo izquierdo de la estancia. Allí se encontraba una mesa de mayores dimensiones, que tenía varios grifos y una cantidad innumerable de artefactos. Ésta era la que utilizaba el profesor durante las clases, y en la que solía trabajar él. Detrás, ocupando toda la pared, se situaba un voluminoso armario acristalado, en cuyas estanterías aparecían ordenados y protegidos bajo llave los productos químicos más caros o peligrosos.

Todo esto daba al lugar un cierto aspecto tétrico, algo que contribuía a ampliar la funesta reputación que tenía entre los estudiantes más jóvenes y que los veteranos se encargaban de mantener. Bossuet sonrió al recordar la historia que corría entre las aulas, según la cual, hacía mucho tiempo, se había producido allí un espantoso crimen, cometido por un padre que había asesinado a su propia hija y al amante de ésta. Desde entonces, se aseguraba en el relato, los fantasmas de los dos jóvenes se aparecían cada noche a la misma hora en que fueran asesinados.

Por lo que Gilles sabía, jamás se había producido un crimen en La Sorbona y, en cualquier caso, él desde luego no había visto ningún alma en pena por el laboratorio clamando venganza; salvo los propios estudiantes exigiendo la cabeza del profesor, pensó divertido.

Todavía sonriendo y sintiéndose de muy buen humor a pesar del cansancio, sacó el medallón de la pequeña bolsa donde lo tenía guardado. Lo había traído para comprobar su sospecha de que estaba hecho de plomo. Una vez más, lo observó con curioso interés durante unos momentos, antes de colocarlo sobre una balanza de precisión. Con un chasquido, la flecha de la balanza indicó un valor que Bossuet apuntó en un papel: 387 g.

–Eres un pequeño gordinflón, mi buen amigo.

Ahora necesitaba algún recipiente de vidrio. Paseó la mirada por toda la mesa en su busca y eligió uno en forma de pera que estaba en un extremo, al lado de un punzón de aspecto temible. Colocó el recipiente bajo uno de los grifos, pero no salió agua al abrirlo. Probablemente su colega había cerrado la llave de paso, algo que solía hacer por precaución. Gilles debía reconocer que él siempre olvidaba cerrarla de nuevo cuando se marchaba. Por eso, como de costumbre, se recordó a sí mismo que debía hacerlo. Sin embargo, también como de costumbre, tuvo la sensación de que sería completamente inútil tratar de acordarse.

Inclinándose sobre la mesa, tanteó a ciegas por detrás del grifo, debajo de la pila. Rozó la llave con el dedo, pero no consiguió aferrarla. Se recostó aún más para hacer un nuevo intento. Emitió una maldición entre dientes cuando oyó un ruido y sintió que algo se le estaba clavando en el vientre. Se preguntaba por qué no rodeaba simplemente la mesa y lo hacía desde atrás. Sin duda, resultaría mucho más fácil. Aun así, con un último esfuerzo logró abrir la llave. El agua penetró entonces de inmediato en la acometida, acompañada por un leve siseo. Al erguirse, comprobó, mientras recuperaba el aliento, que era la balanza lo que se le había hundido en el cuerpo. El objeto estaba volcado sobre la mesa; la cazoleta superior se había caído hacia un lado, y dejaba ver las piezas de soporte. Parecían las garras abiertas de algún fabuloso pájaro metálico concebido por la imaginación de *monsieur* Verne.

Bossuet puso de pie la balanza y la colocó a un lado. Después de llenar de agua el recipiente, lo introdujo dentro de otro de mayores dimensiones, que además estaba graduado. Asiendo el medallón por la cadena, lo sumergió completamente en el agua. Por último, lo depositó con cuidado sobre la mesa, junto al recipiente interior. Le bastó con mirar la regla graduada del más grande para conocer el volumen. No podía ser más simple: «el volumen de agua desplazado por un objeto sumergido es igual al volumen del mismo». Gilles se maravilló de que aquello se le hubiera ocurrido a un griego que había vivido hacía más de dos mil años. El cálculo posterior era muy sencillo: mediante el cociente entre la masa del medallón y su volumen, obtendría la densidad del material que lo componía. Tan sólo debía compararlo con el valor correspondiente al plomo para averiguar si, en efecto, se trataba de este metal.

Bajo la mesa, en el lado del armario, había una gran cantidad de estantes donde se guardaban libros de fórmulas, publicaciones y estudios diversos, normas de reconocimiento de materiales y enormes tratados de química. Una buena parte de las maderas estaban arqueadas por el peso excesivo y muchos de los documentos aparecían cubiertos por una gruesa capa de polvo, en especial los menos utilizados. Gilles introdujo la mano en un bolsillo tratando de encontrar una pequeña llave, que utilizó para abrir el cajón con la inscripción «TABLAS», situado justo delante. Las guías gruñeron sonoramente al extraer el cajón, de cuyo interior provenía un leve olor a moho y a papel viejo. A ambos lados, dos cilindros metálicos soportaban unas carpetas de color sepia, que disponían de etiquetas de identificación y en las que se ordenaban los múltiples documentos. Una de ellas decía: «TABLAS DE DENSIDADES».

Las hojas que tenía entre sus manos mostraban las densidades relativas de todos los elementos conocidos hasta la fecha, ordenados alfabéticamente en columnas. Recorrió con el dedo la lista hasta que encontró el plomo. A la derecha del nombre se indicaba su densidad. Bossuet se sintió un tanto decepcionado al comprobar que no coincidía con la que había obtenido. De hecho, la diferencia era bastante considerable, muy por encima de la que podía deberse a imprecisiones o errores en el sistema de medida. Se le ocurrió que había varias causas posibles para ello: o bien el medallón estaba compuesto por algún otro material, quizás una aleación, o bien era hueco, o ambas cosas.

A pesar del resultado, seguía convencido de que se trataba de plomo, aunque podría ser algún otro elemento de densidad parecida. El cinc y el bismuto quedaban descartados ya que, salvo en compuestos de estos elementos, en estado natural se presentan uno transparente y otro de color rosáceo. Si no era plomo, podía tratarse más probablemente de estaño, si bien el aspecto del material no coincidía demasiado; o incluso de talio. Gilles sabía que este elemento, al igual que el plomo, muestra un color gris azulado en contacto con el aire; también que es blando y maleable. Pero había sido descubierto hacía poco tiempo, precisamente por un profesor de La Sorbona, Claude August Lamy, y era mucho más raro que el plomo. En este caso, además, tampoco servirían las pruebas con ácidos fuertes, pues no afectaban a ninguno de los dos elementos, excepto el ácido nítrico. De manera que la mejor alternativa consistiría en verificar la temperatura de ebullición, dato en el que sí existía una diferencia lo suficientemente grande como para poder llegar a alguna conclusión definitiva.

No pretendía destruir el medallón, pero necesitaba obtener una muestra para el ensayo. En realidad, unas pocas virutas serían más que suficientes. De un pequeño estante de madera eligió una lima de metal. Al volverse para coger el medallón, sintió que su respiración se detenía. Sin que apenas se diera cuenta, la herramienta resbaló entre sus dedos, produciendo un sonido metálico al estrellarse contra el suelo de piedra. Notaba que la garganta le ardía y las sienes le palpitaban con violencia. Tenía que acercarse, tenía que acercarse y verlo, pero simplemente no podía. Así que cerró los ojos tan fuertemente como pudo y se quedó allí de pie aguardando, deseando con todas sus fuerzas que aquello fuera sólo una pesadilla.

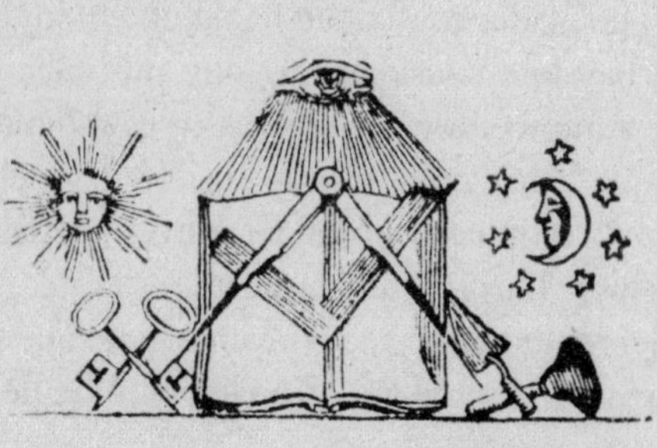

1504, Nápoles, Poblet, París

Gonzalo Fernández de Córdoba, conocido como el Gran Capitán, duque de Santángelo y comendador de la orden de Santiago, había sido el principal artífice de la conquista de Nápoles y la expulsión de las tropas francesas que la dominaban anteriormente. Tras un período de dos años en España, regresó a Italia de nuevo, con el encargo de efectuar el reparto de territorios entre franceses y españoles, que establecía el tratado de Chambord-Granada. Sin embargo, las hostilidades resurgieron pronto entre los dos bandos antagónicos. Los franceses eran superiores en número, pero el Gran Capitán hizo gala de sus incomparables dotes para la estrategia militar, conteniendo con su infantería y artillería el avance francés, hasta que llegaron los refuerzos del rey Fernando de Aragón, que al salir victorioso le otorgó el título de virrey de Nápoles.

Fernández de Córdoba pertenecía, ya desde antes de la conquista de Granada, a la Orden de Santiago, creada en 1161 por doce caballeros leoneses, con Pedro de Arias a su cabeza como primer maestre y fundador. El objetivo inicial de esta milicia cristiana fue proteger a los peregrinos del Camino de Santiago, si bien en pocos años sus actividades se extendieron a la lucha contra los invasores sarracenos en toda la península Ibérica.

Al igual que los templarios, los caballeros de Santiago comenzaron pronto a formar círculos secretos dentro de la Orden. En ellos, los miembros más avanzados y sabios se entregaban, ocultos, al estudio de materias prohibidas, como la magia o la alquimia. Cuando los Reyes Católicos incorporaron el maestrazgo a la corona, dichos círculos herméticos continuaron existiendo, pero sus miembros tuvieron que ser aún más cautos que antaño, reuniéndose únicamente en algunos monasterios del Cister, orden monástica de la que habían heredado su organización y carácter, y que conservaba desde tiempos de san Bernardo la esencia espiritual de las milicias de Cristo.

Precisamente el Gran Capitán fue uno de los más importantes caballeros de Santiago, partícipe de los saberes acumulados en los cenáculos secretos y gran defensor de la encomienda. En sus batallas, se hacía seguir por una guardia personal de doce caballeros de la orden, en conmemoración del número de sus fundadores, vestidos con la capa blanca del Cister y la roja cruz de Santiago sobre ella, cuyo brazo inferior se convertía en la hoja de una espada.

Fernández de Córdoba sentía en sus entrañas el deseo de borrar de la escena de poder en Italia al joven Borgia, a quien consideraba una criatura innoble y un monstruoso criminal. Experimentó, de hecho, un gran placer cuando su señor le dio permiso para detenerlo tras largas dubitaciones: el poderoso Rey Católico era un diplomático sagaz al mismo tiempo que un genio militar, y jamás tomaba una decisión política a la ligera, tratando de obtener en cada maniobra el mayor beneficio, siempre al servicio de la razón de Estado.

Cuando el Gran Capitán apresó a César Borgia en Nápoles, también le arrebató el Santo Sudario de Cristo. El arca de plata que contenía la reliquia había sido escondida por aquél en los sótanos del palacete en que estaba instalado, en previsión de que lo detuvieran, como de hecho sucedió. El Gran Capitán ordenó entonces a dos de sus hombres de confianza, ambos pertenecientes a su guardia personal de caballeros de Santiago, que custodiaran la Sábana hasta España y la condujeran al monasterio de Poblet, en tierras catalanas. Allí, el maestre español de los templarios, oculto bajo la clámide del Cister, decidiría lo que debía hacerse con ella.

Tras la destrucción de la Orden del Temple, llevada a cabo en el siglo XIV por el rey de Francia, Felipe IV el Hermoso, hombre vil y traicionero que ansiaba poseer los inmensos tesoros de la Orden, los pocos caballeros que lograron huir o ser absueltos de los falsos delitos que se les imputaban se instalaron en monasterios del Císter y del Hospital. También algunos miembros de la orden de Santiago pertenecían a los círculos templarios secretos. Fue así como el Temple siguió existiendo en su vertiente esotérica, aunque borrado de la Historia oficialmente.

A pesar de que la mayoría de los caballeros templarios habían sido catalanes y aragoneses hasta el fin de la Orden, su origen era francés. Por este motivo, siendo ya una sociedad secreta, el centro de poder se estableció en París, en un convento próximo a la catedral de Notre-Dame, en la orilla sur del río Sena.

El viaje en barco de los dos caballeros fue tranquilo. La mar estuvo permanentemente en calma, y los elementos no se desataron, como si las fuerzas de la naturaleza, de incalculable poder, protegieran la reliquia durante la travesía. En el atardecer del cuarto día, divisaron en el horizonte las costas españolas. Arribaron al puerto de Barcelona, donde desembarcaron con el arca de la Sábana oculta en un cajón de madera. Desde allí hasta Poblet viajaron en un carromato. No tuvieron ningún mal encuentro, ni con bandoleros ni con soldados del Rey. Nadie debía saber el contenido de la caja que transportaban ni la naturaleza de su misión.

En el monasterio, el abad y maestre del Temple español, fray Raimundo de Salazar, recibió la Síndone con gran alborozo y sorpresa. Hacía muchos años que sus antiguos custodios la habían cedido a los Saboya, y era incapaz de comprender cómo y en qué circunstancias había caído en manos de los Borgia. Sospechó de su autenticidad hasta que vio la Impronta de Jesús con sus propios ojos. La imagen, como en todos aquellos que la habían tenido ante sí, hizo que se despejaran sus dudas.

Como era su deber, el monje envió a París a uno de los caballeros que portaban el Sudario, con un mensaje para el gran maestre del Temple, invitándolo a Poblet para que fuera él quien decidiera el futuro de la preciada reliquia. El mensaje se encapsuló en un medallón con los escudos de las casas de Charny y de Vergy, y la Sábana Santa en su centro, en conmemoración de las casas que habían custodiado la reliquia hasta su cesión a los Saboya. Éste era el modo de comunicarse entre los monasterios. Nadie sospecharía que dentro de un medallón de metal pudiera haber un mensaje oculto.

El caballero de Santiago había cabalgado frenéticamente hacia Francia desde que el abad de Poblet le encomendara la misión de llevar el mensaje al gran maestre del Temple. Por las noches, una pausa de pocas horas era su único descanso. En las ventas que encontraba a su paso, cambiaba el caballo por uno de refresco. No había tiempo que perder; el hallazgo de la Sábana Santa era demasiado importante para permitirse la menor demora.

Al llegar a las afueras de París, la gótica figura de la catedral de Notre-Dame se alzaba en el centro de la Île de la Cité, situada en el río Sena, núcleo que dio origen a la ciudad, conocida por los romanos como *Lutecia*. El caballero se dirigió a uno de los puentes que comunicaban con la isla. El convento templario se encontraba en la otra orilla del río, muy cerca de la catedral. Pero al atravesar el Pont au Change, una patrulla de soldados le dio el alto. El capitán de los guardias le ordenó que desmontara para comprobar su identidad. El monje se negó: sabía que París era una ciudad peligrosa para los caballeros de Cristo, y el mayor peligro lo constituía su propia monarquía, así como los brazos de su poder.

La desobediencia del caballero hizo que los soldados lo rodearan. Su única posibilidad era huir. Espoleó su caballo tratando de atravesar la línea de soldados. Al abalanzarse hacia ellos, uno de los guardias se arrojó sobre él y a punto estuvo de desmontarlo, aferrándose a su cuello, lo que le hizo perder el medallón con el mensaje, que se hundió en las oscuras aguas del río. El monje logró atravesar el cerco, pero otro guardia armó su ballesta y le disparó un dardo que se clavó en su espalda, a la altura del hombro izquierdo, atravesándole el pecho.

El caballero sabía que su herida era muy grave, quizá mortal. El dolor le impedía cabalgar erguido, aunque era consciente de la importancia de hacer llegar el mensaje al gran maestre, y esto le hizo reunir las pocas fuerzas que le quedaban y continuar sobre el caballo. Cuando llegó al monasterio había perdido mucha sangre. Una gran mancha de color rojo oscuro cubría la mitad de su manto. Logró cumplir su misión valientemente, aunque murió poco después. Sus heridas, a pesar de la pérdida del medallón, sirvieron para que el gran maestre del Temple confiara en la veracidad del mensaje.

Pero, sin que el monje lo supiera, el capitán de la guardia había montado rápidamente en su caballo y lo había seguido hasta el monasterio en que se ocultaban sus hermanos de orden. Esa misma noche, cientos de soldados lo rodearon, ordenando a sus miembros que abandonaran el edificio. Nadie salió. Los caballeros del Temple estaban dispuestos a sacrificarse una vez más.

Los soldados lanzaron entonces flechas incendiarias contra las ventanas y el tejado, al tiempo que prendieron un carro lleno de paja en la entrada del edificio. A los pocos minutos, las llamas empezaron a consumirlo. Esperaban oír los gritos de los caballeros. Sin embargo, dentro reinaba el silencio más sepulcral, que se transformó poco después en un cántico grave y lejano, entonado por cientos de voces condenadas a una muerte pavorosa. Los chasquidos del fuego y el sonido de las corrientes de calor ascendiendo hacia las alturas daban a la escena un carácter sobrecogedor.

El edificio era ya todo él pasto de las llamas cuando la veleta del capitel central se desplomó, precipitándose humeante muy cerca del jefe de los soldados, cuya montura se desbocó y lo tiró al suelo. En ese momento se escuchó un gran trueno, a pesar de que el cielo estaba completamente despejado. Muchos soldados se alejaron del convento presas del pánico, comprendiendo quizá por fin el crimen que habían cometido. El comandante yacía en el frío empedrado de la calle con el cuello partido, agonizando ante las llamas abrasadoras que consumían el edificio. Exhaló su último aliento mientras observaba la matanza que había provocado, con lágrimas en los ojos, presintiendo la cercanía del juicio que con toda seguridad habría de condenarlo. Aún antes de morir, profirió un grito desgarrado pidiendo confesión, pero no hubo tiempo de administrarle los últimos sacramentos.

En Poblet, la noticia llegó algunos días más tarde. La consternación más profunda se adueñó de los monjes que pertenecían al Temple, aunque tuvieron que seguir su vida normal para no levantar sospechas entre los hermanos no iniciados. París había caído, y Cataluña se convertía en el principal reducto de la sociedad secreta. Ya no cabía duda alguna: la Sábana Santa se guardaría en Poblet durante los siglos venideros.

14

1888, París

Cuando Gilles logró abrir los ojos, todo había terminado. Sin embargo, aún estaba sobrecogido por lo que acababa de ocurrir, si es que realmente había ocurrido. La verdad es que no era capaz de asegurarlo con absoluta certeza. Le dolía todo el cuerpo. Notaba en tensión cada músculo y, de repente, se encontró terriblemente cansado. Se sentía extraño, fuera de lugar, como si hubiera sido arrastrado a alguna esfera más allá del mundo real. Por un instante, consideró un pensamiento tentador: todo había sido fruto de su imaginación, de su mente cansada. Sería mucho más fácil convencerse de eso que seguir viviendo con lo que creía haber visto. Pero él era un científico. Durante toda su vida había combatido precisamente el mismo error que ahora estaba a punto de cometer. No existía luz alguna en el temor y la superstición; tan sólo la más negra y pavorosa oscuridad.

Se obligó con todas sus fuerzas a convencerse de que debía existir una explicación racional. Sin duda, tenía que haberla. Con un gesto violento, llenó de aire sus pulmones, y empezó a andar con paso vacilante, apoyando su mano izquierda a lo largo del borde de la mesa. No estaba seguro de que pudiera aguantarse por sí solo. Después de lo que pareció una eternidad, llegó hasta donde se encontraba el medallón. Yacía en el mismo sitio en que lo había dejado y volvía a tener su aspecto normal. Tragó saliva emitiendo un sonoro chasquido, mientras extendía una mano temblorosa en su dirección. Lo rozó suavemente con los dedos y volvió a retirar la mano con brusquedad. Su tacto era extremadamente frío. Sin embargo, tan sólo unos segundos antes pareció brillar con luz propia, como un pequeño sol emitiendo cálidos resplandores. Y había creído percibir una voz dentro de su cabeza, una voz distante y poderosa que dijo algo que le resultó imposible de entender.

Esta vez consiguió sobreponerse y mantener los dedos sobre el medallón. Con un gesto algo más decidido, lo elevó con cuidado de la mesa para colocarlo justo ante sus ojos. Nada parecía haber cambiado. Los escudos seguían tal y como él los recordaba, aunque se dio cuenta de un detalle del que no se había percatado hasta ese momento: alrededor de toda la circunferencia del medallón podía verse una fisura casi imperceptible. El corazón empezó a latirle con fuerza en el pecho, y el temor fue dando paso a una creciente excitación. Con manos torpes revolvió toda la mesa, buscando las herramientas.

–¡¿Dónde diablos están?! –musitó entre dientes, exacerbado.

Casi se abalanzó sobre ellas. Algunas vasijas cayeron al suelo, se rompieron en pedazos y produjeron un ruido estridente. Pero Gilles no las oía. Cuando por fin encontró la caja de herramientas estuvo a punto de ponerse a saltar de alegría. Moviéndose como si estuviera loco, arrancó un trozo de su propia bata y envolvió el medallón con la tela. Las manos le temblaban más violentamente que nunca. Intentó colocar el medallón sobre un pequeño cepo que había atornillado a la mesa, pero no lo apretó con fuerza suficiente y cayó al suelo.

–¡Maldita sea! ¡Maldita sea! –gritó mientras se agachaba a recogerlo.

A punto estuvo de golpearse con la cabeza en la mesa al incorporarse. Con torpeza y mano temblorosa envolvió de nuevo el medallón. Se secó el abundante sudor que le corría por la frente y llegaba hasta sus pestañas. Apretó el cepo cuanto pudo para asegurarse de que esta vez el medallón no se movería. Luego, cogió el martillo y el escoplo, y golpeó con fuerza en su canto. Pero nada ocurrió.

Probó de nuevo aún con más fuerza y, en esta ocasión, la punta pareció hundirse ligeramente en el metal. En un estado febril, al borde de la histeria, golpeó repetidas veces hasta que el escoplo se deslizó libremente. En ese momento, Gilles estaba tan recostado sobre el cepo que cayó sobre él, al no haber ya resistencia.

Jadeando de un modo ostensible, permaneció quieto mirando con fijeza el medallón envuelto. Los brazos le colgaban lánguidamente a ambos lados del cuerpo, aunque todavía continuaba aferrando las herramientas. Se enjugó de nuevo el sudor mientras trataba de que su respiración se calmara un poco. Cada vez que exhalaba aire, lo hacía acompañándolo por un malsano silbido.

Distraídamente, colocó sobre la mesa el martillo y el escoplo. Después liberó del cepo el medallón y lo condujo hacia la mesa entre sus manos, con dulzura, como si lo estuviera acunando en ellas. Muy lentamente, fue descubriéndolo hasta que lo destapó por completo. Su sospecha había sido acertada; el medallón, en efecto, estaba hueco. Podía ver las dos mitades sobre el fondo blanco de la tela desgarrada. Y había algo más, algo que no había esperado... O quizá sí. No lo sabía. En cualquier caso, allí estaba, reposando junto a los restos del medallón: un pequeño papel doblado de color amarillento.

Se limpió las manos en lo que quedaba de su bata. Como si pensara que, al tocarlo, pudiera convertir en mundano aquel misterio de alguna forma. Alzó la vista para contemplar la habitación. Pensó que deseaba comprobar una vez más que aún seguía en ella, que todo era real. Fuera empezó a llover con intensidad. El agua inundó rápidamente los conductos de desagüe, que empezaban a desbordarse. A lo lejos, por encima del monótono siseo de la lluvia, se oían los truenos de una tormenta que se iba aproximando.

Estaba sólo a un paso de la mesa, pero no sabía dónde llegaría si lo daba. Por primera vez en su vida sintió miedo. No los temores cotidianos de los hombres, sino el auténtico pavor que se siente cuando llega el momento de enfrentarse a uno mismo, de tener que dejar atrás todo cuanto uno es, todo en lo que uno cree. Pero no era lo único que sentía; había otra sensación aún más poderosa. No podía explicar de qué se trataba... Esperanza, quizá.

Los truenos eran muy fuertes ahora. Los vidrios de las ventanas retumbaban con cada descarga. El destello cegador de los relámpagos inundaba el laboratorio a pesar de las lámparas encendidas. Una ventana, que alguien había olvidado cerrar, golpeaba violentamente contra su marco a merced del viento furibundo.

Gilles tomó el papel de entre los restos del medallón. Su tacto era áspero y rugoso. Con extremo cuidado, de un modo casi reverente, fue desdoblando el papel, que crujía conforme iba haciéndolo. Por su aspecto, debía ser muy antiguo. Era un verdadero milagro que se conservara en tan buenas condiciones. Las piernas apenas lo sostuvieron cuando vio, a través del papel, lo que parecía un mensaje escrito. Se apresuró a desplegarlo por completo, pero la emoción hacía que sus manos le temblaran.

El estruendo ensordecedor de un trueno hizo que se sobresaltara. La ventana abierta golpeaba con más furia que nunca, al mismo ritmo que los latidos de su corazón. Parecía que el mundo fuera a acabarse aquella noche.

Unas letras de un apagado color pardo ocupaban la parte central del papel. Estaban escritas con una letra pulcra y elegante. A medida que leía el mensaje en su rostro iba dibujándose una sonrisa fruto de la más pura alegría. Cuando terminó, se dio cuenta de que estaba llorando. Las lágrimas le corrían por las mejillas, dejando regueros brillantes por donde pasaban. Mientras, en la calle, la tormenta empezaba a alejarse y la lluvia se detenía. Y entonces Gilles sólo pudo sentirse agradecido.

Los caminos de nuestro Señor son extraños, y oscuros son sus designios para nosotros, sus humildes siervos. Mas su infinita bondad nos á traydo la luz, que ilumina con su divina gracia nuestros corazones impuros, y nos á permitido contemplar el sudario en el qual nuestro Señor Jesucristo fue cubierto en el Santo Sepulcro, del que resucitó al tercer dia, para mayor gloria de Dios. Os ruego vengais pues, mi buen Maestre, a buscar lo que Nuestro Señor á concedido a nuestro monasterio, pues sin duda vuestra sabiduría, ques mayor que la nuestra, sabrá como mejor disponer dél.

Monasterio de Poblet,
quince de septiembre del año de Nuestro Señor de mil quinientos y quatro

15

1507, Granada

En la España de los albores del siglo XVI, el Santo Oficio había cobrado un inmenso poder, hasta el punto de ser el único tribunal sobre el que ningún fuero prevalecía. El primer Inquisidor General, elegido por los Reyes Católicos a finales del siglo XV, el dominico fray Tomás de Torquemada, prior del convento de Santa Cruz de Segovia, dio al Santo Oficio una organización tan elaborada que ninguna otra institución de la época podía compararse en eficacia. Su obra fue continuada por otro dominico, fray Diego de Deza, arzobispo de Sevilla, que estuvo al frente de la Inquisición durante casi una década. Pero la mayor repercusión como figura religiosa y política la obtuvo el tercer Inquisidor General, Francisco Jiménez, conocido en la Historia como Cardenal Cisneros.

El cardenal Cisneros era un hombre piadoso y sabio, pero de fuerte carácter y voluntad férrea. Había cursado estudios de teología y derecho en Salamanca y Roma, las dos universidades más importantes de su tiempo. Miembro de la orden franciscana y protegido del cardenal Mendoza, fue confesor y consejero principal de la reina Isabel de Castilla y arzobispo de Toledo. Sus excelentes relaciones con la corte castellana alcanzaron una altura tan notable que, a la muerte de la reina, los grandes señores de Castilla lo eligieron gobernador del reino, en contra de la candidatura de Fernando de Aragón, hacia el que no profesaban adhesión alguna. Pero Cisneros, amigo sincero del Rey Católico, se encargó de que obtuviera la regencia, creyendo honestamente que le correspondía por derecho. Como premio, Fernando le entregó el capelo cardenalicio y lo nombró Inquisidor General, en virtud del Regio Patronato, en 1507.

Un año antes de ser nombrado Inquisidor General, el cardenal Cisneros había conocido el episodio en que Gonzalo Fernández de Córdoba encontró el Santo Sudario de Cristo. La historia se la relató un viejo soldado del Gran Capitán, que a su regreso a España había tomado el hábito franciscano. Él no sabía en realidad lo que se había hallado en el palacete de César Borgia, pero vio cómo, en una pared de los sótanos, se había formado lo que parecía ser el rostro de un hombre con largos cabellos y barba. Todos los presentes se arrodillaron, creyendo estar ante la imagen de Jesucristo. Fernández de Córdoba, informado del prodigio, ordenó a todos los soldados abandonar de inmediato el palacete. Seguido únicamente por los caballeros de Santiago de su guardia personal, quiso contemplar la aparición por sí mismo. Poco después, los caballeros sacaron un cajón de madera y dos de ellos partieron sin demora hacia España custodiándolo.

El relato interesó al cardenal, que no sólo quedó profundamente intrigado, sino que vio en el proceder del Gran Capitán un posible acto de deslealtad, al no haber puesto en conocimiento de las autoridades religiosas españolas el hallazgo. Aunque, pensó Cisneros, quizás el rey Fernando sí hubiera sido informado y decidiera mantenerlo en secreto. En tal caso, el comportamiento del monarca no habría sido menos reprobable que el de su siervo, pero su dignidad regia lo excusaba de toda censura.

El soldado mencionó también los nombres de los caballeros de Santiago a los que se había confiado la misión de velar por el contenido del cajón. El cardenal hizo indagaciones. Sus agentes no pudieron localizar más que a uno de ellos, que abandonó las armas cambiando la espada por el retiro monástico. Del otro, nada pudo averiguarse. Cuando, al año siguiente, Cisneros fue nombrado Inquisidor General, vio una oportunidad inmejorable de continuar sus pesquisas. La soberanía de una institución tan poderosa le permitiría llegar hasta el fondo del enigma.

En aquellos días, las relaciones entre el rey Fernando y el Gran Capitán estaban en su punto álgido. La confianza del monarca en el que había sido uno de sus más fieles servidores y el mayor genio militar de su tiempo se había quebrado definitivamente. Fernández de Córdoba perdió su título de virrey de Nápoles y fue obligado a regresar a España.

A su vuelta, se enteró de que la Inquisición acababa de encarcelar a su fiel caballero y devoto amigo, fray Bartolomé de Cepeda. El Gran Capitán sabía que no era castellano viejo, sino descendiente de judíos conversos. Pensó que quizás éste fuera el motivo de la detención, ya que el Santo Oficio nunca explicaba sus razones hasta que se leían públicamente en el auto de fe.

La situación era grave. Fernández de Córdoba no podía tolerar la actuación del tribunal contra uno de sus mejores hombres, que había demostrado una lealtad acrisolada y un valor sin igual en las más difíciles situaciones. Por ello, en cuanto tuvo conocimiento del hecho, se dirigió a Granada. El Santo Oficio encarcelaba a los sospechosos en una cárcel que también servía de palacio al Inquisidor General cuando se encontraba allí.

Los procesos de la Inquisición eran verdaderamente espeluznantes. Se arrestaba al acusado sin que conociera su delito y era conducido a prisión sin ninguna clase de explicaciones. Su espíritu, en los calabozos secretos, comenzaba a angustiarse sin aún haber sido interrogado. A los pocos días, los alguaciles lo llevaban a presencia del procurador fiscal del distrito que, asistido por un secretario, el notario del secreto, le tomaba declaración. No se le revelaba inicialmente la naturaleza de las acusaciones. Era él mismo quien debía confesar sus supuestos delitos.

A fray Bartolomé lo tuvieron preso dos días antes de su primer interrogatorio. Él era un caballero noble y endurecido por la lucha, y no dejó que lo amedrentara la estancia en los calabozos. La sala donde lo esperaban los funcionarios era pequeña y sórdida, sin ventanas, iluminada únicamente por una antorcha colgada en una de sus paredes, detrás del secretario. Éste, sentado en una tosca silla castellana, tenía dispuesto un grueso libro en blanco sobre una mesa igualmente sobria, además de una pluma de barnacla, un tintero, un cortaplumas y una campanilla. El fiscal ocupaba un asiento de mejor clase, elevado sobre el nivel del suelo en un peldaño al fondo de la estancia, bajo una arcada ciega que le hacía quedar oculto entre las sombras. Ambos frailes llevaban el hábito pardo de la orden de san Francisco, con la capucha cubriéndoles la cabeza. El único rasgo del inquisidor claramente visible era el cíngulo blanco propio de los franciscanos.

El caballero quedó de pie frente al fiscal, con las manos atadas a la espalda; el secretario, a su izquierda, afilaba su pluma cuidadosamente. Cuando los alguaciles abandonaron la sala y cerraron su gruesa puerta, el fiscal habló por primera vez:

–Espero que vuestra estancia en los calabozos no haya sido demasiado incómoda.

–No tratéis de confundirme, señor –respondió el caballero desafiante–. Conozco los métodos del Santo Oficio. Decidme de qué se me acusa, y así podré demostraros mi inocencia.

–Eso no es posible. Hay que seguir el procedimiento. ¿Cuál es vuestro nombre?

–Bartolomé de Cepeda y García Cáceres.

–¿Estado civil?

–Soy religioso. Y me enorgullezco de haber cumplido siempre mi voto de castidad.

–Limitaos a contestar sólo lo que os pregunte. ¿Sois cristiano viejo?

–No. Mis abuelos fueron judíos conversos.

El secretario, que tomaba ávida nota de todo cuanto se decía, levantó su mirada del papel escrutando la figura del caballero, como si tratara de reconocer los rasgos judíos en su rostro.

–Puesto que decís ser religioso, ¿a qué orden pertenecéis?

–Soy caballero de la noble orden de Santiago en Toledo.

Tras una breve pausa, quizá para dar tiempo al secretario a terminar sus anotaciones, el fiscal añadió:

–Confesad vuestros delitos, fray Bartolomé, no queráis veros en tantos trabajos –el tono del mandato era el de una fórmula repetida en innumerables ocasiones.

–Mi único delito es haber servido a Dios y a mi rey. Si he matado, ha sido siempre en su nombre y el de la justicia. Nada más puedo declarar ante vos.

–Temo que vuestra negativa a confesar ha de obligarme a entregaros a los alguaciles.

El secretario hizo sonar la estridente campanilla que había sobre la mesa. Al punto, los alguaciles regresaron a la estancia, para conducir a fray Bartolomé a la cámara de tormento. En ella, de dimensiones mucho mayores que la sala de interrogatorios, el olor a carbón, cera y sebo se mezclaba con los producidos por el sudor de los verdugos y torturados, y el de orines y heces de estos últimos. En una de las paredes había un fogón avivado por un fuelle; sobre él, colgados de ganchos, diversos instrumentos de hierro con formas estremecedoras. En el resto de la estancia podían distinguirse un potro, una mesa para la toca y unas argollas en el techo con sogas para la garrocha. En el muro opuesto al fogón, una mesa y dos sillas, una de ellas sobreelevada, esperaban la llegada de los inquisidores para continuar allí el interrogatorio.

Fray Bartolomé fue desnudado por los verdugos y atado a la banqueta del potro. El tormento consistía en apretar las cuerdas poco a poco hasta que se clavaban en la carne. Antes de empezar, el fiscal y el secretario, éste con el libro y los objetos de escritura, entraron en la cámara. La luz allí era más intensa. El caballero pudo contemplar sus figuras. Cuando el fiscal tomó asiento, vio por primera vez su cara. Tenía unos ojos brillantes y crueles. Los ojos de un fanático, cuyo anhelo de obrar el bien hace cometer piadosamente las mayores atrocidades. De su enjuto rostro, pálido y arrugado, emergía una nariz aguileña, que agudizaba la expresión de severidad del inquisidor.

–¿Confesaréis ahora? –inquirió, sin obtener respuesta de fray Bartolomé.

El caballero fue sometido a la tortura. Sus gritos desgarrados llenaron el ambiente. Pero allí no había quien pudiera conmoverse. No tenía esperanza: la confesión o el tormento. Y, si confesaba, quizá la hoguera. Pero fray Bartolomé no sabía qué confesar, salvo que sus abuelos se habían convertido al cristianismo antes de que la ley lo obligara. No lo hicieron por mantener su fortuna, que no poseían, sino por auténtica convicción. Cada vez que el verdugo relajaba su brazo, el fiscal interpelaba de nuevo al torturado; pero éste siempre se mantuvo en silencio. Por su boca no salió palabra alguna: sólo los gemidos y lamentos de un hombre al que no se permitía defenderse.

Después del potro, el verdugo se aproximó al fuego. Tomó un hierro de la pared y lo puso entre los carbones encendidos. Al cabo de unos instantes, el hierro estaba al rojo vivo. El verdugo lo agarró fuertemente por su extremo y regresó al potro, donde el caballero seguía atado. Dos veces marcó su pecho con el hierro candente, y dos veces fray Bartolomé soportó el dolor con entereza.

El verdugo parecía decepcionado. Le contrariaba el aguante del caballero, que quizá le restara consideración por parte de los inquisidores. Dejó de nuevo el hierro en el gancho que le correspondía en la pared y cogió unas grandes tenazas de punta afilada. Tampoco esta vez consiguió que fray Bartolomé confesara, aunque le marcó un brazo entero a base de pellizcos.

–Parece que sois un hombre duro. Veremos si resistís la garrocha –intervino el fiscal, y añadió dirigiéndose al verdugo–: Ya me habéis oído; desatadlo del potro y haced lo que mando.

La garrocha era un tormento en el que se colgaba a la víctima de las muñecas, que estaban atadas a la espalda. Después de alzarla varios metros, se soltaba la cuerda y detenía de repente durante la caída, lo que hacía dilatarse los músculos de los brazos y llegaba a dislocarlos. Durante esta tortura, fray Bartolomé vomitó y a punto estuvo de perder el conocimiento. Después de varios estirones, el fiscal volvió a preguntar, de pie, casi gritando:

–¡¿Confesaréis ahora, en nombre del Cielo?!

–Sólo he servido a Dios y al Rey. Ésta es mi confesión.

El interrogatorio hubo de suspenderse, pues el caballero había llegado al límite de su aguante y continuar no ofrecería los resultados apetecidos. Fray Bartolomé fue devuelto a su celda, donde lo visitó uno de los médicos de la prisión, que le aplicó ungüentos en las heridas y los brazos.

16

1888, París

El párroco de la iglesia de Saint Germain acababa de terminar la celebración de la misa de la mañana. El tema de la homilía había sido la redención de los pecadores que se arrepienten de sus faltas y dejan el mal camino para seguir las enseñanzas de Jesucristo. El número de feligreses aquel día había sido mucho mayor que el habitual. De hecho, normalmente acudían sólo cuatro o cinco beatas que tenían tantos años como fe. No sin cierta sorna, al párroco se le ocurrió que la causa debió de ser la horrible tormenta que se había desatado la noche anterior. El miedo a la muerte podía no ser una razón muy piadosa para acoger al Señor, pero sin duda resultaba tremendamente efectiva.

Se había levantado muy temprano aquella mañana, incapaz de conciliar el sueño, y había estado entregado a la oración hasta momentos antes de la misa. Ya con sus ropas normales, se dispuso a tomar el desayuno que la señora Du Champs le había preparado. Cuando entró, no había nadie en la cocina. Probablemente la mujer había salido a hacer algún encargo o a comprar comida para el almuerzo.

El sacerdote tomó asiento en su lugar habitual junto a la ventana. Sobre la tosca mesa, lo esperaban un gran tazón lleno de leche humeante y un plato con tres rebanadas de pan generosamente untadas de miel. Mientras comía, se dedicó a mirar por la ventana; aunque no había mucho que ver, en realidad. Los muros exteriores eran tan gruesos y la abertura tan reducida que apenas se distinguía una pequeña porción de la calle. Sólo una mirada joven y aguda sería capaz de llegar a atisbar, entre los edificios, algunos retazos verdes de los cercanos jardines del Palacio de Luxemburgo. Hacía tiempo que el clérigo podía únicamente imaginarlos, más allá del suave bullicio de la Rue de Rennes y del Boulevard de Saint Germain.

Ya casi había terminado la última tostada cuando le pareció ver un rostro conocido entre el gentío. Era un hombre que caminaba con aire decidido, dando grandes zancadas a cada paso, si bien lo hacía levemente encorvado hacia delante. A esa distancia todavía no era capaz de saber de quién se trataba, pero, sin lugar a dudas, conocía aquella cara. El párroco se incorporó para acercarse a la ventana y poder ver un poco mejor.

–¿Gilles?

Desde luego, si no era él, se le parecía mucho. Sin embargo, no era habitual que el profesor lo visitara a esas horas. Bossuet dedicaba todas las mañanas a dar clases o a las labores burocráticas de su cátedra. El clérigo dejó sin terminar la última rebanada, que depositó en el plato descuidadamente. A buen ritmo, salió de la cocina en dirección a la entrada de la iglesia, intrigado por el inusual comportamiento de su amigo. Aún estaba a medio camino, en la nave central, cuando vio que Gilles entraba en el templo.

–Buenos días, mi buen Jacques –lo saludó al llegar a su altura.

El sacerdote dio un respingo al oír la voz del profesor. Sonaba como si viniera de una profunda sima. Y sus ojos... ¿Qué ocurría con sus ojos?, se preguntó el clérigo alarmado. Estaban hundidos en las cuencas, rodeados por una piel de un enfermizo color grisáceo. Parecían resplandecer en la penumbra, con un brillo inquietante que le ponía los pelos de punta: el brillo de la locura.

–¿Qué ha ocurrido Gilles? ¿Te encuentras bien? –preguntó sin poder evitar que se notara la preocupación en su voz.

–¿Eh? ¡Ah! Nada, Jacques, me encuentro perfectamente –aseguró como si volviera de un trance, sonriendo de un modo enérgico.

El párroco no creía que Bossuet se sintiera bien. De hecho, estaba convencido de que todo iba verdaderamente mal. Había algo de irreal en esa conversación. No acertaba a explicar por qué, aunque tenía una vaga sensación de familiaridad. No hacía mucho tiempo había visto una mirada similar a la que su amigo tenía ahora. Más inquieto, se le ocurrió algo descabellado.

–¿No tendrá que ver con el...?

–¿Qué sabes del monasterio de Poblet? –lo interrumpió el profesor.

–¡¿Qué?!

–El monasterio de Poblet. ¿Qué sabes de él? –repitió con voz paciente, la misma que se emplearía con un niño.

–Antes explícame qué te ha ocurrido y para qué quieres saberlo.

Gilles sacudió lentamente la cabeza de un lado a otro, a la vez que ponía su mano sobre el hombro del sacerdote.

–No hay tiempo para eso, amigo mío. Confía en mí.

El párroco estuvo a punto de insistir, pero finalmente se dio por vencido. La tozudez era uno de los principales defectos del profesor.

–Está bien. ¿Qué quieres saber sobre Poblet?

–¿Dónde está? ¿Todavía sigue existiendo? –lo interrogó tras asentir complacido.

–Lo cierto es que no lo sé. Pero ese nombre me resulta conocido. Quizá oí hablar de él en mis tiempos del seminario, o puede que fuera cuando estuve en La Sorbona. No lo recuerdo. Tendría que consultar algunos libros.

Bossuet lo observó con una expresión de apremio. «¿Y a qué estás esperando?», decía aquella mirada. Dando un profundo suspiro, el sacerdote se encaminó hacia sus dependencias, haciéndole a Gilles un gesto con la mano para que lo siguiera. Los dos caminaron en silencio por la nave, uno junto al otro. La quietud era tal que el clérigo podía oír la afanosa respiración del profesor conforme avanzaban. Tratando de no seguir pensando en qué podía haberle ocurrido, el párroco ocupó su mente en intentar recordar dónde había oído hablar del monasterio. Llegó un momento en que estaba tan absorto que no se percató de que Gilles se había quedado atrás. Sólo se dio cuenta de ello al detenerse junto al altar.

Asustado, recorrió la iglesia con la mirada en busca de su amigo. Estaba tan nervioso que no pudo localizarlo en un primer momento. Muy inquieto, empezó a desandar el camino, yendo de un lado a otro, sin saber bien hacia dónde ir. Cuando por fin lo descubrió no consiguió tranquilizarse, sino que se sintió aun más extrañado. Gilles se encontraba a unos diez metros del altar, al otro lado de la nave. Estaba completamente inmóvil observando un pequeño cuadro. El sacerdote se le acercó de un modo cauteloso. No estaba seguro de si era porque estaba asustado o porque no deseaba romper el aparente hechizo en que se hallaba su amigo. Éste no pareció darse cuenta de que estaba a su lado, cuando llegó. Con ojos penetrantes, escrutaba un grabado que colgaba de un pilar, alumbrado levemente por la luz mortecina de una vela.

–Estoy deseando verla –afirmó volviéndose hacia el clérigo y sobresaltándolo.

Después, simplemente se dio la vuelta en dirección a las habitaciones interiores. El párroco, a su vez, se aproximó a la columna de piedra para observar más de cerca el cuadro que ya había contemplado antes en innumerables ocasiones. En él, Jesucristo ascendía hacia los cielos, envuelto en un halo divino y acompañado por un coro de ángeles. A sus pies, de rodillas, una mujer que debía ser María Magdalena sujetaba entre sus manos el Santo Sudario. Volvió la cabeza justo a tiempo de ver desaparecer al profesor por una puerta. Antes de seguirlo, contempló una vez más el grabado y, sin apenas ser consciente, hizo la señal de la cruz.

Jacques llevaba una vida austera y humilde, acorde con sus votos sacerdotales. Una de las pocas cosas de las que se permitía disfrutar sin límites era la lectura. A lo largo de su vida había ido reuniendo pacientemente una buena colección de libros. Casi todos ellos procedían de donaciones de personas más aficionadas al vino y a los placeres mundanos que a las enseñanzas de los clásicos.

Cerca de su dormitorio, en el ala norte de la iglesia, había una sala que hacía las veces de biblioteca. En ella gastaba la mayor parte de su tiempo libre. En especial durante las frías noches de invierno, en las que encendía la chimenea y pasaba horas disfrutando de un buen libro.

Gilles conocía bien aquel lugar. Muy a menudo habían pasado allí largas veladas conversando o discutiendo sobre los más variados temas. Cuando el clérigo penetró en la sala, el profesor estaba curioseando entre los títulos de los volúmenes.

–Oh, ya estás aquí –dijo haciéndose a un lado y sentándose en una cómoda butaca.

El párroco conocía perfectamente la posición de todos y cada uno de sus libros. Sin responder, examinó las estanterías con inusitada destreza, en busca de los que podían servirle. Mientras, Bossuet lo observaba con aire distraído desde su asiento. Transcurridos unos minutos, el sacerdote se acercó a él, al tiempo que depositaba sobre la mesa una gruesa pila de libros. Uno de ellos quedó en una posición inestable y cayó sobre la alfombra con un ruido amortiguado, haciendo saltar una nube de polvo.

–Bueno, tú serás el primero, ya que eres tan impaciente –le dijo el clérigo al libro.

Gilles asintió divertido, acercando la butaca para poder ver mejor. El título rezaba *Monasterios de la Cristiandad*. Era una copia del original escrito por un monje del monasterio de Clairvaux del que, según le explicó el sacerdote, había sido abad san Bernardo de Clairvaux, uno de los fundadores y más activos personajes de la orden del Císter. Se trataba de una enorme y gruesa obra, encuadernada en tapas de piel desgastadas por el trasiego de mil manos. Los bordes aparecían romos y doblados, comidos en algunas partes por las polillas.

El clérigo lo abrió en busca de algún tipo de índice. Las hojas eran delgadas y rugosas, y de un color macilento, lo que les daba un aspecto engañosamente frágil. La relación de conventos y abadías se encontraba después de las páginas iniciales, en las que se incluía un breve comentario sobre la obra, mantenido en su idioma original, el latín. No estaban ordenados alfabéticamente, por lo que la búsqueda resultaría más difícil. Con paciencia, fueron revisando los nombres uno por uno, hasta que dieron con el monasterio de Poblet.

–¡Ahí está! –gritó entusiasmado el profesor.

Contagiado por la alegría de su amigo, que parecía menos turbado, el párroco buscó la página que se indicaba. Bossuet se había levantado de su asiento y se había colocado sobre la mesa. Con voz trémula por la emoción y tono jovial, el sacerdote leyó en voz alta:

> *El monasterio de Santa María de Poblet fue fundado en 1151 por los monjes del monasterio cisterciense de Fontfreda, a quienes Ramón Berenguer IV, príncipe de Aragón y conde de Barcelona, había concedido unas tierras. Situado en la Conca de Barberà, en Cataluña, fue instituido como panteón real por Pedro III el Grande, cuarto rey de la Corona de Aragón.*

No había mucha más información acerca del monasterio. Tuvieron que consultar el resto de libros que el clérigo había seleccionado para averiguar su situación exacta y algunos otros datos adicionales que Gilles deseaba conocer. Tras sus investigaciones, llegaron a la conclusión de que la abadía se encontraba cerca de la pequeña localidad de L'Espluga de Francolí, al sureste de la ciudad de Lérida.

Las pesquisas los ocuparon todo el resto de la mañana. Poco antes de la hora de la comida, el sacerdote acompañó a su amigo hasta la puerta de la iglesia, para despedirse de él.

–¿Vas a decirme ahora qué te ha ocurrido, Gilles? –intentó una vez más.

Bossuet, que ya estaba en la mitad de la escalinata de acceso, se giró hacia el párroco. En la mano llevaba unos papeles con notas acerca de lo que habían descubierto, que se movían suavemente con el viento. Le dirigió una cálida sonrisa y, por un instante, volvió a ser Gilles, el amigo con quien había compartido tan buenos momentos durante todos aquellos años.

-Iluminación, mi buen Jacques, iluminación...

El sacerdote vio cómo se alejaba por la calle desierta, con una exigua sombra de mediodía apremiándose detrás de él. De repente, se detuvo en mitad del cruce. El clérigo pensó que iba a darse la vuelta; deseó que lo hiciera, pero Bossuet reemprendió su camino mientras levantaba la mano derecha por encima del hombro. Al borde de las lágrimas, el párroco alzó también la suya y, aunque estaba seguro de que no podía oírlo, susurró:

-Adiós, amigo mío.

Y en ese momento supo que jamás volvería a verlo.

17

1507, Granada, Poblet

Fray Bartolomé estuvo en el calabozo dos días, encadenado a una de las paredes. La longitud de las cadenas no le permitía más que estar tumbado o arrodillado. El ambiente hedía a excrementos y el suelo estaba húmedo de orines. Una vez al día, el carcelero abría un pequeño postigo al pie de la puerta y pasaba una escudilla con un mendrugo de pan, un trozo de tocino y un poco de agua.

El dolor de su cuerpo, flagelante al principio, se había ido tornando sordo, lejano. Sus ropas estaban sucias y ensangrentadas. Como hombre, había sido reducido a un estado infamante. Era incapaz de comprender cómo podía obrarse de tal modo en aras de la religión. El poder, el poder secular, político, necesitaba brazos ejecutores que garantizaran su conservación, pero no todo podía valer para conseguir los fines. Si él había luchado por todo eso, aun sin saberlo, sin haberlo sufrido en sus propias carnes, ahora se arrepentía. La gloria es sólo un espejismo; la maldad y barbarie de los hombres prevalece.

Así, solo en la celda, solo realmente y por primera vez en su vida, fray Bartolomé hizo una promesa orgullosa a Dios, su único interlocutor en esos terribles momentos: entregar su vida sin flaquear, soportar las torturas y humillaciones, ser siempre fiel a su nombre.

El segundo interrogatorio comenzó del mismo modo que el primero. Los alguaciles fueron a buscar a fray Bartolomé al calabozo y lo condujeron a la mezquina estancia en que los inquisidores lo esperaban de nuevo. Sólo cambiaba una cosa: la arrogancia del caballero, vencida por el tormento, y convertida en serena resignación. También su vestimenta mostraba un aspecto tan deslustrado como el de su espíritu.

–¿Estáis hoy dispuesto a colaborar, fray Bartolomé? Comprended que a nosotros nos duele tanto como a vos todo esto –dijo el fiscal con fingida dulzura.

–Estoy seguro de ello, señor –respondió el caballero irónicamente en un hilo de voz, con la mirada fija en el suelo.

El fiscal se quedó callado unos instantes. Ese camino no era el adecuado. Después de una pequeña reflexión, habló de nuevo:

–Os lo preguntaré una vez más: ¿estáis dispuesto a confesar vuestros delitos?

–Mis delitos son haber defendido a Dios y a mi Rey. Ya os lo he dicho...

–¡Basta! –gritó encolerizado el inquisidor–. Si no queréis confesar os leeré vuestra acusación.

–¿Quién me acusa?

–¡Callad ahora! Eso no importa. Responded sólo a las preguntas que os formule.

Fray Bartolomé sabía que, llegado el momento, el tribunal debía comunicar al procesado sus acusaciones. Pero también estaba seguro de que, en ese punto del proceso, debía estar presente un abogado defensor.

–¿Dónde está mi abogado? –protestó, alzando la voz por vez primera.

El fiscal lo miró incorporándose en su asiento. Su cabeza encapuchada salió levemente de las sombras. Fray Bartolomé esperaba sus gritos, pero el inquisidor habló con calma:

–No estáis en posición de exigir nada a este tribunal. Contestad a nuestras preguntas con sinceridad, rogando a Dios que os ilumine, y todo terminará en breve tiempo –recobró su posición en la silla y comenzó a formular las acusaciones-: ¿Es verdad que estuvisteis en Nápoles junto al general Fernández de Córdoba el día en que apresó a César Borgia?

El caballero estuvo a punto de contestar, pero no lo hizo. Al principio, la pregunta le pareció trivial, pero luego comprendió repentinamente la causa de su proceso. No eran sus antepasados judíos, ni la sospecha de que fuera hereje: de algún modo la Inquisición se había enterado del hallazgo de la Sábana Santa en Nápoles. Ante su negativa a contestar, el fiscal continuó haciendo preguntas que llevaban implícita la respuesta, elevando poco a poco el tono de su voz hasta gritar:

–¿Es verdad que, en un muro de los sótanos de su residencia, apareció el rostro de Jesucristo Nuestro Señor? ¿Es verdad que lo que se halló detrás del muro fue traído hasta España por vos y fray Domingo López de Tejada? ¿Es verdad que el Gran Capitán lo ocultó al rey Fernando?

El inquisidor estaba tan encolerizado y hablaba tan rápidamente que el secretario apenas podía tomar nota a tiempo de todas sus palabras. Al fin se puso en pie y, acercándose al caballero, añadió:

–Más os vale confesar y decirnos qué se encontró y dónde está ahora. De lo contrario nos veremos obligados a torturaros de nuevo.

Fray Bartolomé continuó en silencio. Parecía que el inquisidor no sabía tanto como había pensado en un principio. Además, con toda seguridad su condena estaba dictada de antemano. El proceso sólo tenía el objetivo de sonsacarle la información que el fiscal necesitaba. Pero no se saldría con la suya; se mantendría firme en su promesa al Señor y fiel a sus principios como caballero.

La nueva sesión de tormento fue aún más terrible que la anterior. En la cámara de tortura, los alguaciles colocaron a fray Bartolomé atado sobre una estrecha mesa de madera. El verdugo tenía un trapo húmedo en la mano, que introdujo en la boca del caballero hasta que llegó al fondo de su garganta. Entonces, colocó un embudo sobre el que comenzó a verter agua. El trapo tenía como función impedir al torturado escupir el líquido, que iba depositándose en su estómago hasta hincharlo dolorosamente.

Durante el tormento, fray Bartolomé se orinó encima y se fue del vientre. El aire, ya viciado de por sí en la estancia, se hizo irrespirable. Era el hedor del sufrimiento y el miedo, un hedor tan agradable a los inquisidores como el de las rosas más frescas, pues indicaba que la víctima comenzaba a claudicar. Pero el caballero no lo hizo. Por más jarros de agua que le hicieron tragar, no reveló nada de lo que el fiscal quería saber. Sólo repitió una vez más, entrecortadamente y entre sollozos, con los ojos llenos de lágrimas, que su único delito había sido servir a Dios y al Rey.

Durante el suplicio del caballero, el Gran Capitán había viajado a Granada para entrevistarse en persona con el cardenal Cisneros y exigirle que lo liberara. Pero el Inquisidor General se había negado a recibirlo durante dos días. Llegado el tercero, Fernández de Córdoba no estaba ya dispuesto a tolerar más demoras. El tiempo era vital, ya que cada hora que transcurría hacía disminuir las posibilidades de recuperar a fray Bartolomé con vida.

A pesar de que el Gran Capitán había sido relevado del mando en Nápoles, y su poder estaba muy mermado tras sus disputas con el rey Fernando, su nombre seguía infundiendo un enorme respeto, sobre todo en las esferas militares. Los soldados de guardia en el palacio de Cisneros tenían prohibido dejarle entrar; sin embargo, no se atrevieron a oponerse a él cuando, llegado al colmo de su aguante, desenvainó su espada y se dirigió hacia el interior.

–Eminencia –dijo con desprecio al irrumpir en el salón donde el Cardenal despachaba los asuntos del día–, no me dejáis otra opción que veros por la fuerza.

En la rica estancia, Cisneros estaba sentado tras una gran mesa de nogal con incrustaciones de distintos tipos de mármol. Hablaba con un monje dominico cuando el Gran Capitán entró.

Sobresaltado, pero tranquilo, el Cardenal hizo un gesto para que el fraile los dejara solos.

–Comprended, señor mío, que las ocupaciones me han impedido recibiros. Pero os aseguro que esperaba con impaciencia el momento en que pudiera veros.

El Inquisidor General era extremadamente delgado. Sus miembros parecían las ramas de un viejo árbol seco. Las manos sobresalían, alargadas y huesudas, por las mangas de sus vestidos. Tenía los cabellos plateados y firmes, salvo en la coronilla, que llevaba afeitada. Su cabeza era estrecha y alargada, y su nariz, aquilina. Era la imagen de un hombre implacable y fanático.

–Os exijo que liberéis a fray Bartolomé de Cepeda –dijo el Gran Capitán al tiempo que daba un puñetazo en la mesa de Cisneros–. Él no es un criminal ni un hereje. Yo doy fe de que es cristiano y buen servidor de España. Valga mi palabra como fiador.

–No dudo de vuestra palabra, general. Pero debéis comprender que, aunque obréis de buena fe, podéis estar equivocado –respondió Cisneros–. Siento recordaros, además, que ya no tenéis el favor del Rey. Consolaos pensando que podríais haber sido vos el procesado.

–¿Osáis amenazarme, Cardenal? No os dais cuenta de que podría degollaros aquí mismo como a un cerdo.

–Comprendo vuestro dolor; de veras. Seré indulgente con vos y olvidaré esas palabras. Pero, en cuanto a vuestro caballero, tendréis que esperar a que finalice el proceso contra él.

–Decidme al menos de qué se le acusa. Ya os he dicho que creo ciegamente en su inocencia.

–No puedo revelaros sus delitos. Lo sabréis cuando se celebre el auto de fe. Esto será muy pronto.

En ese instante, varios guardias entraron en el salón empuñando sus espadas. Rodearon al Gran Capitán y su jefe le pidió que los acompañara. Fernández de Córdoba se percató de que el soldado procedía así por obediencia, pues en su mirada veía el disgusto que le producía todo aquello. Prefirió entonces envainar de nuevo su acero y hacer lo que le pedían. Antes de salir, sin embargo, se dirigió al Cardenal por última vez:

–Sois en la tierra el brazo ejecutor de Dios todopoderoso, y algún día tendréis que responder ante el Señor de vuestros crímenes.

Cisneros observó con gesto severo al Gran Capitán mientras los guardias se lo llevaban del salón. Cuando estuvo solo, reflexionó durante unos breves momentos, con los ojos cerrados. Después se levantó de su asiento y se dirigió al vestidor, situado en una estancia contigua. Allí, cambió sus ropas de seda y piel de armiño por el tosco hábito franciscano. Accionó un mecanismo disimulado en la chimenea y una entrada secreta se abrió en el muro, produciendo un sobrecogedor sonido hueco, el sonido de las pesadas losas que cierran las tumbas para siempre.

Antes de entrar en el pasadizo secreto, el Cardenal se cubrió la cabeza con la capucha del hábito y tomó un candelabro para iluminar sus pasos. Descendió por una escalera de caracol muy angosta y empinada hasta una exigua cámara ciega. La piedra estaba fría y húmeda. Abrió con cuidado una rejilla practicada en el muro y, cuando estuvo seguro de que no había nadie al otro lado, apagó cuidadosamente las velas del candelabro y accionó un nuevo mecanismo, que le dio acceso a la sala de interrogatorios, justo por detrás de la silla que ocupaba durante los mismos.

Las fuerzas del caballero de Santiago habían llegado a su final. Ante los inquisidores, parecía una sombra; la sombra de un ser humano convertido por sus semejantes en un horripilante monigote.

Cisneros, que había actuado como procurador fiscal en todos los interrogatorios, había decidido que éste fuera el último. Si no conseguía obtener de fray Bartolomé la información que pretendía, era mejor acabar de una vez por todas. Su única esperanza era que la tortura, la reflexión durante el tiempo pasado en los calabozos y el miedo a nuevos tormentos lo hubieran ablandado. El cardenal no era tan osado como para procesar al Gran Capitán. Aunque merecía que lo hiciera. Sus insultos no le importaban por su persona, pero sí la ofensa a Dios que se había hecho a través de él como ministro suyo en la Tierra.

–¿Aún no estáis dispuesto a confesar lo que deseo que me reveléis? –preguntó Cisneros desde su silla envuelta en las sombras, resignado ya a que fray Bartolomé aguantara hasta el final y se llevara su secreto a la tumba.

–He encomendado mi alma a Dios, señor –dijo el caballero entre ásperas toses, sentado esta vez en una parca banqueta pues no era capaz de sostenerse en pie.

–Mi deber es, entonces, someteros de nuevo a tormento. Espero que no me obliguéis a ello, fray Bartolomé. Podéis acabar con esto si colaboráis.

–Soy un mártir en manos de los pastores de mi propia religión. Espero con tranquilidad de conciencia el Juicio. ¿Vos podéis decir lo mismo?

En la estancia se hizo el silencio. Un silencio tenso. El Cardenal se removió en su silla al escuchar la pregunta del caballero y formulársela realmente. Pero su trabajo como inquisidor, su afán de gloria beatífica por encima de todo anhelo personal, disolvió sus dudas, que por un instante oprimieron su pecho y su corazón. El Reino de los Cielos estaba destinado, sin duda, a los fieles servidores de Dios, como lo era él.

–Os prometo que eso sucederá muy pronto... –dijo Cisneros sin apenas darse cuenta de que hablaba en voz alta–. No tardaréis mucho en sufrir un juicio mucho más severo que éste.

Fray Bartolomé fue torturado una vez más. Los suplicios fueron tan crueles que los propios verdugos se maravillaban de que su cuerpo resistiera, negándose a entregar la vida. Pero el desenlace era ya sólo cuestión de tiempo. Las heridas y lesiones eran tan graves que únicamente un milagro podría evitar lo inevitable. Y en su experiencia sabían que ese tipo de milagros no solía producirse.

El Cardenal había fracasado. Pero su fanatismo aún dejaba un resquicio de auténtica grandeza de espíritu, y no pudo evitar admirarse del comportamiento del caballero, fiel hasta el final a sus votos y a su conciencia. Quizá había sido demasiado duro con él. Debía liberarlo, aunque su muerte era inminente y segura; en todo caso, pensó, si moría de resultas del proceso, sería un mártir acogido por el Señor en su seno.

Por eso la Inquisición siempre obraba el bien.

Gonzalo Fernández de Córdoba sabía que sus posibilidades eran escasas. No podía recurrir al rey Fernando. Con gran injusticia, movido por absurdos celos hacia él e instigado por consejeros envidiosos y pérfidos, le había retirado su confianza y le había quitado su más preciado don: el virreinato de Nápoles. El Gran Capitán amaba Italia. Era cierto que los italianos no eran tan aguerridos como los españoles, ni tenían su fortaleza de ánimo, pero aquellas gentes, aun las más sencillas, eran amables y cordiales, obraban con mayor desenfado y elegancia, y su país era más bello, tanto en su naturaleza como en su arquitectura.

El pueblo de España adoraba a Fernández de Córdoba. Quizá los españoles de su época no comprendían bien ni les interesaban el arte o la ciencia, pero sabían reconocer el auténtico genio militar. Puede que ello fuera lo único que respetaban de veras. *Rey no coronado de Italia* y *Gran Capitán*, lo llamaban, y se sentían orgullosos de sus triunfos. Había vencido a franceses, suizos y alemanes, a menudo en inferioridad de fuerzas. Había conquistado media Italia y había entrado en Roma triunfante, en la Urbe, cuna del Imperio que dio una cultura y un sentido histórico a Europa. Pero Fernando sentía celos. Celos de que su siervo hubiera sido amado y admirado por la reina Isabel, no por su regia estirpe, sino por sus actos, su nobleza y su valor.

Decidido a rescatar por la fuerza, si llegaba a ser necesario, a fray Bartolomé de las garras del Santo Oficio, Fernández de Córdoba había reunido una veintena de hombres leales, dispuestos a acompañarlo y arriesgar sus vidas por propia voluntad. La auténtica fidelidad no se sustenta en votos, deberes o juramentos, ni es sólo de los servidores hacia los señores; la fidelidad verdadera es siempre una elección libre del espíritu que no conoce grados ni clases.

Cuando el Gran Capitán llegó ante el palacio de Cisneros, éste había dado orden de que lo condujeran a su despacho si comparecía. Encendido como en sus cien batallas, pero prudente, Fernández de Córdoba aceptó entrevistarse de nuevo con el Cardenal. La decisión de liberar a fray Bartolomé estaba tomada, y aunque cada minuto contaba, era necesario tratar de evitar el derramamiento de sangre a toda costa.

Cisneros aguardaba en su despacho leyendo una comedia de Torres Naharro, la *Soldadesca*, a pesar de que no era un libro bien considerado por el Santo Oficio. Quizá, precisamente para luchar contra el pensamiento prohibido, para censurarlo con exactitud, había que conocerlo bien antes. Sin embargo, el Cardenal se reía con las ocurrencias de la obra.

–¡Oh, mi buen general! –exclamó Cisneros al percatarse de que Fernández de Córdoba estaba en el salón, acompañado por dos guardias del palacio–. Os esperaba impacientemente. Siempre es grato conversar con alguien como vos.

–Ahorraos los cumplidos, Cardenal –dijo el Gran Capitán con gesto grave–. Si he accedido a entrevistarme con vuestra eminencia es para tratar un solo asunto: la libertad de fray Bartolomé de Cepeda. Espero que no sea ya demasiado tarde...

–Fray Bartolomé está vivo aún. Os lo devolveré. Pero antes, respondedme a una pregunta: ¿Qué encontrasteis en el palacete de César Borgia cuando lo apresasteis? ¿Qué se ocultaba tras el rostro de Cristo?

Las palabras del Cardenal parecieron resonar en la estancia. Fernández de Córdoba lo miró con gran sorpresa. No había siquiera sospechado que el proceso del caballero pudiera tener algo que ver con eso. Ni, ahora, imaginaba cómo lo había averiguado. Estaba confundido. Negar lo evidente carecía de sentido, pero sus votos secretos como templario le impedían responder.

–No puedo deciros nada sobre ello, eminencia.

–Agradezco que no tratéis de engañarme con mentiras. No creáis que soy insensible por el cargo que ostento. Admiro el valor de fray Bartolomé y ahora el vuestro. En cuanto los médicos terminen de curar sus heridas os lo entregaré. Espero sinceramente que logre conservar la vida. Oficialmente, su nombre quedará limpio.

Como había dicho Cisneros, el estado de fray Bartolomé era crítico. Su fortaleza física y moral le hicieron debatirse entre la vida y la muerte durante toda la noche siguiente a su liberación, pero sus terribles lesiones eran irreversibles. Antes de morir, sin embargo, pudo decir al Gran Capitán que no había confesado nada sobre la Sábana Santa. Esto reconfortó su espíritu antes del fatal desenlace.

Fernández de Córdoba dispuso que se le enterrara con honores militares, como a un bravo soldado caído en combate. Lloró amargamente sobre su tumba, como ya había hecho en muchas otras ocasiones. Cada vez que perdía un hombre, su corazón sufría; si el hombre era su amigo, el dolor era doble. Por más veces que tuvo que despedir a valientes soldados, a camaradas y compañeros, su alma no dejaba de padecer, no se había endurecido con el barniz de la costumbre. Aunque siempre recordaba en esos instantes, pues lo confortaba, uno de sus lemas favoritos: *Mejor morir joven que vivir sin honor.* Y fray Bartolomé de Cepeda había conservado su honor hasta el final.

Terminadas las exequias, el Gran Capitán abandonó Granada y se dirigió a Poblet, el nuevo centro del Temple secreto. Si hasta ese momento la custodia de la Síndone había sido cuidadosa, a partir de entonces su celo habría de redoblarse. Los hombres, incluso los más piadosos, eran capaces de matar para conseguirla, y así le daban vigencia a su simbolismo: la imagen del pecado humano.

En Poblet, Fernández de Córdoba cambió su atuendo militar por el áspero hábito del Cister. El abad lo esperaba en una estancia secreta de los sótanos, informado unos días antes del caso de fray Bartolomé. Desde entonces, el maestre de los templarios no había dejado de rogar a Dios por su salvación. Pero sus súplicas no habían obtenido respuesta, al menos terrena.

El *sancta sanctórum* del monasterio era una habitación cuadrada muy amplia, de al menos diez metros de lado. Se accedía a ella desde una antesala sumida en la oscuridad, atravesando unas cortinas de seda púrpura. Nada más traspasar el umbral, a derecha e izquierda, las columnas salomónicas de Jachim y Booz flanqueaban la entrada. En el muro opuesto, en una gran silla con adornos góticos, el maestre del Temple esperaba la llegada del Gran Capitán. Tras él, a modo de altar, se hallaba un tapiz con el simbolismo de los tres grados básicos de los compañeros constructores, los artesanos edificadores de las catedrales, precursores de la francmasonería. En la parte más alta, grabado en la piedra, el Ojo Divino, omnisciente, presidía la estancia rodeado por las estrellas de la constelación de Géminis, los gemelos, uno de los más importantes símbolos esotéricos de los templarios.

Fernández de Córdoba había estado en muchas ocasiones allí. Se aproximó al maestre con solemnidad, saludando con la mirada al resto de hermanos presentes que ocupaban los laterales de la estancia, adornados éstos con estandartes y escudos de armas. Todos ellos lucían la capa blanca cruda con la roja *tau* templaria sobre el hombro izquierdo. Al llegar ante el maestre, bajo el estandarte *Baussant* de la Orden, el Gran Capitán desenvainó su espada y la colocó frente a él, de pie, como una cruz de acero y oro; hincó su rodilla derecha en el suelo e inclinó la cabeza en señal de obediencia.

–Bendecidme, mi señor.

–Levantaos, hermano mío –dijo el maestre, poniéndole su mano en la cabeza.

Fernández de Córdoba no pudo contener las lágrimas. La pérdida de su compañero y amigo le hacía sentir impotente. Él, que fue uno de los hombres más poderosos de la nueva España imperial, sentía la injusticia y el fanatismo de los hombres por los que había luchado. El ser humano, pensó, no es muy distinto a las bestias salvajes. Cuando le conviene, muestra un hipócrita rostro civilizado; pero, si se le permite liberar sus impulsos más escondidos, rompe esa sutil máscara y lanza el aullido de muerte primigenio.

–Los tiempos que corren son oscuros, Gonzalo –dijo el maestre profundamente conmovido–. Hemos perdido a uno de nuestros más queridos hermanos. Ha entregado su vida por aquello en lo que creía. Todos conocemos, al hacer nuestros sagrados votos, los peligros que entrañan. Nuestro hermano murió: acójalo el Todopoderoso en su seno. Pero tenemos el consuelo de que la Sábana Santa de Nuestro Señor Jesucristo estará, con la ayuda de Dios, segura para siempre en Poblet.

Segunda parte

18

Siglo I, Jerusalén

Pocos días antes de la última Pascua que Jesús de Nazaret celebraría como hombre, llegó a Jerusalén Labeo, embajador de la ciudad de Edesa. Tiempo atrás, el rey de dicha ciudad, el joven Abgar Ukhamn, había oído hablar a viajeros y comerciantes del rabí de Galilea, de sus enseñanzas y parábolas. Movido por el afán de acoger a aquel hombre santo, odiado en su tierra como falso profeta, el rey decidió enviar a su embajador con la misión de convencerlo para que abandonara Galilea y se instalara en Edesa, donde podría expresar y difundir su doctrina libremente.

Los caminos de Judea eran yermos y rudos. El sol de mediodía, a pesar de la época del año, abrasaba a los caminantes, que habían de llevar cubierta la cabeza y el resto del cuerpo con amplios ropajes de tonos claros. Cuando Labeo llegó a la muralla de Jerusalén, el polvo del viaje había penetrado sus sandalias y parecía llegar hasta el último poro de su piel. Tenía la boca seca y los ojos enrojecidos, la barba blanquecina y los cabellos sucios y ásperos, por la mezcla de sudor, grasa y polvo.

Se detuvo unos instantes en la fuente de Gihón, al sureste de Jerusalén, en el exterior de la muralla. Sacudió sus sandalias y su túnica, se bajó la capucha y lavó bien sus brazos y su rostro. Al refrescarse la nuca, las fuerzas parecieron retornar en alguna medida a su cansado cuerpo. El viaje había sido muy largo y fatigoso, pero su destino estaba ya a la distancia de un tiro de piedra.

Después de observar brevemente la ciudad desde el exterior, penetró la muralla por la Puerta de las Aguas, muy próxima a la fuente de Gihón. A su derecha se levantaba el Templo de Jerusalén, imponente mole de piedra de bella serenidad, y a su izquierda quedaba el barrio conocido como la Vieja Ciudad de David, fundada por el mítico rey hebreo en tiempos inmemoriales y más felices para los hijos de Judá.

Mientras caminaba, Labeo se cruzó con una patrulla romana que salía de uno de los estrechos callejones de la Ciudad de David, compuesta por diez legionarios y un decurión. Éste llevaba su casco en la mano, y se frotaba la calva cabeza tratando de enjugarse el sudor. El calor era casi insoportable. En su rostro se adivinaba el odio a aquella región, probablemente debido más a la dureza geográfica que a sus propias gentes.

El embajador trató de informarse por medio del decurión, pero éste lo apartó con el brazo cuando se dirigió a él en perfecto latín. Quizá para los romanos todo el mundo era esclavo suyo en cierto sentido, y Labeo ni siquiera tuvo la oportunidad de revelar quién era. Contrariado por la actitud del militar, continuó andando hacia el Palacio de los Asmoneos, situado en el centro de Jerusalén. Allí preguntó a un mercader por la residencia del gobernador romano de la región. El hombre que le indicó el camino dudó unos instantes, como si creyera que se trataba de una broma, pero al fin le respondió con mucha amabilidad. Seguramente eran sus ropas, similares a las de cualquier otro hebreo, las que lo hacían parecer uno más, ocultando su verdadera condición.

La residencia del gobernador romano estaba ubicada junto al muro norte del Templo. Era la llamada Torre Antonia, una colosal masa pétrea que se alzaba majestuosa y amenazante muy por encima de la muralla de la ciudad. Para llegar a ella, Labeo tuvo que recorrer toda la fachada principal del Templo. En su explanada interior, los mercaderes judíos y gentiles –aunque estos últimos no podían acceder al interior del santuario– vendían corderos y cabritillas para el sacrificio pascual, junto con todo tipo de artesanía, herramientas, telas, adornos y baratijas. Labeo observó el trajín en el Templo, y pensó para sí que tales actividades no correspondían a un lugar sagrado y de culto como aquél.

Aún, antes de llegar a la Torre Antonia, Labeo tuvo que detenerse ante el regreso de una guarnición romana al cuartel. Las gentes, sin demasiado entusiasmo, cesaron en sus actividades, convirtiéndose en espectadores de un acontecimiento que llevaban presenciando demasiados años. Sus rostros revelaban cansancio y resignación, la expresión del dolor que se padece durante mucho tiempo hasta tornarse crónico.

El embajador tenía a su lado a un hombre de gesto altivo, en contraste con el resto de sus compatriotas, aún joven, alto, moreno y de aguileña y prominente nariz.

–Cada día lo mismo... –le oyó decir en voz queda, triste y apagada, lúgubre.

–Veo que no te resignas, como los demás, a la dominación imperial –dijo Labeo dirigiéndose al desconocido.

El hombre lo miró con una leve sonrisa, que denotaba a la par amargo disentimiento e ironía.

–No sé quién eres ni de dónde vienes, extranjero, pero si conocieras bien a los judíos sabrías que nunca estarán contentos bajo el dominio de otro pueblo. Así ha sido durante toda nuestra historia y así seguirá siendo por siempre.

–Supongo que conoces bien a tu pueblo y debe ser como dices. Mi nombre es Labeo, y vengo como embajador de Edesa en busca del rabí conocido como Jesús de Nazaret.

–Si buscas a ese hombre, no creo poder ayudarte, Labeo. Nadie sabe cuándo estará en qué lugar. Se hace seguir por varios hombres a los que llama discípulos. Utilizan cualquier colina para sus predicaciones. Pero antes de seguir deja que me presente: mi nombre es Simón Ben Matías, y pertenezco al Sanedrín. ¿Me honrarás comiendo conmigo en mi casa, Labeo? Allí hablaremos más de Jesús.

–Te agradezco tu invitación. La honra será mía. Pero antes

debo acudir a la residencia del gobernador, Poncio Pilatos, para entregarle una carta de mi rey.

–Esperaré a que termines, entonces. Mi casa no está lejos de la Torre Antonia. Permíteme que te acompañe y de camino te mostraré dónde vivo.

Simón era un noble judío, amable y cordial, sanedrita y religioso, pero con la profundidad en la mirada de quien sabe que algún día la medida del aguante de su pueblo se vería colmada. El Sanedrín contemporizaba con los invasores romanos gracias al acuerdo que le permitía mantener la autoridad religiosa y moral. Y aunque también tenía voz en algunas decisiones de la justicia, eran los romanos quienes se reservaban la última palabra, así como la imposición y administración de las penas.

Cuando Labeo llegó a la entrada principal de la Torre Antonia, dos legionarios montaban guardia, con sus largos *pilum* cruzados bajo el sofocante calor. Hasta la llegada de la tarde, el sol golpeaba sin compasión ese lado de la torre. Al acercarse a ellos, cruzaron sus lanzas y uno de ellos preguntó con desprecio:

–¿Adónde crees que vas, judío?

–Vengo en una embajada de Edesa, capital del reino de Osrhoene, enviado por mi rey Abgar. Tengo una carta para el gobernador –respondió Labeo en buen tono pero con cierta aspereza: estaba cansado de tanta prepotencia. Y mostró el sello de Edesa en el exterior de un pergamino enrollado.

–Está bien... ¡Decurión! –gritó el guardia hacia el interior de la torre.

Enseguida apareció un hombre sin coraza, de aspecto desaliñado y pelo corto pero ralo, de intenso color negro. Los legionarios de la entrada le explicaron quién era Labeo y por fin fue conducido a una estancia en espera de que Poncio Pilatos pudiera recibirlo.

El embajador y el soldado que lo precedía atravesaron un amplio pasillo, decorado con efigies de brillante mármol blanco que representaban a los emperadores romanos. La mayor de todas, ocupando lugar central, ricamente adornada con una corona de laurel hecha de oro, correspondía a Tiberio, el emperador retirado en Capri que desconfiaba de su propia sombra. Más adelante se hallaba una estancia rectangular, custodiada por un soldado de aire rudo, que daba acceso a unas escaleras en su fondo. El decurión pidió a Labeo que lo aguardara allí y desapareció por la escalinata.

El embajador se sentó en una de las sobrias sillas sin respaldo, con asiento de cuero, que jalonaban los muros laterales. Hubo de esperar, continuamente escrutado por el insolente legionario, durante más de media hora, hasta que el decurión apareció de nuevo para informarlo de que el gobernador había leído la carta de su rey pero no podría recibirlo ese día. Lo haría encantado al día siguiente, por la tarde, aunque las ocupaciones previas a la Pascua lo tenían muy ocupado y la entrevista no se prolongaría mucho tiempo.

Labeo creyó que Poncio Pilatos lo recibiría con mayor cordialidad. Era cierto que la Pascua Judía congregaba a miles de visitantes en Jerusalén, y esto hacía aumentar el riesgo de revueltas. Por otra parte, los zelotes, grupo subversivo y contrario activamente a la dominación romana, quizá pudieran tener preparado algún ataque o incluso, como se temía, un levantamiento general. Pero aun así se extrañó de que el gobernador no hubiera mencionado su parecer sobre la petición del rey Abgar. Sólo podía aguardar al día siguiente para despejar su incertidumbre.

Tras la espera en la Torre Antonia, Labeo se dirigió hacia la casa de Simón Ben Matías. Éste vivía en la zona noble de Jerusalén, situada al oeste del cuartel general romano, entre el palacio de Herodes y la muralla norte. El sanedrita le había indicado el camino que debía seguir y el aspecto de su casa, una mansión de planta levemente rectangular y dos pisos, coronada por una azotea con una achatada cúpula central.

Al llegar, Labeo se presentó a un joven criado, casi un niño, que vestía una toga de rayas y llevaba un solideo cubriendo su coronilla. El muchacho avisó a su señor y regresó enseguida para conducir al embajador al interior de la casa. Simón lo aguardaba recostado en una tumbona de estilo romano. Toda la casa aunaba la arquitectura judía con los importados modos imperiales, acogidos con mayor interés por la aristocracia que por el pueblo llano. Simón se levantó al verlo y le pidió que tomara asiento junto a él, haciendo alarde de gran hospitalidad. En la mesa, suculentos manjares, carne asada, langostas y toda clase de frutas los esperaban.

–¿Has hablado con Pilatos, Labeo? –preguntó Simón, a la par que hacía un gesto con la mano para que llenaran sus copas con un dulce vino importado de Sicilia.

–No ha podido recibirme –suspiró el embajador–. Al parecer está muy ocupado con la Pascua. He tenido que esperar mientras leía la carta de mi rey, pero no lo he visto en persona.

–Debes saber que la celebración de la Pascua es una época difícil para los romanos. Jerusalén se llena de visitantes y el riesgo de tumultos aumenta. Además, Pilatos es un hombre que gobierna de cara al emperador. Prefiere ser duro e inflexible para simular un orden que no puede ganar por medio de la justicia. Pero no hablemos más de política en Judea. Tú has venido en busca de Jesús... Aunque también él tiene que ver con la política.

–Él es un hombre santo. Así lo piensa mi rey. Por eso estoy aquí, para invitarlo a afincarse en Edesa.

–Sí, en efecto, Jesús es un hombre santo. Pero, al revelarse como *Mesías*, ha despertado el afán de revancha de los grupos violentos, que ansían verse libres del yugo romano. Aunque su intención no sea ésa, está inevitablemente envuelto en los movimientos subversivos.

–Creo que sabes más de Jesús de lo que me habías dicho esta mañana, amable Simón.

–Es cierto... Me duele ver cómo un hombre justo y honrado camina hacia su autodestrucción. En el Sanedrín hay voces poderosas que están en su contra. Llegado el momento, y quizá sea muy pronto, podrían instigar a todo el consejo para que lo acusen de blasfemo, aunque este delito no merece la muerte para los romanos. Esto me tranquiliza un poco, aunque hay algo en el ambiente que no puedo definir y que me hace esperar lo peor.

–¿Tienes alguna idea de dónde puede estar Jesús ahora?

–No con seguridad, pero hay un miembro del Sanedrín, José de Arimatea, que es un amigo muy querido de Jesús. Creo que visita su casa a menudo. He oído que él y sus apóstoles prepararán la Pascua allí.

De improviso, un chirrido llamó la atención de Simón y de Labeo. Era el hijo del primero, que jugaba cerca de ellos con un aro de metal.

–¡Estáte quieto, José! –exclamó el sanedrita con cariñosa autoridad–. Ven aquí, hijo, quiero presentarte a un amigo que viene de muy lejos.

El niño parecía algo tímido. Hizo ademán de salir corriendo, pero ante la fija mirada de su padre prefirió desistir de su intento y se acercó a la mesa.

–Un niño muy hermoso –dijo Labeo cuando lo tuvo delante de sí.

–Es la alegría de mi casa, créeme. Si no fuera por él y por su futuro, haría tiempo que viviría apartado en el campo, lejos de esta Jerusalén desnaturalizada.

Simón hablaba de nuevo en su peculiar tono lúgubre, casi dramático. Labeo pensó, sin que ello le hiciera dudar de la veracidad de sus palabras, que podría haber hecho carrera en el teatro si hubiera nacido, por ejemplo, en Grecia.

–Siempre es mejor afrontar la adversidad que huir de ella –sentenció Simón tras una breve pausa.

–Bien dices. El que capitula antes de luchar no merece ser libre, sino esclavo. Sin embargo, a veces es mejor esperar, dejar que los acontecimientos sucedan por sí mismos, ¿no crees?

–Pero sólo para observar, para averiguar los puntos débiles del adversario, para desconcertarlo y minar su resistencia, para buscar, en definitiva, el mejor momento que permita destruirlo. Nuestro destino es un barco que podemos gobernar o dejarlo guiarse al capricho de las olas: somos nosotros mismos quienes debemos decidir entre lo uno y lo otro.

Simón era un soberbio orador. Se advertía claramente que, además de sus dotes naturales, tenía una experiencia muy amplia, quizás adquirida en los debates del Sanedrín, donde una pequeña sutileza casi imperceptible y trivial propiciaba discusiones que se prolongaban hasta la saciedad, y que inflamaban los ánimos de los contendientes sin que importara ya el motivo en sí mismo.

–Pero Jesús no es un provocador; es un hombre de paz que sólo quiere salvar almas. La libertad que él predica es una libertad espiritual –continuó Simón más tranquilo, profundo–. Los intereses son muy fuertes. A nadie ha dejado indiferente. Tiene una verdad, quizás equivocada, no lo sé, pero es una verdad que lo hace peligroso.

En ese momento José, el hijo de Simón, tropezó mientras jugaba y cayó al suelo. Su llanto inundó al momento la estancia, mientras su padre lo recogía y trataba de consolarlo. Sólo se había arañado levemente una mano al caer, pero el dolor y la visión de la sangre impresionaron al niño.

Labeo, entretanto, reflexionaba sobre las últimas palabras del sanedrita. Simón parecía un hombre justo, aunque algo confuso. Su perfecta y calculada oratoria, su innata facundia, no podía ocultar este hecho. Parecía claro que el destino de Jesús de Nazaret, fuera cual fuese, estaba ligado sin remisión al que el pueblo judío, con pleno conocimiento o inconscientemente, habría de depararle.

19

1888, Poblet

Gilles se sentó en una roca al borde del camino de salida de L'Espluga de Francolí. En aquel punto, el sendero se dividía en dos, que ascendían serpenteando por las laderas de las sierras cercanas. Vestía un tosco atuendo de peregrino y se había dejado crecer la barba y el cabello. Poniendo a un lado el cayado que utilizaba y la bolsa de viaje, se quitó las sandalias para descansar un poco sus pies doloridos.

Tenía la sensación de que había pasado mucho tiempo desde que abandonara París. No había sido fácil convencer al rector de La Sorbona para que le concediera una breve excedencia. Sus obligaciones eran muchas y el curso académico tocaba a su fin, pero lo consiguió después de todo. Durante una semana había estado planeando lo que iba a hacer. Se informó sobre la mejor manera de llegar hasta el monasterio, y le resultaron muy útiles los datos que le había proporcionado su amigo el párroco. En especial, saber que en el monasterio se ofrecía comida y abrigo a los peregrinos que llegaban a él. Ésa era la causa principal por la que había decidido ir caminando prácticamente desde la frontera. Así dispondría de tiempo suficiente para familiarizarse con su disfraz y hacer más creíble su historia, pues habría atravesado en realidad los mismos lugares que un auténtico peregrino.

–Buenos días –le dijo un paisano haciéndole volver de sus recuerdos.

Bossuet alzó la vista en dirección al lugar del que provenía la voz. Desde un carro tirado por una yunta de bueyes, un hombre de aspecto sencillo lo observaba sonriente.

–¿Los caminos del Señor son duros, verdad? –preguntó ampliando aún más su sonrisa y dejando ver múltiples huecos en su dentadura–. ¿Quiere que lo lleve a algún sitio?

Gilles se apresuró a calzarse de nuevo las sandalias, casi al mismo tiempo que se incorporaba con un sonoro crujido de huesos.

–Sí que lo son –convino riendo, con las manos sobre sus riñones–. Me dirijo al monasterio de Poblet. ¿Puede llevarme hasta allí?

–¡Oh, suba entonces! No voy al monasterio, sino al albergue que está un poco antes, pero le ahorraré parte del camino.

Dando gracias al cielo por haberle enviado a aquel rústico hombre, Bossuet subió al carro y se colocó junto al lugareño.

–Me llamo Pere –se presentó ofreciéndole una mano enorme y llena de callos.

–Encantado de conocerlo, Pere. Mi nombre es Gilles.

Pere golpeó suavemente a los bueyes con una larga vara, a la vez que emitía un ruido con la boca. Obedientes, los animales reanudaron su marcha, tomando el camino de la izquierda.

–Vienen pocos como usted por aquí. Peregrinos, quiero decir. ¿Usted es francés, verdad?

–Sí; de París.

El campesino asintió y luego miró al cielo con aire piadoso, como si hubiera que pedir disculpas al Señor sólo por pronunciar ese nombre. Bossuet se rió de buena gana ante la ocurrencia. Pere no tardó en unirse a él, emitiendo sonoras carcajadas al tiempo que se golpeaba la pierna con una de sus inmensas manos.

–Si va usted a Santiago –dijo el campesino aún sonriente, apuntando con el dedo a la vieira de su cayado– se ha alejado un poco de su ruta.

–Lo sé. Unos peregrinos me hablaron de este lugar cuando atravesé la frontera, y resolví desviarme para visitarlo antes de continuar en dirección a Compostela.

–Bien hecho –lo felicitó dándole una palmada en la espalda–. Éste es un buen lugar para encontrar la paz del alma, amigo francés.

Y eso parecía realmente. Se mantuvieron en silencio el resto del camino, lo que permitió a Gilles disfrutar del paisaje que iban atravesando. A ambos lados se levantaban imponentes sierras, en cuyas laderas crecían encinas y pinos. En los picos más altos, grandes nubes de resplandeciente color blanco se agolpaban por encima de las rocas.

–Ya hemos llegado –le informó Pere bajándose de un salto del carro.

En efecto; a su derecha, Bossuet pudo ver un conjunto de edificaciones, algunas de las cuales estaban aún en construcción. Los tejados claros y las paredes recién encaladas, impolutas, resaltaban entre el color de la vegetación que rodeaba el albergue.

–Muchas gracias por el paseo.

–No tiene por qué darlas –afirmó el campesino restándole importancia–. Es bueno tener otra compañía que no sean estos bueyes, de vez en cuando.

Despidiéndose de Gilles con un nuevo apretón de manos, le indicó el sendero que debía seguir para llegar al monasterio que, por lo que dijo, se encontraba a apenas un kilómetro de allí.

Otra vez en el camino, Bossuet no tardó en resentirse de sus pies. La proximidad de la abadía no parecía ser una razón suficiente para convencerlos de que dejaran de mortificarlo. No había recorrido mucho trayecto cuando, a lo lejos, distinguió entre los árboles lo que tenía el aspecto de ser un monasterio. Apenas podía ver nada, sin embargo, pues le impedía la visión el espeso manto de hojas. Ansioso por llegar a su destino aceleró el paso, ignorando las nuevas quejas de sus maltratados pies.

Un poco más adelante el camino se estrechaba. Las suaves laderas quedaban hendidas bruscamente en ese lugar, formando un profundo barranco que se extendía a derecha e izquierda más allá de donde alcanzaba la vista. Un angosto puente parecía ser el único punto por donde era posible cruzarlo. Junto a él se alzaba un poste con un rústico indicador de madera, en el que podía leerse BARRANCO DE SAN BERNARDO grabado a fuego.

Gilles no pudo evitar detenerse en medio del puente y asomarse por encima del borde de piedra para mirar hacia abajo. En el fondo, enormes cantos rodados y un sinnúmero de ramas de árboles descansaban en el lecho de un pequeño arroyo, que probablemente sería mucho más caudaloso en invierno. Bossuet se sorprendió gritando su nombre a las montañas, que lo repitieron obedientemente con una voz cada vez más apagada, hasta que se extinguió por completo. Sonriente y alegre, como sólo puede estarlo un niño que ha hecho una travesura, llegó al otro extremo del barranco. La piedra del puente dio paso de nuevo a la grava y al polvo del sendero, que se bifurcaba unos cien metros más adelante. Según estaba escrito en los carteles, uno conducía a un lugar llamado La Peña y el otro a unas fuentes. Bossuet tomó este último, aunque significaba desviarse un poco de su ruta. La imagen del agua cristalina de montaña, manando de un caño metálico clavado en la roca, era demasiado tentadora como para resistirse.

Pero no consiguió beber cuando llegó al lugar. Quedó embelesado por la belleza del paisaje que se extendía ante sus ojos. Desde allí se veía una buena parte de las pequeñas aldeas de la Conca de Barberà. Alrededor de ella, las montañas de Prades se recortaban en el cielo del hermoso atardecer de finales de primavera. Y, en medio de todo, se alzaba majestuosamente la sobria figura del monasterio, rodeada por bosques de avellanos de flores blancas que llegaban hasta las murallas exteriores. Dentro, limitadas al este por un muro más pequeño, se alineaban hileras de viñas, entre las que se movían afanosas figuras pardas.

Gilles extendió los brazos y aspiró profundamente. El aire olía a tomillo y a decenas de otros aromas que apenas era capaz de reconocer. Podía notar el calor de los últimos rayos de sol en su rostro, mientras el dulce canto de los pájaros llenaba el aire con su música. Nunca en su vida se había sentido tan vivo como en aquel momento. Entonces se preguntó cómo había llegado a ese lugar, qué le había hecho ir allí realmente... y no encontró una respuesta. A pesar de todas las razones que se había dado, a pesar de que se había repetido una y otra vez que no era más que una investigación científica. A pesar de todo. En ese instante, al ver el monasterio, percibió con toda su intensidad algo que ya había creído sentir antes, pero que no se había atrevido a reconocer, enterrándolo bajo la razón y la lógica. Parecía descabellado, una auténtica locura, pero no podía evitar creer que todo aquello tenía algún sentido. No podía evitar creer que, de algún modo, existía una fuerza que controlaba su destino desde el mismo instante en que el medallón había llegado a sus manos. O incluso antes, se dijo. Puede que desde mucho tiempo antes. Bajó los brazos de nuevo, lentamente, al mismo tiempo que el Sol se ocultaba tras las cumbres de las montañas, y permaneció allí hasta que desapareció por completo.

Cuando Bossuet atravesó las murallas exteriores del monasterio, ya era de noche. La puerta de acceso conducía a una plaza, alrededor de la que se levantaban modestos edificios, que debían de acoger a los trabajadores de la abadía. Al otro lado de la plaza se encontraba una diminuta capilla, adyacente a una nueva entrada. Gilles llamó a la puerta de un edificio cercano, también muy pequeño, del que salió un hombre de aspecto rudo y somnoliento, que se acercó a él mientras se restregaba los ojos con las manos.

–Buenas noches. ¿Qué desea? –dijo entre bostezos.

–Buenas noches. He sabido que ofrecen alojamiento a los peregrinos en este lugar. ¿Es eso cierto?

El hombre miró a Gilles de arriba abajo con gesto desconfiado, y luego clavó los ojos en los suyos. La verdad es que no se le había ocurrido que pudieran dudar de su engaño. ¿Habría manera de distinguir a un verdadero peregrino de un farsante como él? Tratando de que no se notara su nerviosismo, consiguió sostener la mirada del receloso portero y volvió a preguntar:

–¿Es eso cierto?

–Sí, es verdad que damos cobijo a los peregrinos.

El hombre remarcó especialmente esta última palabra, aunque Bossuet no dejó traslucir que se había dado cuenta, y se limitó a asentir adoptando la expresión más piadosa que le fue posible. La escena no dejaba de resultar un tanto cómica, pero Gilles se obligó a no pensar en ello. Si empezaba a reírse, no le cabía duda de que el portero lo enviaría fuera del monasterio a patadas.

–Es por esa puerta –dijo por fin con voz gélida, señalando un portón metálico incrustado en la piedra de una nueva muralla–. A la derecha de la plaza encontrará la hospedería. Pregunte por el hermano Alejandro.

No era preciso que Bossuet se diera la vuelta para saber que el portero seguía observándolo mientras caminaba hacia el lugar que le había indicado. Notaba su mirada en la nuca, como si intentara penetrar dentro de su cabeza para hacerle confesar su engaño. El portón daba paso a otra plaza, aunque mucho más grande que la anterior. Enfrente se alzaba una esbelta cruz de piedra sobre una base escalonada. Un poco más allá, flanqueada por dos torres hexagonales, se abría otra puerta, que llevaba al verdadero núcleo del monasterio, separado del resto por una muralla coronada de almenas.

Como le había indicado el portero, a su derecha había un conjunto de edificios, entre los que debía de encontrarse la hospedería. Gilles se dirigió al único del que salía luz por las ventanas. El arco románico de entrada era tan bajo que tuvo que agacharse un poco para no darse un golpe en la cabeza. Al levantar la vista de nuevo, estuvo a punto de tropezar con uno de los monjes.

–Perdone –se disculpó–. ¿Podría ver al hermano Alejandro?

–Yo soy el hermano Alejandro –afirmó el fraile con arrogancia–. ¿Y usted quién es?

Bossuet tuvo la impresión de que ya había pasado por aquello. Estaba empezando a creer que no había nadie sensato en ese lugar. Quizá, se le ocurrió, todo se debía a su acento francés. El monje que le hablaba tenía un rostro severo, de facciones angulosas, y lo observaba con una amenazadora mirada de desprecio. Su pelo, completamente negro a pesar de que debía de rondar los cincuenta años, contrastaba con la impoluta blancura de sus hábitos. A su lado, visiblemente contrariado por la actitud de su superior, se hallaba un fraile más joven que se atrevió a decir:

–Es un peregrino, fray Alejandro. ¿No ve sus ropas y su cayado? Sin duda desea alojamiento y un poco de comida caliente. ¿Me equivoco? –preguntó dirigiéndose a Gilles.

El hermano Alejandro se volvió hacia el más joven, apartando su atención de Bossuet momentáneamente. No dijo nada, aunque la mirada de reprobación que le dirigió al otro fraile bastó para amedrentarlo.

–En efecto, soy un peregrino –dijo Gilles intentando recuperar el interés del hermano Alejandro–. Mi destino es Santiago de Compostela, pero deseaba pasar aquí unos días, si es posible, para disfrutar de la paz de este lugar y preparar mi espíritu.

–Está bien, está bien, no diga más. Puede quedarse –le informó fray Alejandro de muy mala gana–. El hermano José –dijo señalando al joven fraile, al que lanzó una nueva mirada furibunda– lo conducirá a su celda.

No estaba seguro de que su actuación hubiera resultado del todo convincente, aunque parecía haber funcionado. Fray Alejandro los dejó solos, encaminándose a la puerta de la iglesia, que también daba a la plaza.

–Espero que disculpe al hermano Alejandro –le rogó fray José–. Es un fiel siervo de Dios, pero no les tiene mucho cariño a los franceses. No me pregunte por qué. En fin –dijo con un suspiro–, si quiere acompañarme lo llevaré a su habitación.

El joven monje debía de tener alrededor de veinticinco años. Su afable rostro estaba coronado por un cabello rizado y negro, y la expresión ingenua de sus ojos contrastaba con la ruda mirada de su superior. Con gesto decidido, asió una pequeña lámpara que colgaba de la pared y, después de encenderla, se encaminó hacia un corredor.

–El pasillo es muy oscuro –aclaró, al tiempo que desaparecía bajo un arco de piedra.

Bossuet se apresuró tras él, y ambos penetraron en un estrecho pasadizo. Conforme se alejaban de la entrada, las sombras se hacían más impenetrables, de modo que la amarillenta luz alcanzaba sólo a iluminar unos pasos por delante del fraile, permitiéndoles apenas ver las oscuras losas que cubrían el suelo, y los grandes bloques de piedra de las paredes y del techo abovedado.

–Aquí es –afirmó el hermano José deteniéndose repentinamente y volviendo su cara hacia Bossuet.

Su voz retumbó en el silencio del corredor, a pesar de que sus palabras no habían sido más que un susurro. Esto contribuía a darle al monje un aspecto fantasmal, junto con sus hábitos blancos y su rostro envuelto en claros y sombras que se movían bajo los caprichosos vaivenes de la llama.

Tras rebuscar entre sus ropas durante un buen rato, el fraile sacó una enorme llave de hierro que mostró con gesto triunfal. La llave colgaba de un aro metálico, entre un enorme manojo de otras muchas que a Gilles le parecían exactamente iguales.

–¡Vaya! –exclamó–. Eso tiene aspecto de ser realmente pesado.

–Sí –aseveró fray José sonriendo, mientras abría la puerta de la celda–, pero uno termina acostumbrándose. Además, es un gran honor que el abad me confíe las llaves de todo el monasterio. Bueno –añadió después de recapacitar unos instantes–, de casi todo. Hay algunos lugares a los que sólo pueden entrar él y algunos de los hermanos superiores

Al oír eso, Bossuet supo de inmediato que aquel último comentario era importante.

–¿De veras? –lo interrogó tratando de adoptar un tono indiferente.

–Sí, a todos los demás nos está completamente prohibido hacerlo.

–¿Y qué hay de fray Alejandro?

–El hermano Alejandro... –el joven se mantuvo pensativo durante unos segundos; probablemente estaba imaginándose la bronca que lo esperaba–. Él es uno de los que tienen permiso –continuó finalmente.

Gilles sentía una creciente excitación. Quizá, después de todo, la actitud de fray Alejandro no se debía a un carácter hosco, sino a algo mucho más calculado: un extraño supone un peligro potencial si se tiene algo que ocultar.

–... habitación –oyó terminar de decir al monje, poniendo término a tan turbadoras reflexiones.

El hermano José entró en el cuarto e, instantes después, surgió luz de su interior. Cuando Bossuet penetró en la estancia, el monje estaba encendiendo otra vela, que descansaba sobre una pequeña palmatoria, en un estante de la pared.

–Puede ver que no tiene grandes lujos –le dijo señalando la habitación con los brazos extendidos y mostrando las palmas de las manos– pero, como dice nuestro Señor, «Bienaventurados vosotros, los pobres, porque vuestro es el reino de Dios».

–¡Amén! –sentenció Gilles con una sonrisa–. Una cama es todo cuanto necesito. Muchas gracias.

–¡Oh, casi lo olvido! ¿Tiene usted hambre? Me temo que ya ha pasado la hora de cenar; pero puedo buscarle algo de comer en la cocina.

–No es necesario. Estoy muy cansado y me gustaría dormir.

–Está bien, como prefiera. Por cierto, el desayuno es a las seis en punto. Puedo venir a avisarlo, si quiere.

–Sí, claro, gracias de nuevo.

–Hasta mañana, entonces. Que duerma usted bien –le deseó antes de cerrar la gruesa puerta de madera.

Bossuet se quedó solo en la habitación. La celda era de una total austeridad. El lugar no mediría más que unos tres metros y medio de largo por dos y medio de ancho. Una robusta cama de pino cubierta por una raída manta gris estaba pegada a la pared de la izquierda. A su lado, se encontraba un reclinatorio para las oraciones y, por encima de él, se abría una pequeña ventana con un marco de madera carcomido. Debido al grosor de los muros, quedaba un hueco de aproximadamente un metro entre la pared interior y la ventana. Allí se encontraba un libro de tapas negras que debía ser una Biblia.

Se encaramó al hueco del muro y abrió la ventana. Al instante, penetró una fresca y agradable brisa. La vista, sin embargo, resultaba un tanto decepcionante: a escasos metros del edificio se alzaban unas imponentes murallas iluminadas por la Luna llena, que impedían ver las montañas que se extendían más allá; a la izquierda se divisaba una de las torres del perímetro amurallado, y, hacia el otro lado, podían verse las oscuras siluetas de otros edificios del monasterio. Como pudo comprobar, su ventana se encontraba en el piso inferior, a sólo un par de metros del suelo.

Cerró de nuevo la ventana y se tumbó en el catre. Tenía que pensar cuál era el próximo movimiento que debía hacer. Los comentarios del fraile parecían reveladores, aunque podían no significar nada. Intentó concentrarse en estos pensamientos y darles forma, pero el cansancio y el sueño pronto hicieron que cayera rendido. Sin embargo, antes de dormirse totalmente creyó oír unas voces entonando un hermoso cántico, a lo lejos, amortiguado por los gruesos muros de piedra. Y en ese estado de semiconsciencia se le ocurrió la descabellada idea de que había muerto, y que un coro celestial de ángeles le cantaba un salmo de bienvenida.

20

Siglo I, Arimatea

Después de la comida con Simón Ben Matías, que resultó menos prolongada de lo que Labeo hubiera deseado, para evitar que la noche lo sorprendiera en el camino, éste se dirigió hacia la casa de José de Arimatea, el miembro del Sanedrín al que Jesús tenía profundo cariño, y que vivía fuera de los muros de la ciudad. Aunque el edeseno se resistió, seguro de abusar de su amabilidad, Simón lo obligó a instalarse en su casa durante el tiempo que estuviera en Jerusalén. La hospitalidad judía era bien conocida y no había modo de resistirse a ella.

José vivía, cuando no se encontraba en Jerusalén, en su aldea natal, Arimatea, situada a unos treinta kilómetros al noroeste de la ciudad, cerca de la ruta que unía aquella con Jaffa, en la costa mediterránea. Aunque el terreno no era demasiado abrupto, los duros y áridos caminos y el ambiente seco y caluroso hacían crecer la distancia en el ánimo del caminante. Además, era bastante probable que Jesús no estuviera allí. Simón había dicho únicamente que el rabí y José eran buenos amigos y que la Pascua se prepararía en la casa de este último. Pero no tenía garantías de encontrar a quien buscaba con tanto interés. Quizá incluso pudieran pensar que era un espía. Quizá corría peligro. Pero frente a los pensamientos más negativos, Labeo deseaba cumplir la misión de su rey en la misma medida que ansiaba conocer por fin al hombre santo a quien todos parecían odiar o temer.

A mitad del recorrido, el embajador vio a un hombre sentado en una prominencia junto al camino. Vestía una túnica negra y raída y llevaba una larga vara de acebuche, que tenía apoyada sobre sus rodillas en posición horizontal. Estaba encorvado, con la cabeza agachada, absorto. Su mirada era vidriosa y se perdía en el polvoriento suelo. Cuando llegó hasta el individuo de tan mísero atuendo, Labeo se detuvo para preguntarle si iba en la dirección adecuada para llegar a Arimatea. Entonces se percató de que el hombre tenía en su rostro los signos de la más horrible de las enfermedades, la lepra, que consumía la carne y el espíritu poco a poco, inexorablemente.

Ante la expresión horrorizada del embajador, el hombre volvió a la realidad, lo miró y sonrió con gran dulzura.

–No temas nada, caminante –dijo con voz pausada, la voz de un hombre cuya alma está en paz–. Las marcas de mi cuerpo revelan sólo un padecimiento lejano.

–Pero... la lepra no tiene cura... ¿Cómo puedes haber sanado? –dijo Labeo intrigado y aún temeroso.

–Lo que para el hombre es imposible, resulta insignificante para Dios todopoderoso. La salvación de mi carne y de mi espíritu se las debo a su enviado, a Jesús de Nazaret, el *Mesías* –proclamó el hombre desde una lejanía insondable.

–¿Conoces a Jesús? Estoy buscándolo.

–Una vez se acercó a mí y me dijo: «La enfermedad que padeces te hace sufrir, pero yo te digo en verdad que ese sufrimiento tuyo, si tienes fe en el Padre, se tornará felicidad en el Cielo». Después acarició mi mejilla y la lepra se detuvo. Fue un milagro que demostró a los incrédulos el poder del Hijo de Dios.

Labeo no era demasiado impresionable, pero aquello, si había sucedido como contaba el leproso sanado, lo dejó atónito. La lepra no cesaba antes de haber socavado totalmente el cuerpo, sin misericordia, hasta que éste ya no podía aguantar más y llegaba el fin del enfermo, carcomido, transformado en un muerto en vida, en un espectro grotesco y repulsivo.

–Debes estar muy agradecido a Jesús. Lo que hizo contigo es, como dices, un verdadero milagro. ¿Sabes si él está ahora en casa de José de Arimatea?

El hombre regresó de su éxtasis contemplativo, producido en su mente por el recuerdo de Cristo, y de pronto cambió de expresión, aunque no varió su tono dulce al decir:

-¿Para qué lo buscas? ¿Qué quieres de él?

-Soy embajador de un lejano reino del norte. Mi rey ama la doctrina de Jesús, y me envía para ofrecerle su protección si me acompaña a mi patria.

-Qué poco sabes de Jesús...

-¿Por qué? ¿He dicho algo que te haya ofendido?

-No, mi buen caminante, no. Pero Jesús no irá contigo. Se negará a marcharse de Judea: aquí lo aguarda su destino. Él mismo me lo reveló.

-Aun así, me gustaría hablar con él. Tengo que cumplir las órdenes de mi señor.

-Bien. Lo comprendo. Aunque, como te digo, todos tus esfuerzos serán inútiles. -Había en las palabras de aquel hombre una cierta conmiseración, quizá por estar seguro de que un extranjero era incapaz de comprender en su auténtica medida la figura del rabí-. Si sigues por este sendero a buen paso, en menos de una hora estarás en Arimatea. Allí, pregunta de nuevo por José. Aunque su casa es fácil de distinguir, ya que es la más grande del pueblo y ocupa aproximadamente su centro.

Tras el encuentro con el ex leproso, llamado Sem, como el hijo de Noé a quien deben su nombre los pueblos semitas, Labeo siguió su camino. No sabía por qué, pero una profunda sensación de sosiego llenaba su corazón. Caminaba alegre; sin un claro motivo, pero rebosante de aliento. Por primera vez miraba el camino pedregoso y polvoriento delante de él sin flaquear. Estaba ansioso de encontrar a Jesús, de hablar con él, conocer a sus discípulos y escuchar su doctrina.

Arimatea era un pueblo que apenas contaba veinte casas. La mayoría mostraba un aspecto cuidado y limpio, perfilando su contorno encalado con los tonos pardos del terreno. En un lado de la población, varias hileras de ciruelos se extendían hasta adentrarse en la ladera de una loma cercana. Entre ellos también había algunas higueras y albaricoqueros.

Como le había indicado Sem, Labeo se dirigió a la casa que ocupaba el centro de Arimatea. Comparada con las pobres construcciones aledañas, era una auténtica mansión, rodeada por una tapia que encerraba un amplio huerto: la vivienda digna de un hombre rico como era José. El embajador entró en el huerto tratando de ver a alguien, pero no parecía haber nadie allí. Se aproximó con cautela al arco que daba acceso a la casa. Empezaba a refrescar. El sol tocaba el horizonte, próximo a su ocaso. La cobriza luz producía un marcado claroscuro entre la fachada y el interior. Cuando Labeo llegó al umbral, un brazo poderoso lo detuvo de improviso y un rostro fiero apareció entre las sombras.

–¿Quién eres tú? –gritó el hombre que vigilaba la entrada.

Labeo se sobresaltó por lo repentino de la aparición y las voces. Pero no sentía temor. Miró al fornido guardián y le dijo alzando las manos:

–Nada temas de mí. Vengo en paz. Busco a Jesús de Nazaret.

–¿Buscas a Jesús? ¿Y para qué lo quieres? –inquirió el hombre con gravedad, ceñudo, atenazando el brazo de Labeo.

El embajador iba a explicar su identidad y su misión cuando, desde el interior, se oyó una voz dulce, serena y hermosa, que dijo:

–Pedro, deja entrar a ese hombre. Viene desde muy lejos para verme.

Labeo supo al instante que aquella voz pertenecía a aquél a quien buscaba. Sólo él podía irradiar calor y luz entre la oscuridad y el frío de la inminente noche. Sólo él podía saber que venía desde un reino lejano del norte.

Pedro obedeció el mandato a regañadientes. Hizo ademán de replicar, pero finalmente se sentó junto a la entrada con gesto de enfado. Un pequeño candil de aceite iluminaba débilmente la estancia. Los ojos del embajador se acostumbraban poco a poco a la escasa luz. El ambiente de paz que inundaba el lugar se remarcaba por el penetrante olor a incienso y aceites aromáticos. Al fondo, Labeo pudo distinguir la figura de Jesús, sentado en un saliente de la pared. Vestía una túnica clara y parecía reflexionar, con el mentón apoyado en uno de sus puños y el codo sobre la pierna. Sus largos cabellos resplandecían bajo la tenue llama de la luminaria.

–Acércate, no temas nada –dijo girando su cabeza hacia el embajador.

Labeo vio por vez primera los ojos de Jesús. Eran grandes y vivos, brillantes, sobrecogedores, majestuosos. Su mirada transmitía gravedad y sabiduría, dulzura y bondad. El embajador se sintió como un niño que tiene ante sí la autoridad del padre. Despacio, sin retirar su mirada de la de Jesús, se aproximó a él. Ya de cerca, pudo distinguir su hermoso rostro, de facciones nobles y expresión de infinita ternura. Sintió deseos de romper a llorar, profundamente emocionado, pero logró contenerse. Jesús se levantó en ese momento y le habló de nuevo:

–Sígueme, amigo mío, debes transmitirme tu mensaje y prefiero que estemos a solas.

Al oír estas palabras, Pedro saltó como un relámpago y dijo con vehemencia, atropelladamente:

–¡Maestro! No sabes quién es este hombre. Déjame al menos que lo registre. Ya has escuchado su acento; puede que lo envíen los romanos. Puede ser un asesino...

–No, Pedro. Destierra el miedo de tu corazón. Mi destino pertenece al Padre. Nada temas, pues.

Jesús condujo a Labeo hasta una estancia interior, un pequeño cuarto en el que únicamente había una parca mesa sin adornos y dos sillas de robusta madera. Allí estuvieron largo tiempo, mientras la excitada imaginación de Pedro concebía fuera los más insólitos disparates.

Cuando Jesús y el embajador salieron, el resto de discípulos los esperaba junto a Pedro. Habían regresado de Jerusalén, donde José había tenido que quedarse para una asamblea del Sanedrín, poco después de la llegada de Labeo, y el fiel *Pescador* les había contado cómo Jesús se negó a que lo registrase. Muy excitado, aunque incapaz de malicia, intentó convencer a todos para que entrasen a buscar a Jesús, hablando de grandes peligros imaginarios. Pero Pablo, siempre prudente, se encargó de relajar la tensión en los ánimos de sus compañeros, asustados por la exageración del buen Pedro.

Después de la conversación con el rabí, el rostro de Labeo se había transformado. Sus ojos parecían perdidos, vislumbrando quizás un mundo lejano y mejor. Ninguno de los dos dijo nada de lo que hablaron. Cuando Pedro preguntó a su maestro qué había pasado, él se limitó a sonreírle y responder: «Hemos estado charlando sobre muchas cosas. Labeo es un buen hombre».

Jesús invitó al edeseno a cenar con ellos, como uno más, y le pidió también que se quedara a pasar la noche. Los caminos no eran seguros en la oscuridad, y el frío desaconsejaba también trasladarse a esas horas. Durante la velada, Jesús y Labeo no volvieron a dirigirse la palabra, pero a nadie pasó desapercibido cómo éste último miraba al *Maestro*. El corazón de Labeo ya nunca abandonaría aquel lugar ni dejaría de amar a aquel hombre. Algo había cambiado en su corazón y su mente; ya no era el mismo que llegó a Arimatea esa misma tarde.

21

1888, Poblet

A la mañana siguiente unos golpes en la puerta despertaron a Gilles. Todavía medio dormido, logró incorporarse y tomar asiento al borde de la cama. Se miró los pies con ojos somnolientos y se dio cuenta de que ni siquiera se había descalzado para dormir.

–Buenos días –le oyó decir a fray José desde el otro lado de la puerta, acompañando sus palabras con nuevos golpes.

Torpemente, Gilles se dirigió hacia ella. Al abrirla, vio que el monje estaba plantado en mitad del pasillo, observándolo.

–Buenos días –repitió–. ¿Cómo se encuentra esta mañana? ¿Ha dormido bien?

–Muy bien, gracias. Sóló que, antes de dormirme... –empezó a decir, pero se interrumpió levantando la mano y sacudiendo la cabeza, como si pensara que se trataba de una idea absurda.

–¿Sí?

–Bueno, me pareció oír a alguien cantando...

–¡Oh, sí, claro! No se lo comenté ayer porque me dijo que estaba muy cansado, pero todas las noches, a las nueve, celebramos la liturgia de Completas y cantamos la Salve en la iglesia, antes de irnos a dormir. Si lo desea, puede acompañarnos hoy.

–Sí, desde luego. Me encantaría.

–Estupendo. Veo que ya se ha vestido –le dijo mirándolo de arriba abajo.

–Algo así –afirmó Bossuet con una sonrisa.

El fraile lo escrutó con expresión interrogante, pero no le hizo ninguna pregunta.

–Bien, vayamos entonces a desayunar.

Después de cerrar la puerta de la celda, se dirigieron hacia la entrada del edificio recorriendo, a la inversa, el mismo itinerario que habían realizado el día anterior. El sol aún no había salido completamente, aunque ya podían verse retazos claros en el cielo. Hacía fresco a esas tempranas horas, y el canto de los pájaros resonaba a su alrededor, amplificado en el aire diáfano de la mañana.

Gilles se restregó los ojos para terminar de aclararse la vista. La plaza donde se encontraba era realmente muy grande; más aún de lo que le había parecido la noche pasada. Siguiendo los pasos de fray José, se dirigió hacia las murallas del perímetro interior del monasterio. En su camino, pasaron junto a la cruz en que se había fijado el día anterior.

–Es la cruz del abad Joan de Guimerà –le informó el hermano al darse cuenta de que la estaba mirando–. Creo que tiene unos doscientos años.

Dicho esto, el fraile subió los escalones que separaban del suelo la base de la cruz y, sorprendentemente, dio tres vueltas a su alrededor antes de bajar de nuevo e invitar a Bossuet a imitarlo. Esta vez fue éste quien le dirigió una mirada de perplejidad. El monje rió de buena gana al ver la expresión de su cara.

–Es una vieja tradición –explicó al fin–. Se dice que quien dé tres vueltas alrededor de la cruz volverá algún día a Poblet.

–En ese caso... –dijo Gilles dando las correspondientes vueltas–, volveremos a vernos.

El acceso al núcleo central del monasterio se realizaba por la que se conocía con el nombre de *Puerta Real*, una abertura rematada en la parte superior por un arco románico, y cerrada mediante un portón de madera reforzado con clavos y láminas de metal. La puerta se abría en una muralla de más de diez metros de altura que estaba cubierta, en una buena parte, por algún tipo de planta trepadora. Según le contó el fraile, la muralla rodeaba la iglesia y las dependencias de los monjes, como si se tratara de una fortaleza. A ambos lados de la puerta se alzaban dos torres de planta hexagonal, iguales aunque algo menores que las que podían verse también en otros lugares del perímetro amurallado. Esta entrada conducía a un pequeño patio interior, que atravesaron en dirección a la puerta del vestíbulo, situada en el extremo izquierdo. La estancia era amplia y sobria, con dos hileras de arcos que le daban un aspecto solemne.

–Por ahí se va a nuestros dormitorios –le dijo el hermano señalando unas escaleras–. Y ésa es la cocina –añadió indicando una puerta que se encontraba a unos pocos metros enfrente de ellos.

Dejando la cocina a un lado, avanzaron por un pasillo que desembocaba en un gran claustro, alrededor del cual se levantaban delgadas columnas que sostenían arcos de medio punto, y en el que se mezclaban el estilo románico y el gótico.

–Es un... –comenzó a decir Gilles hasta que fray José le indicó con un gesto que se mantuviera en silencio.

De este modo, sin hablar, giraron hacia el corredor de la izquierda del claustro, en dirección a un templete poligonal, rodeado por columnas de piedra y arcos románicos. En su interior se encontraba una fuente con una pieza en forma de pila bautismal de la que manaba el agua. Una gran cantidad de monjes estaban dispuestos a su alrededor, lavándose las manos con empeño. Fray José se acercó también para hacer lo mismo, y Bossuet lo imitó.

El refectorio se encontraba al lado del templete, a la izquierda del claustro. Era una sala amplia, de unos treinta metros de largo por casi diez de ancho. Las mesas estaban colocadas a lo largo del perímetro, quedando vacío el espacio central. Una gran abertura, que se extendía prácticamente de un extremo a otro de una de las paredes, comunicaba con la cocina, en la que una docena de jóvenes frailes se movían frenéticamente de un lado a otro, bajo las órdenes que gritaba sin parar un hermano gordo y de aspecto iracundo. A un lado, unos gigantescos hornos ocupaban buena parte de la pared, y debían de ser el origen del delicioso aroma que inundaba el comedor.

–Lamento haberle hecho callar –se disculpó fray José–, pero está prohibido hablar en el claustro. ¿Qué me estaba diciendo?

–Lo siento, no lo sabía –le dijo Gilles desviando su atención de la cocina–. No era nada importante, en realidad. Sólo iba a decir que es un bonito claustro.

–Sí que lo es –convino el monje con tono de orgullo–. La parte este empezó a construirse a principios del siglo XIII y es de estilo románico. Concluirlo llevó casi un siglo, y por eso las columnas y adornos de la mayor parte del claustro son de estilo gótico. Hay otros dos más en el monasterio, el de San Esteban y el del locutorio, pero no son tan hermosos como éste.

El fraile permaneció de pie durante unos instantes, contemplando el claustro como si fuera la primera vez que lo veía. Cuando por fin se dio la vuelta, Bossuet le preguntó:

–¿Cuál es mi mesa?

–Las del fondo y las de la derecha están reservadas para los hermanos del monasterio. Puede sentarse en cualquier otro sitio.

Casi todas las mesas estaban ocupadas. Al menos las de los monjes, pues las que correspondían a los peregrinos se hallaban completamente vacías. Al parecer, él era el único que se encontraba en el monasterio en ese momento. Eso hizo que le asaltaran de nuevo las dudas: quizás aquélla no era una época habitual para el peregrinaje a Poblet. Sin embargo, se dijo que ése era un pensamiento disparatado y que debía de tratarse simplemente de una casualidad... O del destino, pensó, sin que fuera capaz de atreverse a decir si realmente lo creía o no.

Eligió la mesa situada más cerca de la pared del fondo, junto a las de los frailes. El hermano José no pudo sentarse al lado de la suya porque ya estaba ocupada, y tuvo que hacerlo en una al otro extremo del refectorio. En el momento en que Bossuet se sentó, entraron por la puerta media docena de monjes, que portaban bandejas en sus manos. Con una rapidez y habilidad inusitadas, empezaron a repartir el desayuno entre las mesas: un tazón de leche y un par de rebanadas de pan.

Gilles estaba a punto de empezar a comer cuando un anciano de aspecto venerable se levantó de repente de una mesa. A su lado se encontraba fray Alejandro, que dedicó un parco saludo con la cabeza a Bossuet. Él se lo devolvió cortésmente, para luego centrar de nuevo su atención en el anciano que, sin duda, debía de ser el abad del monasterio. Tenía el cabello totalmente gris, y una larga barba de aspecto descuidado le cubría gran parte de la cara. En ella brillaban unos inteligentes y piadosos ojos oscuros, que el abad cerró al tiempo que extendía sus brazos a ambos lados del cuerpo, con las palmas de las manos hacia arriba. En ese momento, todos los demás frailes colocaron las suyas en actitud de oración, e inclinaron respetuosamente sus cabezas. Gilles los imitó, aunque se mantuvo con los ojos abiertos, observando al abad. No sabía nada de hombres santos; hasta entonces ni siquiera había creído que esa clase de hombres existiera. Pero, en ese momento, no tuvo la menor duda de que se hallaba en presencia de uno. Tal era la sabiduría que podía percibirse en cada pliegue de su afable rostro, y la majestad de su presencia, que parecía desprender algún tipo de extraña y reconfortante energía.

–Gracias Señor por estos alimentos que vamos a tomar –rogó con una voz suave y a la vez poderosa– y por permitirnos disfrutar un día más de tu Gracia, mientras esperamos tu vuelta al final de los tiempos.

–¡Amén! –corearon todos los monjes al unísono.

Después de la acción de gracias, el abad volvió a sentarse y los frailes empezaron a comer. Un hermano, mientras tanto, leía las Sagradas Escrituras con voz cansina. Obligándose a apartar la vista del anciano y a centrarse también en su desayuno, Gilles se reprendió por su torpeza. Había estado a punto de empezar a comer sin esperar a la oración de gracias. Aunque desconocía todo lo relacionado con la iglesia o los monasterios, debía haber imaginado que los frailes hacían algún tipo de rito antes de comer. Se suponía que era un peregrino pero no se comportaba como si lo fuera. No podía permitirse volver a cometer un error semejante o, de lo contrario, podría llegar a delatarse. Estaba seguro de que no todos los monjes de la abadía eran tan amables y tenían tan buena voluntad como fray José.

A pesar de su enfado consigo mismo, no tardó en empezar a saborear el desayuno con deleite. El pan era blanco y tierno, y aún estaba caliente. Pensó que seguramente lo hacían en el propio monasterio, en los grandes hornos que había visto momentos antes en la cocina. Comió las dos rebanadas con avidez, y después tomó la leche, fuerte y espesa, casi de un solo trago. Estaba hambriento; al fin y al cabo no había comido nada desde el mediodía anterior.

Sin embargo, no pudo evitar sentirse un poco avergonzado al comprobar que los monjes a su alrededor apenas habían empezado a comer su desayuno. Afortunadamente, ninguno de ellos parecía reparar en él. No así su joven acompañante, fray José, que lo miraba desde el otro extremo de la estancia. Aunque lo peor fue cuando se percató de que el hermano Alejandro también lo había notado, y lo observaba con un gesto reprobador desde su mesa. Sintiéndose más avergonzado que nunca, Bossuet desvío su mirada de los ojos del monje y la dirigió hacia el claustro, simulando que estaba muy interesado en la fuente del templete.

Unos minutos más tarde volvieron a entrar los monjes de la cocina, y recogieron las mesas de un modo tan diligente como el que habían empleado para repartir el desayuno. Los frailes fueron levantándose poco a poco, y se dirigieron hacia la salida. Gilles buscó al hermano José entre ellos y lo encontró junto a la mesa del abad, hablando con fray Alejandro que, durante la conversación, señaló un par de veces hacia el lugar donde se encontraba Bossuet. El joven monje se hallaba de espaldas a él, de modo que Gilles no podía ver la expresión de su cara ante lo que el otro monje le esta-

El último secreto de
Da Vinci

ba diciendo e intentar así averiguar de qué hablaban, aunque temía que no podía ser nada bueno. Sus recelos se desvanecieron, sin embargo, tan pronto como el hermano José se dio la vuelta y se encaminó hacia él sonriente.

–Fray Alejandro me ha eximido de mis obligaciones en el tiempo que usted pase aquí. Quiere que lo acompañe allí donde vaya –le comunicó al llegar a su altura.

–Eso es estupendo. Así podrá enseñarme más cosas del monasterio –dijo sonriendo a su vez.

Pero, en el fondo, Gilles no pensaba que fuera una buena noticia. Lo único positivo era que ahora, al menos, estaba seguro de que fray Alejandro quería tenerlo vigilado. ¿Por qué si no iba a asignarle un guía permanente a alguien con el que se mostraba tan arisco? No creía que el bueno del hermano José fuera consciente del verdadero papel que desempeñaba. Es más, Bossuet estaba empezando a sospechar que, fuera lo que fuese lo que trataban de ocultar, era sólo conocido por un pequeño grupo de monjes; los mismos que, según el joven fraile, tenían acceso a esos lugares prohibidos del monasterio. De todos modos, aunque así fuera, resultaría mucho más difícil llevar a cabo sus indagaciones con el fraile acompañándolo todo el día.

–¿Le gustaría ver la biblioteca? –le preguntó jovialmente el hermano José.

–Sí, por supuesto –respondió con voz lacónica, a pesar suyo, absorto en sus pensamientos.

El monje no pareció darse cuenta, sin embargo, y lo condujo por el corredor izquierdo del claustro, tomando el sentido contrario al camino del vestíbulo. Entraron en un nuevo corredor, el locutorio, que servía de conexión entre el claustro principal y el de San Esteban, y en el que pequeños corrillos de monjes mantenían conversaciones en voz baja. Fray José abrió una pesada puerta de madera situada a un lado del pasillo y lo invitó a pasar con un gesto.

Una vez dentro, el fraile se apresuró a cerrar de nuevo, devolviendo a la estancia la absoluta quietud que reinaba en ella. La sala era amplia, casi tanto como el refectorio, con un alto techo de arcos de crucería sostenidos por hileras de columnas. Entre ellas, frailes aún más jóvenes que el hermano José se dedicaban con encomiable ahínco a su trabajo. En las mesas podían verse ennegrecidas y viejas lámparas de aceite que, a esas horas, estaban apagadas, pues la luz que entraba por las ventanas de arcos románicos era más que suficiente. Éstas ocupaban las dos paredes laterales, mientras que, en la del fondo, se encontraba una nueva puerta.

–¿Adónde conduce? –preguntó Bossuet, señalando hacia ella.

–Lleva al *scriptorium*, pero sólo pueden entrar allí el bibliotecario y sus ayudantes. Es el lugar donde se guardan los libros y manuscritos, y donde todavía hoy siguen copiándose a mano algunos de ellos. Los frailes que usted ve en esta sala son neófitos que se encargan de los trabajos menores, o de los que no presentan demasiadas dificultades. Antiguamente, se destinaba aquí a los hijos de los nobles y hombres pudientes de la comarca que entraban en la abadía. Los que procedían de orígenes más humildes realizaban las faenas pesadas, como las de la cocina; o incluso trabajaban en los viñedos, junto a los campesinos que estaban al servicio del monasterio.

En ese momento se abrió la puerta del *scriptorium* y por ella surgió una rolliza figura que Gilles reconoció de inmediato. Se trataba del cocinero que había visto en el desayuno. Tenía el cabello liso y de color castaño, y usaba unas antiparras redondas que parecían ridículamente pequeñas en su enorme y sonrosada cara de facciones redondeadas.

–Buenos días –dijo con una voz suave y elegante, de algún modo incongruente con su aspecto rudo.

–Buenos días, fray Agustín –le respondió el otro monje–. Me gustaría que conociera a un peregrino francés que llegó ayer, y que va a pasar unos días con nosotros.

–Gilles Bossuet –se presentó ofreciendo su mano a fray Agustín–. Encantado de conocerlo.

–Es un placer –le dijo estrechándosela con fuerza–. Sí, creo haberlo visto esta mañana en el comedor, cuando estaba en la cocina –añadió con su desconcertante voz de tenor y mirada distante, a la vez que asentía levemente con la cabeza.

–Sí, yo también lo he visto a usted –dijo Bossuet sin poder evitar sentirse como un niño contestando a un adulto.

–El hermano Agustín es nuestro bibliotecario –interrumpió fray José–, además del jefe de cocina.

A Gilles le pareció que tenía cierta gracia el hecho de que un mismo fraile realizara labores tan dispares, pero se contuvo y no dejó que tan inoportuno pensamiento se reflejara en su rostro. Fray Agustín no le prestó atención al comentario del joven monje y, con sus ojos fijos en los de Bossuet, le preguntó:

–¿Y a qué se debe su presencia en nuestra humilde biblioteca? –por la forma en que lo dijo estaba claro que no le parecía humilde en absoluto–. ¿Viene usted tan sólo de visita o está interesado en alguno de nuestros volúmenes?

–La verdad es que me gustaría consultar unos cuantos libros –reconoció Gilles–; concretamente los que traten sobre el monasterio. Querría saber más acerca de él, y supongo que dispondrán de varios que puedan servirme.

–Oh, sí que tenemos –afirmó el obeso fraile con un cierto tono indignado, como si el mero hecho de dudar de ello constituyera un insulto–. Le diré a mi ayudante que se los busque para que pueda usted venir a recogerlos esta misma tarde, después del almuerzo.

–Gracias, se lo agradezco de veras. Y perdone si le he ofendido. Le aseguro que no era mi intención –se disculpó tratando de corregir su desacertado comentario; lo último que deseaba era granjearse un nuevo enemigo.

–No tiene usted por qué disculparse –le dijo secamente–. Bien, ahora debo irme. Encantado de haberlo saludado.

El grueso monje los dejó solos, encaminándose hacia la puerta de salida. Bossuet lo siguió con la mirada, hipnotizado por el suave balanceo de su enorme hábito.

–¿Cómo es que el cocinero de la abadía ejerce también de bibliotecario? –le preguntó intrigado al hermano José, cuando el otro fraile salió de la habitación.

–Fray Agustín fue durante muchos años el ayudante del antiguo bibliotecario, el hermano Nicolás, y cuando éste murió se hizo cargo de la biblioteca. En cuanto a la cocina, fue una simple coincidencia. Debido a la desamortización de Mendizábal, el monasterio perdió muchas de sus posesiones, y una buena parte de sus frailes se vieron obligados a marcharse a otros conventos, pues ya no había recursos suficientes para todos. Fue una época difícil y de gran confusión, y la abadía tuvo que prescindir de casi todos sus servidores y criados; entre ellos, del cocinero. Fray Agustín, que era uno de los pocos hermanos que sabían algo de cocina, se ofreció voluntario para ocupar el puesto. En principio iba a ser algo temporal, hasta que el monasterio pudiera contratar a uno nuevo. Sin embargo, durante largo tiempo no hubo medios suficientes y, además, fray Agustín aceptaba de buen grado sus dos funciones, por lo que nunca llegó a sustituírsele.

–Sí, desde luego tiene aspecto de no importarle estar en la cocina –bromeó Gilles.

El monje se rió sonoramente por el comentario, sobresaltando a los jóvenes frailes de la biblioteca, que detuvieron por un instante su incansable trabajo para observarlo con un gesto entre sorprendido y contrariado.

–Ustedes los franceses tienen la lengua afilada, si me permite decirlo –consiguió decir entre risas.

–Gracias –dijo Bossuet contagiado por la risa del monje, y tomando sus palabras como un cumplido–, aunque temo que, después de esto, tendremos que confesarnos. ¿Alguien habla francés en este lugar? Hay pecados que no pueden pronunciarse en español.

Esta última observación no hizo sino aumentar las carcajadas del hermano José, y provocar nuevas miradas, esta vez claramente furiosas, por parte de los frailes de la sala. Dándose cuenta de ello, el monje se dirigió todavía sonriendo hacia la puerta, y salió otra vez al locutorio seguido por Gilles.

Pasaron el resto de la mañana recorriendo los viñedos y las dependencias exteriores del monasterio, a pesar de que Bossuet le pidió a fray José que le enseñara la iglesia. Éste insistió en que no la viera hasta la noche, en la liturgia de Completas, pues le aseguró que era el mejor momento para visitarla.

22

Siglo I, Arimatea, Jerusalén

Por la mañana, al despuntar el alba, Labeo se adecentó y vistió rápidamente, y luego fue en busca de Jesús para despedirse. Tenía que estar en la Torre Antonia en unas horas. No podía retrasarse en su entrevista con el gobernador romano, programada para la hora décima, es decir, las cuatro de la tarde. Cuando llegó a la sala donde habían cenado la noche anterior, el rabí estaba desayunando con varios de sus discípulos. Algunos aún dormían allí mismo, envueltos en mantas de fina lana. El Sol apenas estaba sobre el horizonte y la brisa de la mañana resultaba fría.

–Veo que ya te has levantado, amigo mío –dijo Jesús al ver a Labeo–. Iba a despertarte, pero es pronto todavía. Desayuna con nosotros.

La esposa de José y una joven habían puesto en la mesa panes con miel, albaricoques en almíbar, queso de oveja y un gran cántaro de barro rebosante de leche recién ordeñada. Judas Tadeo llenó los vasos de Jesús y los demás. Mientras lo hacía, la joven, una muchacha huérfana de origen griego llamada Helena, de largo pelo lacio del color del azabache y enorme belleza, acogida en la casa de José, tropezó y derramó accidentalmente una vasija de miel sobre el pecho del rabí. Labeo miró a Jesús instintivamente, pensando que censuraría a la joven, aunque ésta no hubiera cometido la torpeza adrede. Pero él la miró con gesto de indulgencia y auténtica diversión, emitiendo acto seguido una estentórea carcajada. Pedro y Santiago, sin embargo, más severos, no ocultaron su molestia, aunque en sus rostros no había un ápice de enfado.

–¿Has descansado bien, Labeo? –inquirió Jesús.

–El lecho era cómodo –contestó el embajador sin poder disimular su inquietud–. Sin embargo, no he podido dormir apenas.

–Tranquilo, amigo, tranquilo. El destino de todos está en manos del Padre. Destierra el miedo de tu espíritu. Haz lo que tengas que hacer y así cumplirás tu cometido. Sigue siempre los dictados de tu corazón. Eres un buen hombre. Agradécele su invitación a tu rey. Pero mi sitio está aquí. No tengas cuidado, Labeo, estarás conmigo algún día en la Gloria, cuando ocupe mi puesto a la derecha del Padre.

Poco a poco, a medida que la luz y el calor inundaban la estancia, los discípulos que todavía no lo habían hecho fueron despertándose y se unieron a la mesa. Hablaron de la celebración de la Pascua y de dónde se reunirían. La mayor parte de ellos pensaban que la casa de José era el lugar ideal, pero Jesús les anunció que lo harían en Jerusalén, cerca del palacio de Herodes, al suroeste de la ciudad. Encargó a Felipe, Bartolomé, Mateo y el joven Juan que se adelantaran para prepararlo todo. Junto a la Puerta de los Esenios les estaría esperando un hombre con un ánfora llena de agua. Era un amigo de José de Arimatea y podían confiar en él. Los conduciría a su casa. Allí, en el piso superior, deberían disponer lo necesario para el rito y esperar la llegada de Jesús y sus discípulos.

El camino de vuelta a Jerusalén parecía interminable, a pesar de que los discípulos y el embajador caminaban juntos y la charla ayudaba a reducir el abatimiento. Labeo hubiera deseado quedarse con Jesús y olvidar su entrevista con Poncio Pilatos, pero los deberes encomendados por su rey debían ser cumplidos. Él siempre lo había servido con fidelidad, y en esta ocasión se veía obligado noblemente. Si los temores de Simón Ben Matías y los peligros que le había expuesto eran ciertos, quizá Pilatos desempeñara un papel decisivo en los acontecimientos venideros. Tenía que convencerlo de que el rabí era inofensivo para el poder romano, y un hombre justo y bondadoso del que todos debían aprender.

Era miércoles, la víspera de la Pascua. En Jerusalén había esa tarde mucho mayor gentío que en la fecha precedente, cuando Labeo llegó a la ciudad. Judíos de todas partes de la región, además de muchos gentiles que estaban de visita y cientos de legionarios romanos, atestaban las calles. El mercado del templo estaba también rebosante de compradores, que gritaban y regateaban con enorme teatralidad, sobre todo por parte de los vendedores. Familias enteras, con carromatos cargados hasta reventar, trataban de llegar a las casas de sus parientes. Era un ambiente de fiesta que no parecía presagiar los hechos que acontecerían muy pronto.

Como pudo, apretado entre las personas que abarrotaban las vías, Labeo alcanzó la residencia del gobernador. Presentándose de nuevo ante sus guardianes exteriores, fue conducido otra vez a la misma sala en la que esperó el día anterior. En esta ocasión, Pilatos le hizo pasar a sus dependencias en pocos minutos. El gobernador era un hombre bajo y rechoncho, de pelo castaño claro y calvicie incipiente. Su cabeza, redonda y achatada, se asemejaba a una calabaza y desproporcionadamente grande con respecto a su cuerpo. No tenía barba ni bigote, lucía una amplia capa roja y llevaba sobre su pecho una loriga cobriza y reluciente. Cuando Labeo entró en sus dependencias estaba de espaldas, en pie frente a una mesa repleta de pergaminos.

–Señor, permitid que me presente: soy Labeo, embajador del reino de Osrhoene y súbdito del rey Abgar Ukhamn. Os presento sus respetos y os agradezco que hayáis decidido recibirme en su nombre.

–Ahorraos los cumplidos, embajador –dijo Pilatos sin volverse, pero en tono muy correcto y cortés–. No soy aficionado a la ceremonia. Siento no haber podido recibiros ayer. Las ocupaciones de estado me lo impedían. Supongo que habréis visto la ciudad. Es un hervidero de gentes. El peligro aumenta... –el gobernador se quedó callado un instante. Luego se dio la vuelta por fin y continuó–: Pero no quiero importunaros con mis problemas. Sin embargo, debo deciros que habéis venido a pedirme algo que yo no puedo daros.

–Jesús es un hombre santo, excelencia. Vos podéis, llegado el caso, evitar que sufra daños. La justicia de Roma es siempre ecuánime. –Labeo pensó que la adulación, administrada en pequeñas dosis, podía servir a sus propósitos.

–Roma, Roma, Roma... –suspiró Pilatos–. El Imperio no se sustenta en la justicia, embajador, sino en la dominación, en la fuerza. Roma es poderosa porque sus brazos también lo son. Además, la justicia en Judea en temas religiosos corresponde al Sanedrín.

–El Sanedrín odia a Jesús... –comenzó a decir Labeo.

–¡Lo sé! –exclamó Pilatos antes de que el gobernador terminara–. El Sanedrín y ese maldito Caifás no quieren que nadie se inmiscuya en sus asuntos políticos. Y la religión es política para ellos, aunque se rasguen las vestiduras en público a la menor oportunidad. ¡Si el emperador me diera mayor libertad...!

–Entonces, excelencia, estáis de acuerdo conmigo en proteger a Jesús de sus enemigos.

–¡Oh, no! Yo no puedo mover un dedo en sus decisiones. Esto es la política, deberíais saberlo.

–Mi reino es pequeño y nuestro rey es justo. Allí nadie haría lo contrario de lo que piensa.

–¡Cuidado, embajador! Estáis pisando un terreno resbaladizo. Poncio Pilatos puede destruir el Sanedrín y no dejar piedra sobre piedra; yo soy aquí la máxima autoridad. Pero el gobierno consiste en aflojar la correa cuando es necesario para evitar que se rompa. Es bueno conceder algo de libertad a los sometidos para conservar el poder: cuesta menos legionarios y menos sestercios.

Labeo se mantuvo en silencio ante las últimas palabras de Pilatos. Era un auténtico cínico, un político artero y astuto, interesado sólo en sí mismo. Comprendió que no podría obtener de él ninguna ayuda y optó por no insistir más.

–Espero que disfrutéis de vuestra estancia en Judea –dijo Pilatos concluyendo la charla–. Ahora debéis dejarme. Tengo muchos asuntos que despachar.

El gobernador hizo un gesto a los guardias que permanecían en la sala, custodiando la puerta, para que acompañaran a Labeo. Éste, antes de salir, repitió con tristeza:

–Jesús es un hombre santo. Sólo os pido que lo tengáis presente...

El embajador estaba desolado. Las palabras de Simón Ben Matías resonaban en su cabeza como el eco de una tempestad. Y su conversación con Jesús... Parecía dispuesto a encontrarse con su destino. Pero, ¿cuál era su destino? ¿Tendría relación con los peligros que lo acechaban desde la sombra? ¿Era realmente consciente del poder de sus enemigos? Fuera como fuese, Labeo sentía un escalofriante vértigo ante la impotencia de mover ninguna de las fichas del tablero. Pero éste era un juego con personas de carne y hueso, con miedos humanos y debilidades humanas.

Labeo no había tenido tiempo para comer, aunque después de su entrevista con Pilatos perdió totalmente el apetito. Se dirigió a casa de Simón para hablar con él y tratar de encontrar un camino, una posibilidad que evitara la precipitación de los acontecimientos.

Cuando el embajador llegó a casa de Simón, éste se mostró muy desasosegado y lleno de preocupación. En el ambiente religioso se respiraba un aroma de tensa calma, una calma que podía anunciar grandes desastres. La tarde anterior, mientras Labeo estaba en Arimatea, los fariseos, con Caifás a la cabeza, encendieron los ánimos de los miembros del Sanedrín con sus falacias. El Sumo Sacerdote –o *Ab-Beth-Din*– logró convencer a la Asamblea de que Jesús era peligroso y un blasfemo, y debía ser detenido. Pero no durante las fiestas, para evitar revueltas que sus discípulos o simpatizantes pudieran instigar. El anciano José de Arimatea y el pro pio Simón, junto con unos pocos defensores de la justicia, se opusieron al Consejo, pero sus voces quedaron acalladas por la mayoría, ciega de ira contra quien, sin ser un rabí canónico, había denunciado todas las irregularidades de un Sanedrín deformado por la política y sus astucias.

Caifás había conseguido del Consejo que Jesús fuera condenado por blasfemia. Este delito, en épocas anteriores, habría supuesto la muerte del reo, pero desde que los romanos habían invadido Judea su pena era menos severa. No obstante, el Sumo Sacerdote parecía esconder algo, ya que no era probable que se contentara con una simple flagelación.

–Los fariseos son como la plaga de langosta –dijo Simón sombrío–. Su vanidad les hace ver sólo lo que quieren ver. Se consideran intérpretes infalibles de una ley que adulteran y falsean en su propio beneficio. ¿Para esto lucharon los grandes reyes como David y Salomón?

–Jesús camina hacia un destino cruento –intervino Labeo–. Pero él parece no tratar de rehuirlo. ¿No podemos hacer nada?

–Confiar únicamente en que Pilatos cumpla la ley romana. Caifás intentará que Jesús sea ejecutado, pero carece del poder suficiente para obligar al gobernador. Es muy posible que haya puesto de su parte a Herodes Antipas, aunque Jesús es galileo y está fuera de su jurisdicción en Judea. No sé. Pilatos no me inspira confianza.

Labeo le refirió entonces a Simón su encuentro con el gobernador y cómo éste había demostrado que no tomaría una postura firme ante el problema. Estaba dispuesto a dejarse llevar para evitar cualquier tipo de sublevación y, llegado el caso, quizá podría dejar mano libre al Sanedrín. Únicamente podían esperar y tener fe.

–Mi misión en Judea ha terminado –dijo Labeo a Simón–. El destino de Jesús está aquí. Debo regresar a mi patria. El rey Abgar debería haber elegido a otro. Yo no he podido persuadir a Jesús de acompañarme a Edesa, y me lamento por ello. Su decisión de quedarse es firme

Simón pudo convencer a Labeo de que, al menos, se quedara en su casa para la Pascua, que se celebraría al día siguiente. El viaje de regreso era largo y poco podía importar una jornada más o menos. Sus reticencias, sin embargo, se debían más al hecho de que, si nada podía hacer para ayudar a Jesús, no deseaba asistir a su destrucción. Lo amaba demasiado para eso.

23

1888, Poblet

Después de un frugal aunque sabroso almuerzo, Gilles se dirigió de nuevo a la biblioteca junto con el hermano José para recoger los libros que le había prometido fray Agustín, el bibliotecario. Antes de la comida, de camino hacia su mesa, había curioseado a través de la abertura del refectorio que comunicaba con la cocina, al igual que hizo por la mañana. La escena que contempló no era muy distinta de la que había visto entonces: los jóvenes frailes seguían corriendo desenfrenadamente, acarreando bandejas y cazuelas de una punta a otra, y fray Agustín los observaba con aire severo, como el de un oficial asistiendo al paso de sus tropas. Sin embargo, notó algo distinto cuando el orondo monje advirtió su presencia. Al cruzarse sus miradas, fray Agustín le dedicó un leve saludo con su rechoncha mano, acompañándolo con una enigmática sonrisa, que Bossuet no supo interpretar, aunque tenía la impresión de que no se debía a una buena causa.

Sus sospechas se confirmaron cuando llegó a la biblioteca y un hermano, extremadamente delgado y de aspecto frágil, le dijo con voz cansina: «Aquí tiene los libros que pidió», a la vez que señalaba un enorme montón en el que quizá hubiera una veintena de ejemplares. Algunos de ellos eran de tal calibre y parecían tan pesados que Gilles se maravilló de que el escuálido monje hubiera sido capaz de levantarlos. En ese momento comprendió por qué fray Agustín le había sonreído de ese modo. Estaba seguro de que se había encargado personalmente de encontrar los volúmenes para demostrarle lo inadecuado del comentario que había hecho cuando se conocieron. Al parecer, sus disculpas no habían servido de mucho, pensó resignado.

Dada la gran cantidad de libros, lo más recomendable habría sido realizar una selección previa. Pero Bossuet decidió llevárselos todos para no verse obligado a explicarle a fray José qué pretendía encontrar, y no quería hacerlo para no levantar sus sospechas. Además, era una cuestión de orgullo: se los llevaría de allí aunque fuera acarreándolos sobre sus espaldas para no darle a fray Agustín una satisfacción.

–¿Tiene usted un carrito, o algo parecido, en el que pueda llevarme todo esto? –le preguntó al esquelético monje.

El ayudante del bibliotecario asintió levemente con la cabeza como toda respuesta, y a continuación desapareció por la puerta del *scriptorium*, moviéndose con una exasperante lentitud, la de un alma en pena condenada a vagar eternamente por la biblioteca. Gilles ya estaba empezando a creer que había desaparecido, pero el ayudante entró de nuevo en la sala de frailes jóvenes, arrastrando un pequeño carro de madera con ruedas de metal, parecido a los que se utilizan en las lonjas de pescado. Incapaz de aguantar otra vez su *viacrucis* a través de la sala, se apresuró hacia él, ofreciéndose de la manera más cortés que le fue posible a llevar el carro y a cargarlo con ayuda del hermano José. El extraño fraile le indicó que podía hacerlo con un nuevo gesto afirmativo de la cabeza.

–Devuélvamelo cuando haya terminado –dijo a modo de despedida con su voz monótona, y luego se esfumó por la puerta del *scriptorium*.

Fray José lo ayudó a colocar los libros sobre la plataforma de madera del carrito, y Bossuet no tardó mucho tiempo en arrepentirse de haberse ofrecido para hacerlo. Les llevó unos pocos minutos, pero cuando terminaron Gilles jadeaba sonoramente y sus riñones se resentían por el esfuerzo. Agotado, se hizo prometer que, cuando volviera a París, haría algún otro ejercicio que no fuera pasar el día sentado en su despacho.

–Deje que lo lleve yo –insistió el monje, agarrando el tirador del carro, y colocando los utensilios de escritura y un taco de papel sobre el montón de libros.

–Gracias –consiguió decir entre jadeos–. No pases de los treinta.

–Lo intentaré –afirmó el hermano. Y burlonamente añadió–: Si quiere, puede usted subirse también al carro.

Gilles, que estaba encorvado, con las manos apoyadas sobre sus piernas y mirando hacia el suelo, volvió la cabeza para observar la cara del monje.

–Vas aprendiendo, sí señor, realmente vas aprendiendo –le dijo con una sonrisa–. Después de todo, quizá pueda hacer de ti un hombre de provecho –sentenció al tiempo que se obligaba a incorporarse de nuevo.

Con el fraile delante tirando del carro, salieron de la biblioteca, atravesaron el claustro y se encaminaron hacia el exterior del recinto amurallado, en dirección al hospital de peregrinos y pobres donde estaba la celda de Bossuet.

Aduciendo el pretexto de que estaba cansado y de que quería reposar un poco, consiguió que el hermano José lo dejara a solas en su habitación. Con esfuerzo, logró pasar entre el carro de libros y la cama para encender las velas del estante. Se sentó en el catre exhalando un suspiro de cansancio, y luego cogió el primer tomo del montón y lo colocó sobre sus rodillas. Sintiendo un hormigueo en la nariz debido al polvo acumulado en sus hojas, abrió la tapa de cuero y empezó a leer.

A lo largo de páginas amarilleadas por el tiempo, se narraba la fundación de la abadía por Ramón Berenguer IV y cómo, con el paso de los siglos, fue aumentando su poder e influencia, gracias a las donaciones de los reyes y la nobleza de Aragón. Al parecer, en la época de máximo esplendor del monasterio, algunos de sus abades habían llegado incluso a ostentar importantes cargos políticos, como el de presidente de la *Generalitat*.

En muchos casos se trataba de libros miniados, verdaderos prodigios de artesanía y paciencia que, sin duda, habían llevado meses de trabajo a sus tenaces autores. Tardó más de tres horas en encontrar un plano completo del monasterio, porque casi todos los grabados representaban escenas religiosas, en vez de mostrar el convento. El plano se veía de un modo aceptable pero, dada la antigüedad del libro, las líneas aparecían difusas en algunos lugares. A pesar de que databa del siglo XIV, Gilles no había encontrado diferencias importantes con la distribución actual del monasterio; al menos, no con las dependencias que él conocía. De todas formas, aún le quedaba por leer más de la mitad de los volúmenes, y quizás encontrara en alguno de ellos otro plano mejor.

Calcó el diseño en una hoja, situando una vela por detrás de la página del libro. Una vez terminada la copia, la observó a la luz para comprobar el resultado. La reproducción quedó un poco burda, con líneas de grosores distintos y poco precisas; incluso con manchones de tinta en algunos puntos. Pero era más que suficiente para sus intenciones. Satisfecho, examinó el plano durante unos instantes y después rodeó los nombres de los lugares que le había enseñado el hermano.

Se le había ocurrido la idea en el momento en que fray José se ofreció a enseñarle la biblioteca. Con un plano del monasterio le sería posible curiosear por él sin temor a perderse. Sería mucho mejor hacerlo durante el día, porque no resultaría tan sospechoso si llegaban a descubrirlo en el lugar equivocado. Sin embargo, el joven monje lo seguía a todas partes como su sombra, por lo que esa opción estaba descartada. La única manera de llevar a cabo sus investigaciones era hacerlo por la noche, cuando todos los hermanos se fueran a dormir.

–Buenas tardes. ¿Está usted despierto? –le sorprendió la voz de fray José desde el pasillo–. Es hora de cenar.

–Sí, ahora mismo voy –dijo guardándose en un bolsillo la copia del plano.

Gilles dejó sobre la cama el libro que estaba leyendo, y se incorporó estirándose para desperezarse. Una cama no era el mejor lugar para leer durante horas. Apagó de un soplo las velas, y fue hacia la puerta guiándose por la luz de la lámpara del monje, que se filtraba por debajo de ella.

La temperatura había descendido considerablemente desde que volviera a su celda con los libros. Parecía que iba a cambiar el tiempo; Bossuet podía olerlo en el aire nocturno cuando salieron a la gran plaza. Con paso rápido se dirigieron hacia el comedor, aunque esta vez no pasaron por el vestíbulo, sino que atajaron por un corto pasillo que desembocaba en el claustro mayor. Una vez en el refectorio, y de acuerdo con lo que estaba ya convirtiéndose en una tradición, buscó en la cocina la corpulenta figura de fray Agustín, hasta que lo encontró sacando del horno una bandeja con un enorme pescado encima. Gilles puso entonces la mejor de sus sonrisas y lo saludó como si se tratara de un viejo amigo al que no hubiera visto durante muchos años, a la vez que pronunciaba un silencioso y exagerado «gracias». Sin dignarse a contestarle, fray Agustín adoptó una expresión contrariada, y se volvió de inmediato para reprender a un joven monje que tuvo la mala suerte de pasar a su lado en ese preciso instante.

Con gran satisfacción, fruto del exquisito placer de la venganza, Bossuet se sentó a su mesa por tercera vez en el día, para disfrutar en esta ocasión de una suculenta cena.

Terminaron hacia las ocho y media. Unos minutos después, cerca de las nueve, entraban en la iglesia por el lado norte del claustro. La iglesia estaba casi a oscuras, iluminada únicamente por las exiguas luces de varias antorchas, que le daban un aspecto más propio de la Edad Media que de finales del siglo XIX. Sólo el altar aparecía más iluminado, como un puerto en la negrura del océano. No se oía ningún sonido, excepto el que producían los lentos pasos de los frailes al caminar, y el quejido lastimero de los bancos de madera cuando tomaban asiento.

–Usted debe quedarse aquí –le dijo en voz baja el hermano José, señalándole un banco y dirigiéndose a continuación hacia su lugar.

Los sitios de los monjes estaban dispuestos a ambos lados del altar, unos frente a otros, y separados del resto de la iglesia mediante una enorme reja formada por gruesos barrotes de hierro fundido. El lugar en el que estaba sentado Gilles se encontraba al otro lado de la verja, en la intersección del crucero y la nave central. Miró a su alrededor para ver si había llegado algún nuevo peregrino. Vio a cinco o seis personas más, sentadas unos bancos más atrás del suyo. Sus ropas eran pretendidamente ceremoniosas, aunque algunas de ellas parecían haber salido incluso del siglo anterior. Bossuet se dijo que tenían aspecto de ser agricultores, probablemente jornaleros del monasterio, más que peregrinos. Sus rostros, serios y ajados, apenas se dignaron a mirarlo levemente, absortos como estaban en los movimientos de los hermanos.

La iglesia se hallaba dividida en tres naves, separadas por los descomunales pilares de apoyo de los arcos. El crucero las atravesaba perpendicularmente, formando así, junto con la nave central, el símbolo de la cruz. Al fondo del ábside, tras el altar, se levantaba un hermoso retablo de alabastro blanco, en el que aparecían esculpidas figuras de santos alrededor de la imagen de la Virgen María. A sus pies, sobre una sencilla mesa de piedra, descansaba el tabernáculo y, unos metros más allá, se encontraba el atril.

Sentados en sus lugares, abstraídos en una profunda meditación, los frailes murmuraban las inaudibles palabras de sus rezos. Uno de ellos, al que Gilles no conocía, se encaminó hacia el atril y, tras pasar unas páginas, empezó a leer pausadamente:

–Evangelio de san Marcos: «Llegada ya la tarde, como era aquel día Parasceve, es decir, la víspera del sábado, José de Arimatea, miembro ilustre del Sanedrín, que esperaba también el reino de Dios, fue resueltamente a ver a Pilatos, para pedirle el cuerpo de Jesús. Pilatos, extrañado de que tan pronto hubiese muerto, hizo llamar al centurión, para preguntarle si efectivamente había muerto. Y como el centurión le asegurase que sí, concedió benévolamente el cadáver a José. José lo bajó de la cruz, lo envolvió en una sábana...».

Bossuet no pudo evitar un estremecimiento al oír esas palabras. De nuevo, tuvo la sensación de que una fuerza lo estaba guiando, conduciéndolo hacia algo para lo que no sabía si estaba preparado.

Se preguntó si era una casualidad que la lectura hablara precisamente de la Sábana Santa. Quizá lo fuera. Puede que no se tratara más que de una coincidencia; otra más. Aunque también podía ser una trampa. Quizá fray Alejandro sospechaba de él y quería probarlo, ver cómo reaccionaba. En ese caso, no dudaba de que se había delatado. Aquella idea parecía fruto de una mente desquiciada, pero no consiguió desecharla por completo. Confundido y, en cierto modo, también preocupado, dirigió su mirada hacia fray Alejandro, esperando ver en sus ojos la confirmación de sus sospechas. Pero no había en ellos más que una atenta concentración en las palabras del otro monje. Ni siquiera estaba mirando hacia Gilles. Y eso fue lo que más lo asustó.

–Palabra de Dios –terminó el hermano, sin que Bossuet se hubiera percatado del resto de la lectura.

–¡Te alabamos, Señor! –dijeron todos los demás, haciéndolo saltar en su banco.

Después empezaron a cantar. Las voces solemnes y melodiosas de los frailes se elevaron, llenando la iglesia con sus plegarias. Era la Salve de la que le había hablado el joven monje. Gilles se sintió conmovido y, mientras duró, todos sus miedos se alejaron y sus preocupaciones se volvieron triviales ante la humilde belleza del canto y la generosa devoción de aquellos hombres. Cuando sus voces callaron de nuevo, su cántico todavía resonó por un instante en los muros de piedra, antes de desaparecer por completo. Y entonces el silencio le pareció aún más profundo.

Los hermanos prosiguieron con sus oraciones, hasta que el mismo monje que había leído se incorporó para encender tres grandes cirios y apagar el resto de las luces, a excepción de la vela roja del sagrario. En ese momento, el abad se acercó al atril. En la penumbra del altar apenas se distinguía su cara, pero su figura continuaba irradiando, con más intensidad que nunca, ese extraño poder que Bossuet había percibido en el refectorio.

–Yo os bendigo en el nombre del Padre, del Hijo y del Espíritu Santo –dijo con voz profunda y haciendo con la mano la señal de la cruz–. Podéis ir en paz.

Los hermanos comenzaron a abandonar sus asientos ordenadamente y a dirigirse hacia la salida. Fray José, que fue de los últimos en hacerlo, se acercó a Gilles para informarlo de que era el momento de irse a dormir.

–¿Le ha gustado la Salve? –preguntó al salir de la iglesia.

–Oh sí, me ha encantado –le aseguró de inmediato.

–Es un viejo cántico –le explicó el monje al notar la sinceridad de sus palabras–. En él, rogamos a Dios que nos permita vivir un día más para que podamos continuar sirviéndole y dándole gracias.

–Es una verdadera maravilla –se reafirmó Bossuet.

La temperatura había descendido todavía más durante el tiempo que habían pasado en la iglesia. Mecánicamente, Gilles se metió las manos en los bolsillos, y palpó la hoja de papel del plano. Ya casi se había olvidado de que la tenía ahí. Atravesó rápidamente el claustro, sin hablar más con el monje hasta que llegaron al vestíbulo, al pie de las escaleras que llevaban al dormitorio de los hermanos.

–¿Quiere que lo acompañe a su celda? –preguntó el fraile.

–No es necesario, gracias. Ya conozco el camino.

–Está bien, como quiera. Entonces nos veremos mañana. Iré a avisarle para el desayuno. Buenas noches.

–Buenas noches –respondió Gilles despidiéndose con la mano.

El hermano se dio la vuelta y se encaminó escaleras arriba. Bossuet se mantuvo quieto donde estaba, observando cómo los frailes iban retirándose, para asegurarse de que todos se marchaban a dormir. Después de lo que le pareció un tiempo prudencial, rebuscó en el bolsillo el plano del monasterio, pero no lo encontró. Registró el otro bolsillo, aunque estaba seguro de que, unos momentos antes, lo tenía en el de la derecha. Se obligó a pensar cómo podía haberlo perdido, tratando de reconstruir lo que había hecho desde que entró en el claustro... «¡Al despedirme; ha tenido que ser al despedirme!», pensó. Incluso hizo el gesto involuntariamente. Recordaba haber sacado la mano del bolsillo y haberle dicho adiós con ella al hermano José. Tenía la certeza de que el plano se le habría caído del bolsillo en ese momento, sin darse cuenta.

Acababa de agacharse para ver si lo encontraba, cuando una voz que reconoció de inmediato habló detrás de él:

–Buenas noches, señor Bossuet.

–Buenas noches, fray Alejandro –respondió a su vez, todavía de espaldas al monje.

–¿Está usted buscando algo? –le preguntó–. ¿Este papel, quizá? –añadió con un tono glacial en el momento en que Gilles estaba a punto de decirle que no.

El corazón le dio un vuelco, y sintió que se aceleraban sus latidos al reconocer el plano. El monje lo sostenía de una forma amenazadora, blandiéndolo en alto con su mano diestra, como si se tratara de un arma y no de una inofensiva hoja de papel.

–¿Acaso ha hecho usted últimamente algún voto de silencio que le impida hablar? ¿O es que no se le ocurre qué decir? –insistió el hermano Alejandro–. En verdad, no sé cuál de las dos cosas me sorprendería más. Tengo la impresión de que usted cree conocer todas las respuestas. ¿Me equivoco? Pero a veces –continuó sin esperar a que Gilles hablara–, en más ocasiones de las que piensa, son más importantes las preguntas que las respuestas. Y usted es incapaz de darse cuenta de ello. Ahora, señor Bossuet, dígame –añadió acercándose hacia él y bajando el tono de su voz hasta que se convirtió en un susurro–, ¿para qué ha venido usted a este monasterio?

Gilles se dio cuenta de que estaba asustado. No porque fray Alejandro, según lo indicaba todo, hubiera descubierto sus intenciones, o al menos tuviera una razón más para sospechar de él. No por eso; sino porque estaba seguro de la verdad que encerraban las palabras de aquel severo fraile, y eso sólo podía significar que algo había cambiado. Bossuet aún no comprendía hasta qué punto era distinto del hombre que salió de París apenas diez días antes, pero ya no era capaz de afirmar que fuera el mismo. Pensó que la pregunta del monje era más profunda de lo que aparentaba y que, de alguna forma, fray Alejandro lo sabía.

–Como ya le dije soy un pere... –empezó a decir, incapaz de mirar al fraile a los ojos.

–... Un peregrino que se dirige a Santiago y que se detuvo aquí para descansar su espíritu y su cansado cuerpo. ¿O era sólo su espíritu el que estaba maltrecho? –terminó el hermano Alejandro irónicamente–. Sí, lo sé. Eso ya lo sé... –agregó con voz inflexible y expresión pensativa–. Aquí tiene su plano, señor Bossuet –dijo al tiempo que extendía el brazo para dárselo–. No vuelva a perderlo. Uno nunca sabe quién lo puede encontrar y para qué fines oscuros podría utilizarlo, ¿verdad?

–Sí –fue todo lo que Gilles logró contestar.

El monje asintió levemente con la cabeza y se dio la vuelta para dirigirse a una puerta situada al fondo del vestíbulo. Antes de atravesarla, se volvió por última vez hacia Bossuet, y le aconsejó:

–No lo olvide. Pregúntese qué hace aquí realmente, y, por favor, cuando lo sepa, no dude en comunicármelo.

Gilles se quedó solo. Tenía el plano en su mano derecha. Lo agarraba con una fuerza excesiva, como si pensara que podía escaparse. Aflojó un poco la presión al darse cuenta y, de un modo fatigoso, bajó la vista hacia él observándolo por unos instantes con rostro meditabundo. Luego alzó su mirada en dirección a la puerta por la que había desaparecido fray Alejandro, a la vez que guardaba el plano en el bolsillo.

24

Siglo I, Jerusalén

La celebración de la Pascua fue tranquila en Jerusalén. Labeo no conocía el rito, y se congratuló de que Simón Ben Matías lo invitara. Era una importante festividad que comenzaba a la caída del sol el día 14 del mes de Nisán, en el equinoccio de primavera. Conmemoraba el éxodo del pueblo judío, liberado de la dominación egipcia, el paso del Mar Rojo y el largo viaje a través del desierto hasta Israel, la *Tierra Prometida*, guiado por Moisés.

Su origen estaba enraizado en la venganza de Yahvé contra Egipto, cuyo faraón Ramsés II se negaba a liberar a los judíos de la esclavitud, enviando al *Ángel Exterminador*, que segó la vida de todos los primogénitos. De todos, salvo los de aquellas casas que tuvieran el umbral marcado con sangre de cordero, de manera que el ángel pudiera identificar los hogares de los siervos de Dios.

Tras la celebración, sencilla en lo externo pero cargada de un rico simbolismo, se retiraron a descansar. Labeo tardó en dormirse, pero finalmente el cansancio y el sueño lo vencieron. La noche anterior, en casa de José de Arimatea, no había podido descansar apenas. Su cabeza estaba repleta de dudas y temores. Aún no lo habían abandonado, pero la resistencia física tiene un límite. Por eso no oyó los golpes en la puerta, de uno de los miembros del Sanedrín leales a Simón, que había ido hasta su casa para avisarlo de la detención de Jesús en su amado huerto de Getsemaní, y de la reunión del Consejo para juzgarlo de un modo cobarde y poco ortodoxo, con la connivencia de las sombras.

Durante la noche, en que el embajador de Edesa llenó su sueño de imágenes estremecedoras, Jesús había sido abandonado por sus discípulos, tras orar amargamente en el huerto de los Olivos, cuando fueron a apresarlo guiados por el traidor Judas Iscariote. Conducido al palacio del Sumo Sacerdote, el Sanedrín presenció la repugnante farsa representada por dos falsos testigos que acusaron al rabí de diversos crímenes contra la ley hebraica. Allí, Caifás había preguntado a Jesús si de veras creía ser el Hijo de Dios, a lo que éste respondió, con serenidad y grandeza: «Tú lo has dicho».

El Sumo Sacerdote, haciendo una vez más el gesto que daría triste celebridad a toda su facción de adeptos, se rasgó las vestiduras gritando repetidas veces, presa de una cólera fanática: «¡Blasfemia!». A lo que la mayoría de los miembros de la Asamblea respondieron, en un rumor de odio y vileza sin límites: «¡Reo es de muerte!». Aunque no más de cuarenta miembros estaban presentes, de los setenta y uno que componían el Consejo, la decisión era válida por haberla tomado más de la mitad del total.

Después, Jesús fue conducido a una habitación diáfana, en la que sólo un tragaluz, opuesto a la entrada, quebraba la monotonía de las deslustradas paredes que una vez fueron blancas. Allí, los sanedritas más jóvenes, ayudados por los guardias del palacio, propinaron una brutal paliza al condenado, dándole puñetazos, patadas y garrotazos, acompañados de burlas, salivazos e insultos, que el galileo sufrió con mansedumbre y valentía.

Agotados ya los ofensores del terrible castigo, y temiendo que el reo pudiera morir en sus manos, lo que no deseaban pues impediría su escarnio público, que habría de servir como ejemplo para otros «mesías», se decidió esperar el amanecer y llevar a Jesús ante la autoridad romana. Poncio Pilatos era el único que podía confirmar la sentencia de muerte y ordenar su aplicación, prohibida a los judíos.

Los miembros del Sanedrín no quisieron entrar en la residencia del gobernador pues, según sus creencias, esto los habría impurificado e impedido comer la Pascua. Pilatos tuvo que salir fuera para atender sus peticiones. Contrariado y despectivo como siempre, preguntó a los sacerdotes por el crimen de Jesús, pero éstos le contestaron con evasivas: «Si no fuera un criminal, no te lo entregaríamos». El gobernador, taimado y dispuesto a sacudirse el problema cuanto antes, recordó a los sanedritas que la autoridad religiosa era suya, y que podían castigar al reo según sus leyes, aunque él sabía perfectamente que lo que deseaban era la muerte de Jesús, y para eso necesitaban su aprobación.

La insistencia de los sacerdotes no remitía. Querían a toda costa que Jesús fuera crucificado. Era un método de ejecución importado por los romanos, pero no se rasgarían las vestiduras por ello en esta ocasión. Pilatos decidió interrogar al acusado personalmente. Regresó a sus aposentos e hizo que se lo llevaran. Su aspecto era lamentable: mostraba hematomas y manchas de sangre seca en su rostro; sus ropas –la túnica inconsútil que le tejió su madre de una sola pieza– estaban sucias y cojeaba levemente. Aun así, no había perdido la serenidad y su aire majestuoso.

Pilatos lo interrogó sobre sus supuestas blasfemias. Jesús, le dijeron, aseguraba ser rey, y esto interesaba al gobernador, creyendo que quizá se tratara de un líder revolucionario. Sin embargo, sus informadores le habían hablado del galileo como un hombre tranquilo que predicaba la paz y el amor. Y la paz y el amor no eran peligrosos para el César, al menos en principio. La contestación de Jesús a su pregunta fue: «Soy rey; mas mi reino no es de este mundo». El gobernador lo tomó por un simple lunático inofensivo y, sin encontrar en él delito alguno, trató de convencer a los sanedritas de su inocencia por irresponsabilidad. Pero ellos, con Caifás a la cabeza, insistieron, venciendo la reticencia de Pilatos, que prefería la injusticia a la enemistad con el poderoso Sanedrín.

Minutos después, en la plaza aledaña a la Torre Antonia, rebosante de judíos pagados por el Sumo Sacerdote, se representó una comedia tan repugnante como nunca hubo otra igual en la Historia. Era costumbre que, por la Pascua, el gobernador romano liberara a un condenado a muerte. En aquella ocasión, además de

Jesús, había tres reos en esas condiciones: Barrabás, un zelote subversivo, que había asesinado a un legionario romano en el transcurso de una pelea; Dimas, un pobre ladrón que robaba sólo para comer, y Saúl, otro ladrón de mayor entidad, experto en hurtos nocturnos. Barrabás nunca fue, realmente, mucho más que un vulgar ratero, pero se había convertido en héroe popular por su sangrienta hazaña.

Pilatos ordenó que sacaran a los condenados de los calabozos y los llevaran a su presencia. Ante la multitud allí congregada, ante los míseros hombres y mujeres que por unas monedas habrían sido capaces de vender a sus padres y madres, el gobernador preguntó desde su tribuna: «¿A quién queréis que conceda la libertad, al asesino llamado Barrabás, a los ladrones Dimas o Saúl, o a este pobre loco, que se cree *rey de los judíos*?». Las pocas voces que se alzaron pidiendo la libertad de Jesús quedaron ahogadas por los gritos que coreaban el nombre de Barrabás. El dinero lo puede todo en los espíritus mezquinos.

La decisión del pueblo era clara para el gobernador. Dejó que la chusma vociferara, ignominiosa, largo tiempo, observándola con una creciente aversión que no extendió a sí mismo, aunque era una parte más de aquella representación infame y vergonzosa. Por fin concedió. Mandó llevar a Jesús al patio de armas, fuera de la visión de la plebe, para que se le flagelara según las costumbres romanas. Creyendo que un duro castigo haría apiadarse de él a sus compatriotas, no puso un límite al número de azotes, aunque sí advirtió al centurión encargado del procedimiento de que Jesús no debía morir ni ser incapaz de sostenerse por sí mismo.

En el centro del patio, el rabí fue desnudado y encadenado por las muñecas a un poste de escasa altura. Así, encorvado y con las anchas espaldas bajo el sol de la mañana, Jesús fue azotado por dos verdugos, que se iban turnando, hasta el colmo del aguante de un hombre. Pero él, de fuerte constitución, soportó más de la mitad de los golpes sin derrumbarse. Su dorso y sus hombros estaban cubiertos por la sangre. Cuando ya no pudo sostener su cuerpo, en el suelo, los verdugos continuaron aún la flagelación sin piedad.

Temiendo por su vida, el centurión detuvo el castigo. Jesús estaba terriblemente desfigurado. Los verdugos lo liberaron de los grilletes y, como pudieron, lo pusieron en pie. Pero el galileo estaba tan debilitado y había perdido tanta sangre que cayó de bruces sobre el empedrado, y se golpeó la cara, ya malograda por los puñetazos y garrotazos que le propinaron en el palacio del Sanedrín.

Varios legionarios que presenciaban el castigo aprovecharon la ausencia del centurión, que fue a avisar a Pilatos, para cubrir a Jesús con un raído manto de color púrpura y sentarlo en un banco de piedra del patio. Se burlaban de él diciéndole: «Salve, *rey de los judíos*», y le escupían y daban bofetadas en la cara. Uno de ellos se separó del grupo y trenzó un casco con ramas de un arbusto muy abundante en la región. Luego regresó donde estaba el rabí y se lo puso en la cabeza como una corona, y le dio varios golpes con un palo para que las espinas se le clavaran bien en la carne. Todos reían y alborotaban; salvo Jesús, cuya mirada se perdía en el demasiado cercano horizonte de la perversidad humana. Y entonces las lágrimas llenaron sus ojos. Aunque no lloró por el dolor o la humillación, sino por aquellos a quienes había ido a redimir.

El centurión regresó con nuevas órdenes de Pilatos. Éste quería mostrar otra vez a Jesús al pueblo antes de tomar una decisión definitiva. Los soldados volvieron a ponerle sus ropas, pero le dejaron en la cabeza la corona de espinas. Enseguida, su túnica, que un día fue de un blanco marfileño, comenzó a empaparse de sangre en algunos puntos. La flagelación lo había dejado al borde del desvanecimiento y la deshidratación. No podía apenas caminar, y mucho menos erguido. Pero la chusma a sueldo de Caifás no se apiadó de él, sino que continuaron sus aullidos pidiendo la crucifixión, y muchos se reían diciendo: «¿Es éste el que se creía un rey?».

Pilatos no podía demorar más su veredicto definitivo. Y optó por la vía más sencilla y adecuada políticamente. Pero, tratando de borrar las huellas de un delito indeleble, se hizo llevar una palangana con agua a su tribuna y, en ella, se lavó las manos diciendo:

«Yo no soy culpable de esta muerte. Recaiga sobre vosotros, que la habéis elegido. Jesús será crucificado hoy mismo, como pedís a la autoridad romana, a la hora sexta en el monte Calvario».

La muerte de Jesús estaba programada para el mediodía. Quedaban aún, por tanto, más de dos horas para ese momento. Simón Ben Matías regresó a su casa junto con algunos leales. Cuando llegaron, Labeo acababa de despertarse y tomaba el desayuno con gran desasosiego, pues los criados le habían informado de la precipitada salida de su señor en plena noche. Sólo una circunstancia muy grave, pensaba, podía justificar tanta urgencia.

Simón refirió al embajador los hechos acaecidos desde la reunión del Sanedrín hasta la flagelación de Jesús. José de Arimatea, en un último intento por salvarlo, había quedado en la Torre Antonia y solicitado una audiencia de Poncio Pilatos. Su única esperanza era que el gobernador revocara la condena, aunque nadie confiaba en ello después de cómo se habían desarrollado los acontecimientos. Además, ninguno de los discípulos del rabí había dado la cara por su maestro. Ahora estaba solo y desamparado ante la injusticia que con él se iba a cometer.

Más tarde, José acudió también a casa de Simón antes de que éste, Labeo y el resto salieran hacia la residencia del gobernador. Pilatos no se había dignado siquiera a recibirlo, a pesar de su insistencia. Ya sólo quedaba esperar, impotentes, el fatal desenlace. Como había dicho Jesús en múltiples ocasiones, su destino estaba en manos del Padre Celestial, y debía cumplir sus designios con mansedumbre. Había venido al mundo con un propósito, redimir a los hombres del pecado, y para ello debía sacrificarse.

En el exterior de la Torre Antonia, las legiones de soldados romanos vigilaban a la muchedumbre congregada para asistir a la crucifixión del *rey de los judíos*. Con un ligero adelanto, la comitiva de condenados apareció guiada por varios legionarios y el centurión encargado de las ejecuciones. Atados entre sí por los tobillos, precedían a Jesús los otros dos hombres, los ladrones Dimas y Saúl, sorprendidos robando poco antes de la Pascua y condenados a muerte de forma sumaria.

Cada uno de los hombres cargaba a sus espaldas un grueso y largo madero, el *patibulum*, o brazo horizontal de la cruz. Jesús, por su envergadura, llevaba el mayor de los tres. Su túnica estaba teñida de manchas rojas en casi toda su extensión. Caminaba despacio, renqueante y con las rodillas flexionadas. Estaba demasiado débil para acarrear la pesada viga. Pero sacaba fuerzas de su presencia de ánimo para continuar. En su rostro, los regueros de sangre de las punciones producidas por las espinas de su burlesca corona se confundían con las heridas y contusiones que lo desfiguraban enteramente. Incluso le habían arrancado parte de la barba.

El camino hacia el Gólgota era largo y habría de ser penoso para los condenados. Las estrechas callejuelas que conducían, alrededor del Templo de Jerusalén, a la Puerta Juiciaria, estaban abarrotadas de judíos y gentiles, hombres, mujeres y niños, que dificultaban el paso de la comitiva. Los legionarios que marchaban a la cabeza iban dispersando al populacho y abriendo camino.

En cierto instante, Jesús cayó al suelo, incapaz ya de sostener el *patibulum*. A punto estuvo de arrastrar a los otros dos condenados, sujetos a él por el tobillo, pero los legionarios de la escolta lo impidieron. El centurión, apiadándose del rabí, pidió en voz alta que alguno de los presentes llevara el madero de ahí en adelante. De entre el gentío emergió un hombre robusto y ordinario, un sencillo agricultor que se ofreció voluntariamente. Jesús, levantado por los soldados, pudo continuar andando, aunque de una nueva herida en el rostro manaba espesa y oscura sangre.

Labeo se horrorizaba al ver así al hombre que poco antes había conocido en plenitud. Él, Simón y José seguían a los reos como podían. Al llegar a la Puerta Juiciaria, miles de personas de toda condición esperaban en actitud hostil, imprecando a Jesús. El centurión hizo salir de la ciudad a dos decurias, gladio en mano, para prevenir revueltas o ataques contra los condenados. Desde allí hasta la cima del Gólgota restaban sólo algunos cientos de metros.

Parecía que el rabí había recuperado sus fuerzas en alguna medida. El centurión decidió, por ello, devolverle el *patibulum*, convencido de que sería capaz de cargarlo durante la última parte del trayecto. El primer tramo era ligeramente cuesta abajo, por lo que el sufrimiento de los condenados se atenuaba en alguna medida. Después, el terreno se nivelaba y comenzaba el ascenso. Arriba, en el punto más alto, las *stipes*, alzadas hacia el cielo como tenebrosas columnas de muerte, esperaban impasibles a los que habían de ser crucificados esa tarde.

El sol, resplandeciente por la mañana, se había ensombrecido bruscamente. Una brisa, de creciente intensidad, levantaba el polvo del terreno y hacía girar los mismos secos arbustos con que habían confeccionado la corona de espinas de Jesús. Estos signos inquietaban a los romanos, de temperamento muy supersticioso. Parecía que los elementos se rebelaban contra los hombres, culpables del mayor de los crímenes: la injusticia.

La ascensión fue penosa. Los dos ladrones que acompañaban a Jesús, al ver tan cercana la hora de su muerte y el tormento al que serían sometidos, gritaban y sollozaban, negándose a seguir caminando. Su resistencia fue vencida a base de latigazos y golpes. Casi en la cima, unas mujeres esperaban a los condenados con un bebedizo lenitivo y adormecedor, compuesto por vinagre y mirra, que se daba a quienes debían soportar grandes padecimientos. A partir de ese punto, los legionarios acordonaron la zona, e impidieron el paso de las gentes congregadas.

Los ladrones bebieron ambos el agrio líquido. Jesús, sin embargo, se negó a ingerirlo. El centurión lo observó unos instantes. Estaba empezando a sentir cierta admiración por la valentía de aquel hombre, conducido a la muerte por culpas que se le antojaban absurdas. Pensó en obligarlo a beber, misericordiosamente, pero el rabí lo miró un instante y el centurión comprendió que en sus ojos no había atisbo de locura. Impresionado de nuevo, optó por no intervenir, y así respetó la decisión del condenado.

El viento era cada vez más fuerte. Las tinieblas cubrían Jerusalén y toda la región hasta donde llegaba la vista. Sin más demoras, los legionarios desataron a cada reo de su *patibulum* y los desnudaron. Tendidos en el suelo, el verdugo fue clavando a cada uno de ellos al poste por las muñecas, con los brazos extendidos. Los enloquecedores aullidos de dolor de los ladrones rasgaron el aire. Se había hecho el silencio entre la muchedumbre. Jesús no gritó. Después, varios soldados fueron levantando a los condenados y encajando los travesaños en las *stipes*. Por último, los clavaron al poste por los pies, superpuestos, con un único clavo.

Terminado el proceso, un legionario que portaba una leyenda hecha por orden de Pilatos, levantó una tosca escalera, la apoyó en la cruz del rabí y la fijó en la extremidad de la *stipes*. En ella podía leerse la siguiente inscripción: *IESUS NAZARENUS REX IUDAEORUM*, «JESÚS EL NAZARENO, REY DE LOS JUDÍOS». Los sacerdotes se escandalizaron y se sintieron ofendidos. Un murmullo creciente de desprecio ascendió hasta las cruces.

Retenidas en el cerco de soldados, tres mujeres asistían a la crucifixión junto al joven Juan, el discípulo de menor edad de todos los que seguían al rabí, y el único que había acudido o, al menos, que se dejaba ver. José de Arimatea explicó a Labeo que las mujeres eran la madre de Jesús, la hermana de ésta y María Magdalena, una prostituta redimida de sus pecados.

25

1888, Poblet

Le costó mucho dormirse. La lluvia, que finalmente había llegado al monasterio, golpeaba con insistencia en su ventana desvelándolo continuamente en un sueño inquieto. En mitad de la noche, el fragor de un trueno lo sobresaltó, e hizo que se incorporara con violencia en la cama. La oscuridad era tal que, por un momento, no estuvo seguro de si tenía o no los ojos abiertos. Únicamente lo supo cuando la habitación se iluminó con la luz de un relámpago. Notaba gotas de sudor corriéndole por la espalda, a pesar del ambiente fresco de la celda. Las últimas imágenes de un sueño se desvanecían en su mente, aprestándose a desaparecer antes de que pudiera atraparlas.

Gilles intentó volver a dormirse pero resultó inútil. Fuera, el estrépito de la tormenta se hizo mayor. Los cristales vibraban con cada nueva descarga del cielo, amenazando romperse en mil pedazos. Permaneció tumbado en la cama unos instantes más, con las sábanas apartadas a un lado y los ojos cerrados. Pensó que, si no podía dormir, de ese modo al menos descansaría algo, y eso era mejor que nada. Pero no tardó mucho tiempo en levantarse y encender una luz. No estaba acostumbrado a padecer insomnio. De hecho, no recordaba haberlo sufrido jamás, ni siquiera durante las épocas de exámenes, cuando era un joven y nervioso estudiante.

Sentado en la cama, cogió otro de los libros que le había prestado el bibliotecario. Se le ocurrió que quizá le entrara sueño si leía durante un rato. El tomo parecía realmente antiguo y frágil. Bossuet lo abrió cuidadosamente, temiendo que se rompiera. El prólogo, del que era autor un tal Ignacio de Villena, había sido escrito a principios del siglo XI, es decir, más de una centuria y media antes de la fundación del monasterio de Poblet, y en él se hablaba de un castillo, el de Santa Ana. Al principio, Gilles se dijo que o fray Agustín le había dado ese libro por error o, siendo mal pensado, que lo había hecho intencionadamente para que cargara con un volumen más. Sin embargo, leyendo el prefacio, se dio cuenta de que la fortaleza que aparecía en el libro estaba también situada en la Conca de Barberà, cerca de l'Espluga de Francolí y, por la descripción que se hacía del lugar donde estuvo asentada, Bossuet podría jurar que era exactamente el mismo sitio en el que ahora se levantaba el monasterio de Poblet.

En las páginas siguientes se relataba la historia del castillo de Santa Ana que, al parecer, había sido fundado a comienzos del siglo X, cien años antes de la fecha en que se escribió el libro. Según se contaba en él, la identidad del benefactor nunca había sido esclarecida del todo, aunque algunas fuentes afirmaban que la fortaleza había nacido como una pequeña ermita, construida en aquel lugar en agradecimiento por una victoria contra los infieles. El castillo servía de refugio a los habitantes de las comarcas circundantes, y desde él se organizaban las pequeñas escaramuzas que se llevaban a cabo contra los musulmanes. Sin embargo, un aciago día, un ejército de infieles puso sitio a la fortaleza, asediándola durante más de una semana hasta que la plaza cayó. En represalia por la tenaz resistencia que ofrecieron sus defensores, el comandante de las tropas musulmanas ordenó que el castillo se destruyera por completo, y que todos los supervivientes fueran torturados y asesinados, incluyendo los niños y las mujeres. Sólo algunas de ellas lograron salvar sus vidas, aunque para sufrir el horrible destino de formar parte de un harén. El autor recordaba que aún existían canciones de la zona en las que se narraba el espantoso suplicio que padecieron los defensores de la fortaleza de Santa Ana.

Bossuet notó que estaba empezando a amanecer. La tormenta había cesado y ya no llovía, pero la mañana se presentaba gris y triste. Se dijo que no debía de faltar mucho para que viniera a avisarlo el hermano José.

Los pobladores de la cuenca de Barberà reedificaron el castillo sobre los restos de la antigua fortaleza. Pero, horrorizados por lo que había acontecido y para que no volviera a ocurrir una tragedia similar, decidieron construir, en el más absoluto secreto, una cámara subterránea bajo el monasterio, que comunicaría mediante un túnel con el exterior, por detrás de las líneas de un posible ejército de asedio. Así, en caso de urgencia, sería posible enviar a un emisario para pedir ayuda.

Gilles estaba empezando a dejarse vencer por el sueño, pero cuando leyó aquel párrafo se despertó completamente. Cogió de su chaqueta el plano del monasterio de Poblet y lo colocó sobre el libro para comprobar lo que ya sabía: en el plano no estaba representada ninguna cámara subterránea. Todos sus sentidos se agudizaron de improviso. Con un gesto brusco, se levantó de la cama sin soltar el libro, incapaz de permanecer sentado. Invadido por un incontenible delirio, releyó las últimas palabras para asegurarse de que no estaba equivocado. Mientras lo hacía, paseaba de un lado a otro, entre la pared y el montón de libros. En ese espacio tan reducido, parecía una bestia enloquecida encerrada en su jaula. Su mente era un torbellino de ideas y preguntas, escurridizas presas que se resistían a ser cazadas. Se repitió que debía poner en orden sus pensamientos; lo hizo en alto, confiando en que el sonido de su propia voz acertaría a calmarlo. Lo logró sólo en parte, aunque fue suficiente para que pudiera plantearse si existiría todavía aquella cámara subterránea y el túnel que conducía a ella. Gilles estaba convencido de que así era. Lo *sabía.* Y si en el monasterio de Poblet se guardaba la Sábana Santa, ¿qué mejor lugar para ocultarla? El razonamiento era tan obvio y sencillo que tenía que ser cierto. Ese hecho lo llevaba, además, a la conclusión de que fray Agustín, el bibliotecario, no conocía el secreto del convento, pues en tal caso nunca le habría permitido leer ese libro. Otra opción era que simplemente hubiera cometido un error, pero Bossuet descartó enseguida esta posibilidad. Si el Sudario de Cristo había permanecido en el monasterio tanto tiempo como él pensaba, no cabía duda de que sus guardianes eran hombres extremadamente cuidadosos y precavidos, que no cometerían una torpeza semejante. Muy alterado, se obligó a sentarse de nuevo y a seguir leyendo.

El libro decía también que, conforme avanzó la Reconquista, el castillo de Santa Ana fue perdiendo su importancia, y el número de sus ocupantes se vio reducido cada vez más al no ser necesaria ya la protección de sus murallas. De este modo, a principios del siglo XI, cuando fue escrito el volumen que Bossuet sostenía entre sus manos, el abandono de la fortaleza había propiciado su ruina. Gilles ya conocía el resto de la historia: ciento cincuenta años más tarde, se les encomendó a unos monjes del Cister fundar una nueva abadía en esa comarca, y éstos mandaron construirla sobre los restos del viejo castillo de Santa Ana.

La relativa calma que había conseguido imponerse se volvió a convertir en una tremenda exaltación cuando encontró un rústico grabado con la planta de Santa Ana. La distribución de las dependencias interiores era muy parecida a la de Poblet, y la muralla que rodeaba a ambos recintos tenía exactamente la misma forma. Gilles pensó que, muy probablemente, las murallas del monasterio de Poblet se habían construido sobre las viejas para aprovechar sus cimientos y las partes que no habían quedado derruidas por completo.

–¡Dios mío! –exclamó entusiasmado.

Allí estaba. Parecía demasiado bueno y simple para ser verdad, pero allí estaba. De una torre en la zona sur del convento partían dos líneas en dirección a la falda de las montañas cercanas, perpendicularmente a la muralla. Entre ellas, escrito con una letra irregular, aparecía la palabra «TÚNEL». Bossuet estuvo a punto de echarse a llorar. Jamás pensó que pudiera alegrarse tanto de ver una simple palabra. En el margen inferior del grabado se mostraba un segmento con el número diez sobre él, a modo de rudimentaria escala gráfica para poder determinar las dimensiones del diseño. Las letras estaban tan borrosas que casi llegó a tocar la hoja con la punta de su nariz para poder leerla. No tenía ninguna regla a mano, pero calculó que el acceso del túnel se encontraba aproximadamente a cincuenta metros del muro. En la ilustración, junto a la entrada del pasadizo subterráneo, se mostraba la imagen de una mujer de rodillas, con las manos juntas en actitud de oración. Bossuet pensó que debía de tratarse de alguna imagen alegórica; quizás incluso de la propia santa Ana, patrona de la vieja fortaleza.

Cuando el hermano José fue a avisarlo a su celda, Gilles ya se había vestido. En el refectorio apenas consiguió probar su desayuno. No dejaba de darle vueltas a lo que había descubierto y ardía en deseos de ir en busca del pasadizo. El fraile debió de notar algo extraño porque le preguntó varias veces si se encontraba bien. Bossuet notó que fray Alejandro estuvo observándolo durante todo el desayuno, aunque no le dirigió la palabra en ningún momento.

–¿Qué le gustaría hacer hoy? –le preguntó el hermano José tras salir del refectorio–. No sé qué más puedo mostrarle; ya conoce prácticamente todo el monasterio.

Gilles vio que aquélla era la oportunidad perfecta. Puesto que no podía librarse del fraile, al menos le sacaría el mayor partido posible.

–Bueno –contestó con expresión pensativa, como si se le acabara de ocurrir la idea–, todavía no he visto las inmediaciones del monasterio, ni las murallas exteriores.

–¿De veras quiere ver todo eso? ¿Y con este tiempo? –le interrogó el monje no muy convencido–. Hay algunos lugares pintorescos en los alrededores, como La Peña, desde la que hay una vista fabulosa, pero las cercanías del convento no tienen el menor interés. Y las murallas tampoco son nada especial. Creo que antiguamente estaban rodeadas por un foso, pero hace mucho tiempo que dejó de existir.

–No importa –insistió Bossuet, intentando que no se notara su impaciencia–. Estoy seguro de que la visita resultará muy instructiva.

–Está bien. Si lo desea... –terminó por rendirse el hermano José.

–¡Estupendo! –exclamó Gilles acelerando su paso.

El fraile volvió a dirigirle una nueva mirada interrogativa. Abrió la boca como si fuera a preguntar algo, pero no llegó a hacerlo. Y se limitó a incrementar su ritmo para situarse de nuevo a la altura de Bossuet.

Alrededor del perímetro exterior discurría un estrecho y poco transitado camino de tierra, invadido en muchos lugares por plantas silvestres. Gilles se alegró de que se le hubiera ocurrido cambiar sus sandalias por un calzado más apropiado para ese deplorable tiempo. La lluvia nocturna había empeorado todavía más el estado del sendero, y lo había convertido en un barrizal plagado de traicioneros charcos. Ante este panorama, fray José trató de persuadir a Gilles para que volvieran al acogedor y seco abrigo del monasterio, pero volvió a ceder ante la obstinada insistencia de éste.

Rodearon las murallas empezando por la zona norte. Bossuet iba delante a buen ritmo, con el monje, que se había remangado los faldones de sus hábitos casi hasta las rodillas para evitar manchárselos de barro, unos metros más atrás, tratando a duras penas de seguirlo.

–Pareces una de las señoritas de *monsieur* Lautrec –le dijo Gilles divertido.

El fraile no pareció oírlo porque no hizo ningún comentario. Su vista estaba clavada en el suelo y en su cara había una expresión ceñuda mientras saltaba de un lado a otro para evitar los charcos. Bossuet resistió la tentación de burlarse de nuevo del hermano, pero la graciosa imagen de fray José bailando el *can-can* en el *Moulin Rouge* persistió en su mente durante un buen rato.

Como le había dicho el monje, no había nada llamativo en las murallas, y prácticamente no se distinguían de las que ya había visto en la plaza mayor: muros de más de diez metros de altura con grandes sillares de piedra, coronados por almenas, entre los que se intercalaba alguna que otra torre. Sólo la parte meridional se diferenciaba del resto. En ella, sobresalía del muro un enorme torreón de planta cuadrada, a cuyos pies se encontraba un gran portón de madera. Bossuet recordó haber visto esa estructura en el grabado del libro. Aquél era el lugar desde el que debía medir la distancia hasta el acceso del pasadizo.

–Ésta era la entrada trasera del monasterio –le informó el fraile mientras trataba de sacudirse el barro de su calzado contra la muralla–. La torre enlaza directamente con el crucero de la iglesia –añadió mirando con desasosiego el cielo plomizo, que anunciaba una nueva tormenta.

Disimuladamente, Gilles se colocó con la espalda pegada a la puerta y empezó a contar para sus adentros los pasos que daba. Cada uno de ellos equivalía aproximadamente a un metro. Al hacerlo, iba observando el paisaje a su alrededor para que diera la impresión de que tan sólo estaba paseando. A los lados, se levantaban pequeños arbustos y algún que otro árbol disperso. Sólo enfrente, en la base de la falda de la montaña, se veía el comienzo de un espeso y oscuro bosque, que se prolongaba por toda la vertiente, casi hasta su cima. Mientras tanto, el monje no le prestaba ninguna atención y seguía de pie al lado de la muralla, intentando en esta ocasión limpiar el barro que, a pesar de sus esfuerzos, se había adherido a la parte inferior de sus blancos hábitos.

–... cuarenta y nueve, y cincuenta –susurró Gilles.

Ése era el sitio, pero no había ninguna entrada ni nada que se le pareciera. Trató de analizar qué podía haber fallado, y la verdad es que hacerlo no resultó muy alentador, pues se dio cuenta de que la lista de posibilidades era demasiado larga. El pasadizo podía llevar años sepultado, o quizá ya no fuera accesible aunque todavía existiera. Quizá, incluso, el plano con su localización era falso o erróneo. Bossuet se sorprendió de que la noche anterior ni siquiera hubiera considerado esa opción.

En el mejor de los casos, se dijo, el pasadizo seguía allí y el plano era correcto, pero él había cometido alguna equivocación. Por supuesto existía un error al no haber seguido una trayectoria estrictamente perpendicular a la muralla. Pero aquello no podía significar, a lo sumo, más que una decena de metros y, en esa área a su alrededor, el paisaje era casi idéntico y no había el menor rastro de la entrada. Desanduvo sus pasos hasta la muralla, contándolos de nuevo uno por uno, aunque pensaba que aquello no tenía el menor sentido.

–¿Se encuentra usted bien? –preguntó fray José preocupado–. Tiene mala cara.

–Sí, estoy perfectamente –mintió Gilles consiguiendo esbozar algo similar a una sonrisa–. Es sólo que hace frío aquí. Volvamos al monasterio.

El monje accedió de inmediato, encaminándose de nuevo por el embarrado sendero. Bossuet lo siguió cabizbajo y con paso lento. Poco antes, estaba seguro de que encontraría la entrada. Sin duda, esperaba que fuera poco visible, o nunca se le habría ocurrido venir con el hermano, pero no estaba listo para no hallar nada en absoluto. Se sentía profundamente decepcionado y lo peor de todo es que no sabía muy bien qué hacer a continuación. Desde luego volvería a revisar el grabado para confirmar sus cálculos. También leería los libros que le faltaban, por si alguno de ellos mencionaba el castillo de Santa Ana, y para tratar de descubrir otras pistas que pudieran serle útiles. Tenía la certeza de que todo eso no serviría de nada, pero lo haría de todos modos.

De nuevo en el monasterio, tras la comida, Gilles volvió a retirarse a su celda. Fray José se empeñó en acompañarlo. Sabía que Bossuet no se encontraba bien, a pesar de que éste lo negaba. Durante todo el camino, Gilles se percató de que el monje trataba de animarlo contándole anécdotas acerca del monasterio y haciendo continuas preguntas sobre París. Aunque Bossuet le estaba realmente agradecido por ello, sus palabras no lograron que se sintiera menos desalentado. No hacía más que repetirse una y otra vez lo seguro que había estado de encontrar el pasadizo, y le resultaba imposible alejar ese insistente pensamiento.

–¡La tertulia! –exclamó el fraile con gesto triunfal.

–¿Cómo? –inquirió Gilles sin saber de qué le estaba hablando el hermano.

–Ya sé qué puede animarlo –le dijo fray José con gran optimismo, convencido de sus palabras–. Todos los viernes, antes de la cena, nos reunimos en la sala capitular; una estancia que hay frente a la biblioteca, junto al claustro. Normalmente se plantea una cuestión sobre la que discutir, aunque es muy habitual que surjan nuevos temas con las argumentaciones de unos y de otros. Resulta muy entretenido, y estoy seguro de que se divertirá.

Bossuet no creía que fuera así; participar en unas inacabables disertaciones dogmáticas era la última cosa del mundo que le apetecía hacer, y menos aún ese día. Iba a declinar la invitación, pero no pudo hacerlo. Simplemente le faltó valor para ello al ver la expresión de entusiasmo en los ojos del joven fraile.

–Sí, claro. Iré –afirmó Gilles demostrando toda la emoción que le fue posible.

–¡Así me gusta! No se arrepentirá. Entonces nos encontramos después en el claustro mayor. Hacia las seis y media. ¿De acuerdo?

–Muy bien. Allí nos veremos.

Lo primero que hizo Bossuet al regresar a su celda fue comprobar sus mediciones. Para ello, marcó de nuevo en el borde de una hoja la longitud del segmento de referencia, repitiendo la operación varias veces y poniendo especial cuidado en que el final de un segmento coincidiera de un modo exacto con el inicio del siguiente. Utilizando el método de Tales, dividió luego cada segmento marcado en diez partes idénticas y, por último, colocó la improvisada regla sobre el grabado del libro, para determinar otra vez la distancia del torreón a la entrada del pasadizo. El valor que obtuvo tenía menos de un metro de diferencia respecto del que había calculado la noche anterior, lo que resultaba más que aceptable.

No consiguió encontrar ninguna otra referencia a la fortaleza de Santa Ana en los restantes libros. De hecho, la mayor parte de ellos relataba casi los mismos acontecimientos que los otros volúmenes ya leídos por Gilles; datos relacionados con el monasterio de Poblet, que conocía sobradamente y no le aportaban luz alguna.

Más desilusionado que nunca, se dirigió poco antes de las seis y media al claustro, para encontrarse con fray José. La plaza mayor tenía un aspecto desolado, ahogada en una penumbra gris plomo que parecía cubrirlo todo, y que casi le hizo dudar de dónde acababa la piedra y dónde empezaba el cielo. Aquel tiempo horrible era un perfecto reflejo de su ánimo. Gris sobre gris. Seguramente, pensó, él tampoco se distinguía del resto.

Cuando llegó al claustro, el monje ya estaba esperándolo. Se encontraba de pie junto a un alto arco de medio punto adornado con arquivoltas. A los lados, abiertas al claustro, se hallaban unas grandes ventanas a través de las cuales podía verse la sala capitular, una estancia cuadrada en la que unas columnas centrales, dispuestas en parejas, sostenían el techo de arcos apuntados. En el interior, los hermanos iban dirigiéndose a sus asientos con su habitual parsimonia. No entró nadie más después de que lo hicieran Gilles y fray José y, sin embargo, quedaban libres casi todos los bancos. Sólo tres hileras, en la parte opuesta a la entrada, estaban ocupadas.

–Bienvenidos, hermanos –se oyó decir a uno de los monjes.

Gilles se irguió en su asiento y oteó entre las coronillas rapadas de los monjes para verlo. Quien hablaba era el mismo fraile que leyó el Evangelio en la iglesia la noche anterior. Estaba sentado a la izquierda del abad en una silla de madera de aspecto incómodo, y con un alto respaldo que sobresalía por encima de su cabeza. Sus manos, elegantes y de largos dedos, le colgaban lánguidamente fuera de los apoyabrazos. Al otro lado del abad, como de costumbre, se encontraba fray Alejandro. Las tres figuras estaban situadas sobre una tarima, elevadas unos centímetros del suelo, como prueba de su dignidad jerárquica. Bossuet paseó su mirada de uno a otro y notó que el fraile que estaba hablando desviaba su mirada cuando se fijó en él. Al fin se habían reunido los implacables guardianes, se dijo Gilles. Eran ellos tres, solamente esos tres frailes. Apostaría sin dudarlo su vida a ello. Los demás monjes no eran sino meros espectadores, peones manejados por las manos expertas de tan consumados jugadores en la partida que Dios, o quien fuera, les había ofrecido.

Bossuet notó que el desasosiego iba creciendo en su interior. Sólo ahora empezaba a darse cuenta realmente de lo que significaba no haber encontrado el pasadizo: todo cuanto había ocurrido, todo aquello que lo había llevado hasta una tierra tan lejana de su hogar, se había perdido. De repente. Como si un maléfico viento se lo hubiera arrebatado, y le hubiera dejado sólo un vacío profundo y terrible que le hacía preguntarse cómo podría continuar de nuevo con su vida. El vacío dio paso a la furia, una furia sin auténticos culpables; el único sentimiento lo suficientemente poderoso como para combatir su dolor. Y la dirigió contra la soberbia de esos tres hombres, esos hombres que se creían en el derecho de ocultar la verdad en el nombre de *su* Dios.

-Hoy hablaremos de la virtud de ser justo –continuó el fraile–. De acuerdo a las enseñazas de san Agustín...

-¿Justicia? –exclamó Gilles entre dientes, levantándose, incapaz de contener por más tiempo su ira.

El movimiento fue tan repentino que fray José se levantó a su vez, sobresaltado. Al oír las palabras de Bossuet, permaneció un instante en pie, dudando si debía o no sentarse de nuevo. Finalmente volvió a su lugar, aunque en ningún momento dejó de observar a Gilles con una expresión de absoluta incredulidad, como si estuviera pensando que se había vuelto loco.

-Haga el favor de sentarse –le espetó el fraile desde el estrado con voz severa–. Aún no he terminado mi exposición.

-Justicia –repitió Bossuet casi en un murmullo, saboreando la palabra–. ¿Qué sabréis vosotros sobre la justicia? –inquirió desafiante. Su rostro estaba encendido por la cólera.

La pregunta de Gilles obtuvo como respuesta un murmullo reprobador por parte de los monjes. El hermano José permaneció en silencio. También se mantuvieron callados el abad y fray Alejandro, aunque éste se revolvió incómodo en su silla.

–¿Cómo se atreve a profanar este lugar sagrado con el veneno de sus palabras? –aulló el fraile, con la cara desencajada–. Aunque no debería extrañarnos –prosiguió dirigiéndose a la congregación en un inquietante tono de confidencia–. ¡Éstas son las aberraciones que produce ese lugar de perdición! –gritó aún con más fuerza, levantando su puño–. ¡París!, ¿cuál si no? La ciudad de los siete pecados capitales, la llaman. Y en verdad, os digo que así es. ¿Cómo puede entonces un francés –dijo señalando a Bossuet con desprecio– venir a darnos lecciones de justicia?

Los cabellos del fraile, que antes caían lacios a ambos lados de la cabeza, se encontraban ahora alborotados. Un grueso mechón de pelo estaba pegado a su frente sudorosa, por encima de las pobladas cejas. Los hermanos asintieron vehementemente ante las palabras del monje, al tiempo que aumentaban el volumen de sus comentarios. Sus caras abandonaron al fraile del estrado para dirigirse otra vez hacia Gilles, en espera de su réplica. Fray José se acercó a él y, disimuladamente, le tiró del faldón mientras le rogaba que volviera a sentarse en una voz apenas audible y mirando hacia delante.

–¡Ja! –profirió Gilles con una sonrisa macabra, ignorando el consejo del hermano José–. ¡¿La ciudad de los siete pecados capitales?! ¡Válgame Dios! ¿Acaso ha estado alguna vez en París?

–¡No necesito hacerlo! –bramó el monje–. ¡Puedo notar desde aquí su pestilencia!

–He ahí la justicia española –dijo Bossuet señalando al fraile con los brazos extendidos, en un tono sorprendentemente tranquilo–, o la justicia divina –añadió– que, para los españoles, es la misma.

Dicho esto se volvió hacia fray José y en voz baja le dijo: «Lo siento». Después, sin mediar una palabra más, se encaminó hacia la salida con paso firme, entre el revuelo generalizado de los monjes.

–¡Señor Bossuet! –tronó una voz a su espalda, distinta de la del fraile del estrado–. Gilles –lo llamó la voz con dulzura cuando éste siguió andando.

Bossuet se detuvo en medio del pasillo y se dio la vuelta lentamente. Era el abad quien le hablaba. Había descendido de la tarima y se encontraba también en el pasillo, a unos pocos metros de él. Gilles contempló la noble figura del anciano. A pesar de su terrible furia, no podía dejar de hacerlo. Entonces surgió una voz en su interior, una voz amable que trató de calmarlo, de decirle que estaba confundido y que sus duras palabras no eran tan honestas como él pretendía. Aquella voz le resultó de algún modo familiar. Como la que creyó oír una vez, hacía mucho tiempo, en un laboratorio de química en su lejana y querida universidad.

–Gilles –empezó a decir el abad–, debe usted abandonar este monasterio para que la paz vuelva de nuevo a él. –No había rencor en sus palabras, sino una profunda lástima que sorprendió a Bossuet–. Puede pasar aquí la noche si lo desea y...

–¡Que se vaya ahora mismo! –interrumpió el fraile con el que había discutido Gilles.

El abad le hizo callar con un gesto de la mano, y volvió a repetir su ofrecimiento:

–Puede quedarse esta noche y salir mañana por la mañana.

–Se lo agradezco –dijo Bossuet sinceramente–. Así lo haré.

Todos los hermanos observaron la escena en silencio, incluido fray José. La tristeza de su cara le rompió a Gilles el corazón. Pero ya no había retorno posible; todas sus naves yacían quemadas en el fondo del mar.

Nada más salir de la estancia, empezó a oír de nuevo los comentarios de los monjes. Aceleró su paso y atravesó el claustro como alma que lleva el diablo, y no volvió a mirar atrás durante todo el camino hasta su celda.

26

Siglo I, Jerusalén, Arimatea

La peor de las opciones se había consumado. Sólo quedaba esperar que el desenlace se produjera lo antes posible. Jesús ya había sufrido más allá de lo imaginable y la muerte sería para él una liberación del dolor.

Labeo no fue capaz de seguir presenciando el atroz espectáculo y abandonó el Gólgota acompañado por Simón Ben Matías y el anciano José de Arimatea. Éste se separó de ellos para acudir al mercado, donde compró un fino sudario de lino sirio a un mercader de Damasco. Una vez Jesús expirase, reclamaría su cuerpo y lo enterraría en un sepulcro nuevo que poseía en sus tierras, destinado a él mismo, que ya se sentía próximo a la muerte. José era también discípulo del rabí, aunque no declarado hasta entonces por miedo al Sanedrín. Ahora, en cambio, se arriesgaría por su maestro, aunque fuera el único que lo hiciera y le acarrease cualquier pesar. Se lo debía al hombre que estaba entregando su vida por toda la humanidad.

Mientras, Simón y Labeo, demudados por el horror, turbados por la infamia, esperaron a José en casa del primero. Habían transcurrido unas tres horas desde que Jesús fuera crucificado. Estaba próxima la hora nona –las tres de la tarde– cuando en toda Jerusalén se pudo escuchar con claridad un grito desgarrador, terrible, seguido de un gran trueno proveniente de las negras nubes que cubrían el cielo. Jesús había expirado.

Al poco, José llegó a casa de Simón acompañado por Nicodemo, un fariseo renegado amigo del de Arimatea y que, como él, también había abrazado la fe en Jesús. Nicodemo había comprado más de treinta kilos de mirra y áloe para el cuerpo del rabí y el interior del sepulcro, que debían cubrirse con estas resinas aromáticas según la costumbre judía. Ambos se mostraban muy abatidos, aunque todo estaba sucediendo conforme a las Escrituras de los profetas.

Próxima la caída de la noche, José de Arimatea logró por fin que Poncio Pilatos atendiera sus súplicas al consentir en que el anciano sanedrita recuperara el cuerpo de Jesús, muerto hacía ya varias horas.

Acompañado por Nicodemo y el joven Juan, José subió al monte Calvario. El negro manto de la noche cubría el cielo por completo. Sólo la luz de las antorchas los guiaba hacia el lugar de la ejecución. En la cumbre, las casi inapreciables figuras de las tres cruces aparecían irreales y lejanas. Al aproximarse lo suficiente y distinguir con claridad la imagen de Jesús, los dos hombres y el muchacho rompieron en lágrimas. Juan incluso corrió hacia su maestro, trastornado y ciego de dolor, tropezándose con una piedra y yendo a caer al pie de la cruz entre sollozos. José y Nicodemo lo observaban conmovidos.

Sobreponiéndose en los peores momentos de sus vidas, los tres amigos y discípulos de Jesús comenzaron la ardua labor de desclavarlo de la cruz. Nicodemo puso sobre la *stipes* la misma escalera que usara, por la mañana, el legionario romano que colocó la leyenda con la inscripción INRI. Con la ayuda de un *martiolus*, extrajo primero el clavo de la muñeca izquierda. El cuerpo del rabí se descolgó inerte, mientras José y Juan lo sujetaban desde abajo. Después liberó el brazo derecho y descendió de la escalera. En el suelo, retiró por último el clavo que fijaba los pies. Con gran cuidado, depositaron el cadáver de Jesús sobre el lienzo de lino que había comprado el de Arimatea y lo llevaron a un terreno de este último, al otro lado de la ladera del Gólgota.

El cuerpo del galileo era muy pesado. No en vano, su altura y fortaleza lo distinguían de la mayor parte de los judíos e incluso de los invasores romanos, más robustos por lo general que los primeros. El camino resultó lento y penoso. Llegados al sepulcro, excavado en la roca, introdujeron el cadáver y lo depositaron sobre una meseta de piedra ubicada en su centro. José retiró el lienzo que cubría al rabí y Nicodemo lo ungió con mirra y áloe. Mientras, el de Arimatea recogía el pelo de Jesús y colocaba unas pequeñas monedas sobre sus ojos. El antiguo fariseo esparció las sobrantes resinas aromáticas por el suelo y paredes del sepulcro. Por último, volvieron a cubrir a Jesús con la sábana, abandonaron la cueva y cerraron la entrada con una pesada piedra circular.

Labeo había decidido posponer unos días su marcha. Deseaba recibir el bautismo de manos de uno de los discípulos de Jesús, pero todos, salvo Juan, aún sólo un niño, se encontraban en paradero desconocido. José de Arimatea no tuvo noticias de ellos hasta la noche del sábado, cuando Pedro lo buscó y le reveló dónde se ocultaban. Pero José no dijo nada a nadie hasta el lunes siguiente, un día después de la Resurrección.

Por su parte, Simón Ben Matías había tomado la firme determinación de renunciar a su puesto en el Sanedrín. Después de lo ocurrido, no deseaba pertenecer al Consejo, impuro y criminal, que había olvidado el verdadero sentido de las leyes antiguas. Con su respetable fortuna, adquiriría una hacienda lejos de Jerusalén y, como había pensado hacer en tantas ocasiones, acabaría sus días dedicado por entero al cultivo de su huerto y al estudio de las Escrituras. El pueblo judío, tan amado por él, había demostrado no merecer su trabajo y su esfuerzo. Quizás era mejor que los romanos, aunque idólatras y mendocinos, lo dominaran para siempre.

La muerte de Jesús y las circunstancias tan deplorables en que se había producido ponían al descubierto mucho más de lo que pudiera imaginarse. En las peores y más difíciles situaciones es cuando los hombres demuestran su auténtico fondo. El hombre noble redobla su altura de espíritu, mientras que el ruin, su vileza. Y parecía que, entre los hijos de Israel, había pocos hombres que merecieran ser llamados tales. Jerusalén parecía haberse convertido en una nueva Sodoma por la iniquidad, bajeza y degradación de sus gentes, que auguraban desastres terribles y mayores a los jamás antes presenciados. Pues el agricultor, al podar y arrancar el sarmiento seco, favorece las futuras cosechas; pero, si abandona su tierra, de ella sólo obtendrá fruto escaso y enfermo, y la mala hierba se asentará con raigambre.

La vida siempre continúa, aunque se pierda al mejor de los hombres. Sin embargo, Labeo contemplaba con repulsión a las gentes de Jerusalén. Poco antes, tal y como le había contado Simón, aclamaron la llegada de Jesús; ahora, parecían haberlo olvidado cuando no se había enfriado aún en su tumba. Su recuerdo quedaba reducido a los prodigios acaecidos durante su crucifixión: el repentino cambio del tiempo, los fuertes truenos sin atisbo de tormenta, el pequeño temblor de tierra. Todo el mundo comentaba con intriga el hecho de que, al expirar el rabí en la cruz, se hubiera rasgado en dos partes, de arriba abajo, el velo sagrado del Templo... Además, estaba también el suicidio de Judas Iscariote, el traidor, desesperado por una culpa insoportable. Parecía que los judíos necesitaran siempre un sacerdote para interpretar los signos de Dios, por evidentes que fueran.

El lunes siguiente a la muerte de Jesús, una noticia corría por las calles de Jerusalén. Se decía que el rabí había resucitado en la mañana del domingo, al tercer día, conforme a las profecías que lo anunciaban. Pero nadie parecía creerlo. Para unos, era claro que sus discípulos habían robado el cadáver y lanzado el bulo de la resurrección. Otros se oponían a ello, explicando que Pilatos había mandado dos legionarios a custodiar el sepulcro. Para estos últimos resultaba más verosímil que Jesús ni siquiera hubiera sido enterrado en él, sino escondido en otra parte. Algunos, muy pocos, se mostraban escépticos.

El embajador no sabía qué pensar. Había visto cómo crucificaban a Jesús. Estaba seguro de que había muerto; en caso contrario, los romanos no hubieran permitido a José de Arimatea llevarse el cuerpo. Pero, la Resurrección... En su mente de hombre no cabía una idea así. Y, no obstante, algo le decía que aquel galileo, sencillo y sabio, era realmente el Hijo de Dios, y no un simple profeta o un embaucador. De hecho, un farsante nunca se hubiera entregado con tanta mansedumbre a las autoridades que podían ajusticiarlo...

Todo era muy confuso. La idea de que Jesús hubiera, en efecto, resucitado de entre los muertos era muy turbadora y, al tiempo, fascinante. Nadie puede enajenarse al encanto que ejercen los milagros o su mera posibilidad. Por ello, para tratar de comprobar el grado de veracidad del rumor, Labeo acudió de nuevo a Arimatea, a casa de José, que había regresado desde Jerusalén, para tratar de obtener alguna información del anciano.

Para su sorpresa, el embajador encontró allí a Pedro que, muy alterado y nervioso, explicó cómo había entrado en el sepulcro, el domingo por la mañana, y hallado en él la sábana de la mortaja vacía. Lo había alertado del extraño suceso María Magdalena, al tanto de su escondrijo. Esta mujer, muy querida por todos los discípulos, acudió al sepulcro a orar y lo encontró abierto. Los guardias encargados de su custodia habían desaparecido. Era muy extraño. En ese momento, un ángel del Cielo, refulgente, se apareció y anunció la Resurrección del Hijo de Dios.

Pedro se había trasladado al Gólgota y corrido hasta el sepulcro tan rápido como pudo. Sólo lo acompañaba el joven Juan, que llegó antes, pero no se atrevió a entrar en la gruta. Más decidido, el *Pescador* accedió al interior. Lo más extraño era que el lienzo, repleto de manchas de sangre, estaba doblado en la misma posición en que se había dispuesto al envolver el cuerpo. Pero el cadáver no estaba allí. Sólo había en su interior un par de monedas de bronce. Pedro no supo interpretar este hecho curioso, hasta que José le explicó después que eran las que él había usado para tapar los ojos del rabí.

No había motivos para dudar de la palabra de María. Eso era evidente para todos. Pero ella quizá, en su dolor, hubiera imaginado la historia que relató a los discípulos. Todos ellos habían visto a Jesús obrar milagros y prodigios; habían escuchado de su boca las profecías ya cumplidas y, aun así, desconfiaban. Incluso el propio Pedro, después de jurar que nunca abandonaría al rabí, había renegado de él en tres ocasiones la misma noche de su detención.

Ante las dudas profundas, enemigas de la fe que Jesús había predicado, los discípulos esperaban acontecimientos. Temerosos de que el Sanedrín fuera también contra ellos, después de acabar con el *Maestro*, se habían escondido en una cueva situada en un monte entre Arimatea y Emaús. Labeo pidió a Pedro que le permitiera acompañarlo de vuelta a su secreto refugio. Había pensado que, siendo para los judíos impuro y repulsivo el lienzo utilizado en el enterramiento, quizá consintieran en entregárselo como reliquia. La llevaría a su rey en Edesa y allí se veneraría con la mayor devoción. Además, antes de su marcha, quería recibir el bautismo y abrazar la fe en Cristo. Pedro no se opuso al deseo del embajador. A pesar de su carácter rudo y desconfiado, tenía un gran corazón. Comprendía que Labeo amaba realmente a Jesús y podía considerarlo uno más de sus discípulos.

El embajador edeseno fue bautizado al día siguiente por Judas, de quien tomó el nombre, y se llamó a partir de entonces Tadeo en lugar de Labeo. Los discípulos atendieron también sus ruegos con respecto a la mortaja del rabí. Sabían que sus intenciones eran piadosas y estaban seguros de que sería conservada en Edesa para memoria de las futuras generaciones. La custodia de la otra gran reliquia de Jesús, el Santo Grial, se encomendó al anciano José, como agradecimiento por su valentía y coraje en los momentos más difíciles.

Antes de marchar a su patria, Labeo, ya como Tadeo, regresó nuevamente a Jerusalén. Quería despedirse de Simón Ben Matías y su familia, que con tanta hospitalidad lo habían acogido siendo él un extranjero. En su casa vio por última vez al hijo de Simón, el pequeño José, testigo en su infancia de la muerte de Jesús, y que años más tarde asistiría a la destrucción del Templo de Jerusalén y al exterminio de una gran parte de la población israelita. Un niño que, ya hombre y ciudadano de Roma, daría testimonio de todos aquellos acontecimientos, y que pasaría a la Historia conocido por su nombre latino: Flavio Josefo.

27

1888, Poblet

Tampoco esa noche Gilles consiguió dormir apenas. El agua de lluvia corriendo por los desagües metálicos producía un sonido turbador, que se mezclaba con las amenazadoras imágenes de sus pesadillas.

Cuando despertó a la mañana siguiente, estaba envuelto en un sudor frío y desagradable. Tenía el cuerpo dolorido, como si hubiera pasado la noche combatiendo, en vez de en la cama. Levantándose a duras penas, se vistió antes de recoger las pocas cosas que había traído al monasterio. Con cuidado, volvió a colocar en el carro los tomos que le había prestado el bibliotecario. Pensó en devolvérselos, pero estaba lloviendo y no tenía nada con que cubrirlos, así que decidió dejarlos allí. Pensó que alguien iría a buscarlos tarde o temprano. Su cayado descansaba en una esquina, en el mismo sitio donde lo había dejado la noche en que llegó a la abadía. No se molestó en cogerlo. Ya no lo necesitaba; la farsa había terminado.

Sólo le quedaba despedirse de fray José, aunque no estaba seguro de que él quisiera hacerlo. Había esperado que fuera a despertarlo esa mañana, al igual que todas las anteriores, pero ya era de día y no estaba allí. De todos modos, pasara lo que pasara, al menos quería intentarlo. No sabía dónde podía estar, pero se le ocurrió que la iglesia era un buen sitio para empezar a buscarlo. Si no lo encontraba, no tendría más remedio que preguntar a alguno de los frailes, aunque rogó no tener que hacerlo, porque le daba la impresión de que no le contestarían.

Accedió al templo desde la plaza mayor. Sólo unas decenas de metros separaban la iglesia del hospital de peregrinos, pero fueron suficientes para que el cabello de Gilles quedara totalmente empapado. Y lo que era peor: había metido los pies en un charco y tenía los zapatos llenos de agua. Emitiendo un irritante chapoteo con cada paso, se dirigió al muro situado a su izquierda. Se apoyó con una mano en la pared mientras con la otra se sacaba uno de los zapatos y vaciaba el agua que había en su interior. Al agacharse, Gilles percibió unas marcas en ella, algún tipo de inscripción. Se acercó para observarla de cerca y leyó en voz alta:

–Rodrio.

–Rodrigo –le corrigió la voz de fray José.

El monje lo observaba desde la nave central con un rostro amigable, aunque entristecido.

–Era un cantero –siguió el fraile–, uno de los cientos que moldearon estas piedras. Muchas de ellas tienen la firma del hombre que las talló. ¿Y sabe qué? Todas ellas se midieron usando como patrón a una persona. Se llamaba Martín de Tejada, y fue una figura muy influyente en esta comarca en el siglo XI. Se cuenta que era un verdadero gigante de casi dos metros y que la altura de su cuerpo fue durante doscientos años el *canon* de medida en toda la zona de la Conca de Barberà. ¿Puede imaginárselo?

El significado de las palabras del fraile lo golpeó con repentina violencia, y entonces lo comprendió todo. Ésa era la respuesta que buscaba y había estado siempre allí, al alcance de su mano, grabada en las imperturbables piedras de la iglesia. Se sentía a la vez agradecido y confuso, aturdido y maravillado, y también un completo estúpido. Él siempre había hecho sus cálculos en metros. Por eso no había encontrado la entrada del pasadizo. Sólo ahora se daba cuenta de lo increíblemente torpe que había sido. Resultaba evidente que no podía tratarse de metros, pues esta unidad tenía poco más de cien años. «La altura del cuerpo de un hombre», repitió para sus adentros. Se encontraba tan absorto y sorprendido que sólo podía mirar al monje con perplejidad. Pero había algo que no encajaba, un hueco vacío en aquel complicado rompecabezas.

–Tú lo sabías –se dirigió a fray José–. Siempre lo has sabido, ¿no es cierto? Desde el principio.

A Bossuet le costaba creer sus propias palabras, pero no podía ser de otro modo: el hermano José tenía que conocer la existencia del pasadizo. Él debía saber qué buscaba Gilles esa mañana en la muralla sur. Sólo así se explicaba que le hubiera hablado de Martín de Tejada.

–¿Por qué? ¿Por qué me lo has contado? –le preguntó al fraile con honda curiosidad.

En aquel momento, el rostro del monje le pareció a Bossuet más viejo, y su mirada mucho más sabia y distante.

–Ésa es una buena pregunta –le dijo con una amable sonrisa–. Adiós, mi buen amigo. Volveremos a vernos.

–¿Qué encontraré en esa cámara subterránea? –consiguió gritar Gilles con voz quebrada cuando el monje ya se alejaba.

El hermano José se volvió hacia él, lenta, majestuosamente, y le habló con una reconfortante serenidad:

–Eso depende de usted, Gilles. Sólo de usted.

Bossuet no dijo nada más. La emoción por lo que acababa de descubrir lo embargaba y le producía un nudo en la garganta que le impedía hablar. Simplemente se quedó allí, escuchando el sonido de la lluvia al golpear contra las vidrieras.

Cuando Gilles llegó a la muralla sur del monasterio, había dejado de llover, aunque el cielo aún permanecía gris y el ambiente era frío y desapacible. Su calzado estaba lleno de barro, al que se añadía un poco más con cada nuevo paso. Notaba los pies pesados, como si sus zapatos fueran de plomo y no de cuero, y el agua se filtraba dentro de ellos. A pesar de todo se sentía pletórico, exultante de alegría.

Tomando como unidad la altura del hombre de quien le habló

el monje, la distancia a la que debía encontrarse la entrada del pasadizo era aproximadamente el doble de la que Bossuet había calculado el día anterior. Pegando su espalda a la muralla del torreón, empezó a contar de nuevo los pasos. Esta vez serían cien y no cincuenta. Conforme avanzaba, iba acercándose progresivamente al núcleo boscoso que se extendía frente a él. Al llegar a los setenta pasos, encontró los primeros árboles, y al alcanzar los cien, estaba en el interior del bosque. Aunque no se hallaba a más de treinta metros de la zona despejada, la hojarasca era tan densa y los árboles crecían tan cerca unos de otros que no conseguía ver el claro. Tampoco era capaz de vislumbrar las poderosas murallas de la abadía. Si no estuviera seguro de que acababa de penetrar en el bosque, podría jurar que éste se extendía decenas de kilómetros en todas direcciones.

Miró a su alrededor atentamente. Aún existía el error de la perpendicularidad de su trayectoria, que lo habría desviado varios metros de la entrada del túnel, aunque esperaba que no fueran demasiados. Ya resultaba bastante complicado encontrarla en medio de aquella maraña.

Gilles no se dio cuenta la primera vez que lo vio. Principalmente porque estaba buscando en el suelo y porque se encontraba demasiado cerca de él. Estuvo a punto de pasarlo por alto también en su segundo reconocimiento, pero su figura le resultó extraña. Repitiéndose que no podía ser, empezó a caminar de espaldas sin quitarle la vista de encima. Una raíz que sobresalía del terreno casi le hizo caer, pero logró mantener el equilibrio haciendo cómicos aspavientos con los brazos. Unos metros más atrás se detuvo. Con la boca abierta y sin dar crédito a sus ojos, contempló la nueva sorpresa que le deparaba el día: entre dos esbeltos árboles se alzaba uno menor, cuyo grueso tronco seco estaba rasgado a todo lo largo por una brecha oscura y siniestra: la marca del rayo que había acabado con el árbol. Sólo dos ramas partían del tronco, que se juntaban luego como dos brazos crispados e inertes en un eterno gesto de oración. El extremo superior del árbol estaba coronado por una zona bulbosa, que sobresalía hacia un lateral, dando la sensación de ser una cabeza inclinada ligeramente. En la base, podía verse el principio de dos gruesas raíces, que se enterraban en el suelo describiendo un arco cerrado, como las rodillas de un penitente. «La mujer del plano», pensó Gilles fascinado. Estaba viendo a la mujer que el autor del libro había dibujado junto a la entrada del pasadizo.

Se dirigió corriendo hacia el árbol, que se encontraba a unos veinticinco metros. Bossuet se arrodilló en el suelo cuando llegó junto a él, y empezó a andar a gatas entre los helechos de su contorno. Los altos tallos salían por encima de su cabeza y las hojas le golpeaban en la cara. La tierra, mullida y esponjosa, se aplastaba bajo su peso, y emitía un ruido de succión cada vez que Gilles levantaba sus manos y rodillas.

Sólo había completado media vuelta cuando notó que algo en el terreno era distinto. Se trataba de un pequeño claro en la densa espesura de helechos, un cuadrado vacío de apenas medio metro de lado. Bossuet ni siquiera se habría percatado de él si no hubiera estado de rodillas. Se acercó con cautela y, con igual cuidado, pasó delicadamente su mano sobre esa porción de terreno. El suelo era allí diferente, más rígido. Aumentó un poco la presión y apenas salió agua entre sus dedos. Y en los límites había algo más, una sensación curiosa, como si la tierra respirara y Gilles pudiera sentir su aliento en la mano. Se inclinó hasta que su oreja estuvo a escasos centímetros del suelo. Entonces su cara se iluminó con una expresión feliz. No era más que un tenue silbido, como el sonido del viento que penetra por una ventana al otro lado de una larga estancia... El sonido de la entrada de un pasadizo.

Ahora estaba seguro. Ése era el lugar. No se veían pisadas recientes a su alrededor, pero había algo artificial en aquella excesiva concentración de plantas. Gilles estaba convencido de que existía otro acceso desde el interior del monasterio, pero también de que los monjes mantenían esta entrada en perfectas condiciones. Sin duda, con la misma idea que había llevado, casi un milenio antes, a construir el pasadizo subterráneo: utilizarlo como una vía de escapatoria en caso de emergencia.

Se abalanzó sobre él con una irrefrenable determinación. Hundió sus dedos en la tierra y empezó a excavar cada vez con más ímpetu. Gilles jadeaba ostensiblemente; su aliento producía una pequeña nube de vapor en el aire húmedo, aunque era el entusiasmo y no la fatiga la causa de su agitada respiración. A unos veinte centímetros de la superficie, la punta de sus dedos llegó a una parte más dura. Amplió rápidamente el hoyo y limpió la zona con la palma de la mano. Su corazón estuvo a punto de saltarle del pecho cuando vio que era una losa de piedra. Absolutamente risueño, golpeó en la tapa con los nudillos sólo por el placer de escuchar el sonido hueco que emitía.

Asió la plancha por los extremos con ambas manos y tiró hacia arriba, pero no se movió lo más mínimo. Estaba claro que quien la colocó allí lo hizo pensando en que se abriera de dentro hacia fuera y no al contrario. Respiró profundamente y lo intentó de nuevo, enderezándose esta vez para conseguir hacer más fuerza. Los tendones de su cuello se tensaron por el esfuerzo y notó que la sangre afluía a sus mejillas, y le nublaba la visión.

Estaba a punto de desistir otra vez cuando la entrada se abrió con un ruido amortiguado y grave. Al momento, una suave corriente que procedía del hueco refrescó su cara. Mientras contemplaba la negrura del pozo, cruzaron por su cabeza las imágenes de todo cuanto había pasado hasta llegar allí: el medallón que aquel pescadero había encontrado en el Sena, y que Jacques le llevó a su despacho en La Sorbona, el bueno de Jacques; el extraordinario fenómeno que presenció cuando estaba analizando el medallón y el mensaje que encerraba en su interior; su llegada al monasterio de Poblet y los personajes que en él había conocido; el hermano José; los desalientos y las esperanzas; los engaños y las revelaciones. Todo esto se presentó de nuevo ante sus ojos, y se dijo que había merecido la pena. Aunque sólo fuera por ese preciso instante, por la promesa del misterio que encerraba la tenebrosa oscuridad de aquel pasadizo.

Asomándose a la entrada creyó distinguir un peldaño excavado en la pared de roca, y algo similar a unas barras metálicas a los lados. Se deslizó al interior del pozo, haciendo fuerza con los brazos para sostenerse en el vacío, mientras sus pies exploraban torpemente la pared en busca de un lugar donde asentarse. A pesar del esfuerzo que suponía, no relajó la tensión de sus brazos hasta asegurarse de que el escalón horadado en la pared constituía un apoyo seguro. Empezó a descender poco a poco, comprobando siempre la seguridad de cada nuevo peldaño y tratando de no descargar todo su peso en las corroídas barras. Antes de introducirse por completo en el agujero tomó aire sin darse cuenta, como si fuera a sumergirse bajo el agua. La ausencia repentina de luz lo cegó momentáneamente, aunque no tardó mucho tiempo en acostumbrarse a la oscuridad. Ahora podía ver la silueta de las barandillas de sujeción y era capaz de dirigir sus pies con más destreza hacia los escalones, pero todavía no lograba distinguir el fondo.

Gilles miró hacia arriba, en dirección al cuadrado de luz sobre su cabeza. Pensó que aquélla era la escena que vería un cadáver si despertara de repente en su entierro. Obligándose a apartar de su mente tan morbosos pensamientos, volvió a dirigir su mirada hacia abajo y continuó descendiendo, aunque en más de una ocasión sintió tentaciones de volver a la superficie para ir en busca de una luz que le permitiera ver mejor en esa oscuridad.

Había perdido completamente la noción del espacio. No sabía si le faltaba mucho o poco para llegar al suelo. Deseoso de alcanzarlo cuanto antes, se aventuró a bajar un poco más rápidamente a pesar del riesgo que entrañaba. De repente, su pierna se hundió en un agua gélida con un fuerte chapoteo. Bossuet masculló entre dientes una maldición mientras la retiraba de inmediato. Con la espalda apoyada en la pared, tratando de recuperar un poco el aliento, analizó la situación en que se encontraba: el resto del pozo parecía estar inundado; la pregunta era qué profundidad tenía el agua. Llegó a la conclusión de que existía una única forma de averiguarlo, aunque le producía escalofríos la sola idea de meterse dentro. No ya porque estuviera helada, sino porque no sabía qué podía haber en ella. Se dijo que era mejor hacerlo cuanto antes, o no se atrevería si se detenía a pensarlo. Su cara se convirtió en una mueca conforme se introducía muy despacio en el agua, resoplando y sin dejar de farfullar nuevos y más floridos juramentos, que se intensificaron cuando el agua le llegó al bajo vientre. Después de unos momentos interminables y sumergido casi hasta su pecho, Gilles descendió finalmente el último escalón. El fondo del pozo estaba tan cerca de él que pisó con inusitada fuerza, esperando encontrar un nuevo peldaño. Tanteó cuidadosamente con un pie antes de bajar el otro. El suelo era irregular, plagado de altibajos. Tardó unos instantes en darse cuenta de que no era de piedra sino que parecía estar cubierto por los barrotes de una rejilla. Era capaz de sentir en sus pies la leve succión que provocaba el agua al precipitarse por ella

Estaba aterido de frío. Los dientes le castañeteaban con fuerza y tenía los brazos cruzados con las manos bajo las axilas, en un intento de darse un poco de calor. Se giró sin moverse del sitio para inspeccionar el fondo. La oscuridad era tan profunda que apenas logró distinguir un corredor situado a su espalda. Antes de dirigirse hacia él, miró por última vez hacia arriba. La abertura parecía muy pequeña desde el fondo y creyó ver que sus bordes estaban de alguna manera redondeados. Era sólo un efecto visual debido al contraste entre la luz del día y la oscuridad del pozo, pero no por ello dejaba de resultar inquietante.

Un pequeño arco daba acceso al corredor, cuya altura era exigua. Tanto que Bossuet se vio forzado a caminar ligeramente encorvado. Tenía los pies helados y sentía el cuerpo entumecido por el frío. Cada paso suponía un tremendo esfuerzo al tener que superar la resistencia del agua. El aire húmedo tenía un sabor enrarecido a causa de la mala ventilación, que se acentuaba al adentrarse más profundamente en la galería subterránea. Gilles caminaba con los brazos extendidos, tanteando a ciegas las paredes y notando su tacto áspero. Entre las piedras corrían regueros de agua que se filtraba del terreno. Desde el techo, caían incesantemente gélidas gotas que producían un sonoro y molesto ruido al chocar contra la superficie del agua. En muchos lugares, los bloques de piedra estaban cubiertos por musgo o alguna planta similar, de una textura desagradable. Bossuet también había notado otras sensaciones, cosas que se aplastaban con un horrible crujido al apoyar sus manos, desprendiendo unos pegajosos y repugnantes fluidos. Aunque prefería no pensar mucho en ello, y no deseaba hacer conjeturas acerca de qué clase de inmundos seres podía tratarse.

El omnipresente sonido que producía el goteo se intensificó. En la superficie estaba lloviendo otra vez. Sólo entonces Gilles se dio cuenta de que el suelo de la galería no era plano, sino que estaba construido con una leve inclinación apenas perceptible, pero suficiente para que el agua corriera por él de un modo vertiginoso. Sin embargo, afortunadamente, el nivel del agua era menor y disminuía conforme Bossuet avanzaba. Llegó un momento en que se detuvo el continuo flujo de agua del techo. Lo hizo de un modo tan repentino que sólo podía deberse al hecho de encontrarse bajo los sótanos del monasterio.

Gilles se había percatado de que el pasadizo, además de estar en pendiente, describía una progresiva curva hacia la derecha. Por esa razón no vio la mortecina luz que llegaba del fondo hasta que hubo recorrido un buen tramo. Al principio se sintió aliviado de que aquella impenetrable oscuridad tuviera realmente un final, pero no tardó en percibir la amenaza que podía representar. Súbitamente asustado, pegó su espalda a la pared y se mantuvo quieto. Ésa era la única forma de averiguar si la luz se dirigía o no hacia él. Observó durante varios tensos minutos, pero la luz se mantuvo quieta. Dio gracias de que así fuera, porque la sola idea de tener que volver sobre sus pasos le resultaba insoportable.

De un modo cauteloso, siguió avanzando. Con verdadero alivio comprobó que el pasadizo terminaba un poco más adelante en una escalinata de piedra, que conducía hasta la sala de la que procedía la claridad. Los peldaños brillaban por el desgaste y tenían los bordes romos, como si hubieran sido utilizados en innumerables ocasiones. En su parte central, se veían incluso unos rebajes debidos a las pisadas. Aquello daba una idea del tiempo y el esfuerzo que habría llevado la construcción del pasadizo subterráneo.

Bossuet subió los escalones manteniéndose junto a la pared, y dejando en su camino las húmedas huellas de sus zapatos. Desde su posición junto a uno de los pilares del arco de acceso, vio lo que tenía el aspecto de ser una antesala. El suelo estaba cubierto por grandes losas pulidas, que contrastaban con la sobriedad de los toscos muros de granito. Allí, sujetas precariamente en unos aros carcomidos por la herrumbre, se hallaban tres pares de antorchas, que iluminaban una figura de Cristo crucificado y un pequeño altar, cubierto por un paño con el signo de la cruz. En el flanco opuesto al pasadizo, se abría una estrecha y baja puerta de metal, salpicada en muchos lugares con marcas de corrosión, como si se tratara de una letal enfermedad que estuviera consumiéndola poco a poco. En su parte superior, tenía una pequeña abertura de finos barrotes, que antiguamente debió servir para verificar la identidad de quienes entraban por el pasadizo.

Las ropas de Gilles estaban completamente empapadas y sus temblores habían empeorado. Se acercó cuanto pudo a una de las antorchas, agradeciendo de inmediato el tibio calor que desprendía. Tenía tanto frío que, por un momento, no le importó que alguien pudiera entrar y descubrirlo. Deseaba quedarse al calor de la tea ardiente, y tuvo que emplear toda su fuerza de voluntad para obligarse a no hacerlo. Todavía helado se aproximó a la rejilla de la puerta para ver a través de ella la habitación contigua. Era mucho más amplia que la estancia donde se encontraba, aunque no podía abarcarla en su totalidad. También distinguía sólo parcialmente el comienzo de una escalinata en la pared opuesta. La habitación se encontraba casi a oscuras, y vacía a excepción de un pequeño mueble de madera al lado de la escalinata.

Gilles no veía a nadie al otro lado, aunque podría haber alguien oculto en las zonas muertas que no alcanzaba a ver. Se movió de un lado a otro de la rejilla para hacer una última comprobación, y entonces notó una ranura de luz en el borde de la puerta. «Está abierta», pensó sorprendido. Sin duda esperaba que no fuera así. La suerte lo sonreía aunque, después de lo que le había ocurrido en los últimos tiempos, estaba cada vez más convencido de que la suerte tenía poco que ver con aquello, y de que todo lo que ocurre es por una razón. Aun así, no pudo evitar sentirse como un profanador de tumbas cuando empujó suavemente la puerta y ésta se abrió con un leve crujido.

La puerta de hierro que había atravesado estaba embutida en el grueso muro, en un nivel inferior al del suelo de la estancia anexa. De modo que la vista de Bossuet sólo quedaba unos pocos centímetros por encima del empedrado del piso. En aquella trampa se sintió vulnerable, y dirigió nerviosamente su mirada en todas direcciones para asegurarse de que estaba solo en la habitación. Sin perder de vista la escalinata de la sala, ascendió por unos empinados y estrechos peldaños, y se movió sin hacer el menor ruido hasta una zona en sombras. Probablemente no serviría de mucho si alguien llegaba a entrar en la sala, pero ésta se encontraba tan vacía que era el único lugar donde podía ocultarse. Incluso las paredes se hallaban casi desnudas, sólo adornadas por unas antorchas más funcionales que decorativas, que emitían una luz ambarina. Se le ocurrió que todas sus precauciones quizá no tuvieran demasiado sentido. Al fin y al cabo, el hermano José sabía que iba a intentar acceder a la cámara subterránea. Pero si el fraile le había confesado el secreto del pasadizo, ¿qué sentido tendría que ahora lo delatara? Gilles pensaba que ninguno; pero, aun así, lo más prudente era continuar siendo cuidadoso y hacer lo posible para que no lo descubrieran.

Como le había parecido ver a través de los barrotes, la sala era espaciosa. El techo, bajo y abovedado, estaba formado por pequeños sillares de piedra tan juntos unos de otros que parecía que no hubiera argamasa entre ellos. El acceso a una nueva estancia se hallaba a su izquierda. En esta pared se abría un gran portón de madera ricamente tallado y dividido en dos hojas que se encontraban abiertas de par en par, aseguradas mediante unos cordeles de un intenso color rojo. Bossuet se inclinó ligeramente hacia delante para tratar de ver el interior de la sala desde su posición. Pero no lo consiguió; unas opulentas y gruesas cortinas de color púrpura se lo impedían. Se dirigió hacia ellas, caminando siempre al abrigo de las sombras y deteniéndose varias veces para vigilar las escaleras y escuchar si provenía algún ruido del piso superior. Con una mano temblorosa, no estaba seguro de si por el frío o por la excitación, apartó las cortinas apenas un poco para observar la estancia a través de la ranura.

En ese momento se encontraba totalmente expuesto a la luz y, muy inquieto, alternaba su mirada entre las escaleras a su espalda y la sala. Comprobó que se trataba de una habitación muy amplia, sumida casi por completo en la penumbra, con sombras amenazadoras e imposibles de escrutar que dejaban oculta una gran parte. A los lados de la entrada, tras las cortinas, se alzaban dos gruesas y altas columnas de fuste retorcido, que resultaban impropias de la sobria arquitectura del monasterio, como si hubieran aparecido allí desde un lejano y exótico país. Pero lo más insólito de todo era el altar que podía ver en la pared de enfrente, aunque no estaba seguro de que ese nombre fuera el apropiado para describirlo. Ocupando un lugar central se hallaba una gran silla de aspecto macizo, muy parecida a las que había visto en la tribuna de la sala capitular. Por detrás, colgaba de la pared un hermoso tapiz con desconocidos y raros símbolos, y sobre él, grabados en la piedra, aparecían un triángulo con el omnisciente *Ojo de Dios* y unos dibujos con forma de estrellas a su alrededor, que Gilles, como buen matemático y astrónomo, reconoció de inmediato: era la constelación de Géminis. Aquella parte de la habitación estaba iluminada por una luz cálida y fantasmal que no parecía surgir de las escasas antorchas de las paredes. Bossuet contemplaba la escena maravillado y sólo entonces comprendió. Aunque no habría sido capaz de expresar con palabras cuál era el sentido de todo aquello, lo comprendió realmente. Y en lo más profundo de su corazón perdonó a los hombres que había llamado injustos, y rogó el perdón también para él al mismo Dios que durante tanto tiempo había negado.

Penetró en la sala con paso firme, sin esconderse, pues ya no sentía miedo ni temor alguno. Los viejos estandartes colgados en los muros de piedra junto a escudos de armas se agitaron levemente, movidos por una brisa tan súbita como inexplicable. El aire de la habitación se llenó con penetrantes olores y suaves voces de tiempos pasados. Voces amigas, que le daban la bienvenida. La luz de las antorchas se extinguía con un estremecimiento a su paso, y dejaba tras de él sólo oscuridad. Cuando llegó al fondo de la estancia, el extraño fulgor que había visto antes se hizo más intenso por un momento antes de desvanecerse. La sala quedó entonces en una insondable negrura mientras Gilles aguardaba expectante, con los ojos muy abiertos. De la pared surgieron, súbitamente, dos resquicios de luz paralelos en el lugar donde estaba colgado el tapiz. Se encaminó hacia ellos esquivando sin vacilar la silla, aunque no podía verla. Luego extendió su brazo y la oscuridad pareció doblarse bajo su presión. Era el tapiz que retrocedía, y dejaba ver el umbral que ocultaba. El acceso era estrecho y coronado por un bajo arco de medio punto. Bossuet tuvo que agacharse para atravesarlo, incorporándose luego al otro lado. La luz era escasa pero deslumbrante en la oscuridad de la que había llegado. No conseguía distinguir los detalles del interior de la sala. Una pared blanquecina al fondo, opuesta a la entrada, era lo único que alcanzaba a ver. Sin embargo, a medida que sus ojos se iban acostumbrando a la luz, una figura vaporosa y casi imperceptible fue apareciendo ante él. Era la Sábana Santa, el Sudario de Cristo, su Impronta; la reliquia que había buscado desde un pasado reciente que, sin embargo, le parecía increíblemente pretérito.

Embargado por la emoción y una veneración que ni él mismo alcanzaba a comprender, como un color nuevo y nunca visto, sintió que estaba al borde del desvanecimiento. Se tambaleó estremecido, golpeado por un torrente de ideas tan tenues como la imagen del Lienzo. Y movido por una fuerza tan clara y evidente como su propia vida, pero inexplicable y misteriosa, se arrodilló con los ojos llenos de lágrimas. En vano trató de recordar los rezos que aprendiera de niño. Nunca había sido un hombre religioso. Y, sin embargo, oró. Oró sin palabras, con el corazón, elevando una plegaria inefable y verdadera, llena de sinceridad.

De pronto, una voz turbó su ánimo. Era el abad del monasterio, sentado en una silla labrada en piedra, a sus espaldas:

-Lo estaba esperando -dijo sosegadamente, majestuoso.

Gilles no supo qué responder. Por unos momentos los dos hombres se mantuvieron en silencio, mientras contemplaban la imagen de la Sábana.

-Es hermosa, ¿verdad? -habló de nuevo el abad con su timbre aterciopelado.

-Sí que lo es -acertó a responder Gilles sin volverse.

-Estaba seguro de que lo conseguiría, amigo mío. Y de que sus intenciones eran piadosas. Lo vi escrito en su rostro cuando llegó.

-Sólo soy un profesor de matemáticas. Un parisino acostumbrado al ruido del mundo. Un ateo... -Gilles había agachado la cabeza y tenía los ojos cerrados. Las lágrimas se escapaban todavía entre sus párpados, y recorrían sus mejillas hasta precipitarse al extrañamente cálido suelo de piedra.

-¿De veras? -preguntó el abad conociendo ya la respuesta-. Los ateos no acostumbran a arrodillarse ante las imágenes sagradas -dijo al tiempo que se puso en pie y se aproximó a Bossuet, colocando afablemente la mano en su hombro-. Ni a orar. Menos aún con devoción. Dime, hijo mío, ¿no adviertes la energía que sale de ella? -dijo observando el Lienzo con verdadero amor.

La voz del abad resonó en la estancia, profunda y bondadosa, como la expresión del rostro del hombre de la Sábana Santa. Y Gilles pensó que así era, que podía sentir su poder. El corazón le latía con furia en el pecho, a pesar de que notaba una sensación de paz honda e indefinible. Los recuerdos de toda su vida pasaron, agitados y vertiginosos, por su mente. Se aparecía extraño a sí mismo. Había cambiado, casi de repente. ¿O quizá no? Por primera vez en toda su existencia era incapaz de juzgar racionalmente lo que le sucedía. Esto hubiera turbado y enojado al hombre que una vez fue Gilles Bossuet. Pero ahora, en las profundidades de aquel monasterio, sintió que había vuelto a encontrar algo que perdiera mucho tiempo atrás; se había encontrado a sí mismo, y supo que ya nunca se alejaría de la Imagen de Cristo.

Tercera parte

28

1997, Madrid

Perdone, señor. ¿Podría abrocharse el cinturón?

Las últimas imágenes de un sueño aún no se habían desvanecido del todo cuando Enrique Castro abrió sus ojos. Durante unos instantes no supo dónde se encontraba, hasta que vio el rostro de una azafata que lo observaba con gesto amable y le golpeaba el brazo suavemente.

–El cinturón, sí claro... –dijo Enrique tratando de despertarse del todo y haciendo caso a la azafata.

–También debe cerrar la bandeja –añadió la joven–. Vamos a tomar tierra en unos minutos.

Mecánicamente, Enrique miró a través de la ventanilla del avión. A lo lejos, podía ver el casco urbano de Madrid, del que sobresalían media docena de edificios altos. Aquella escena le resultaba familiar. De hecho, después de su Ciudad de México natal, Madrid era lo más parecido a su hogar. Con una cierta nostalgia recordó la primera vez que estuvo en la capital de España. Como ocurre con muchos acontecimientos importantes de la vida, se debió a una serie de casualidades enlazadas. Unos meses antes de aquella primera visita, se había licenciado *cum laude* en filosofía y letras por la Universidad Nacional Autónoma de México, el más antiguo y prestigioso centro de estudios superiores del país. Su intención era realizar el doctorado en la propia universidad. Resultaba curioso el hecho de que nunca consiguiera recordar sobre qué tema pretendía hacerlo. Un día acudió a la secretaría de la facultad y, mientras esperaba para tramitar la matrícula de su doctorado, se fijó descuidadamente en el tablón de anuncios, más para distraerse que por otra razón. Entre las innumerables ofertas de cursos y prácticas, los anuncios de los plazos de presentación de matrículas y alguna que otra propuesta extravagante, había un pequeño cartel escrito con una letra pulcra en el que se anunciaba una conferencia que iba a celebrarse esa misma tarde. El ponente era un tal Eduardo Martín de la Universidad Complutense de Madrid, y el tema, «Auge y caída de los caballeros templarios».

En ese momento se oyó por megafonía la voz del comodoro para informar a los pasajeros de que aterrizarían en breves momentos en el aeropuerto de Barajas. El aparato viró en redondo para enfilar la pista, y los papeles que Enrique tenía en la bandeja se desplazaron peligrosamente hacia el borde de ésta. Con un movimiento rápido, logró agarrarlos cuando estaban a punto de caer al suelo. Manteniéndolos sujetos, se apresuró a coger su maletín de debajo del asiento de enfrente, e introdujo los documentos en él sin preocuparse demasiado de ordenarlos. A excepción de uno de los papeles, que observó durante un momento antes de guardarlo con cuidado en un bolsillo del maletín.

Más de diez años antes, Enrique no sabía prácticamente nada acerca de los templarios; sus conocimientos se reducían a identificarlos como unos monjes guerreros que, según pensaba, habían tenido cierta importancia en Europa durante la Alta Edad Media. Y eso era todo. Recordaba cuánto se enfadó al llegarle por fin su turno en la secretaría y enterarse de que debía volver aquella tarde porque el funcionario no lograba encontrar su expediente. Se planteó ir a casa a comer, pero finalmente decidió quedarse en la facultad y tomar cualquier cosa en la cafetería. Su casa estaba demasiado lejos para ir y venir rápidamente, y así tardaría menos en resolver sus trámites burocráticos. Terminado su ligero almuerzo se encontró sin nada que hacer, y entonces se acordó de la conferencia sobre los templarios. Quizá resultara interesante, y le serviría para pasar el tiempo que quedaba hasta que abrieran de nuevo la secretaría. Cuando entró en la sala, la conferencia ya había empezado. En la habitación, que estaba prácticamente a oscuras, no debía de haber más de una docena de personas. Una gran pantalla situada al fondo mostraba la imagen de un grabado que, según explicó el ponente, representaba la batalla de Nicea, en la cruzada del año 1095. Ésa fue la primera vez que Enrique oyó hablar de Hugo de Payns, Godofredo de Saint Omer, y los otros siete cruzados que fundaron la orden de los Pobres Caballeros de Cristo, más conocidos por el nombre de templarios. Los hombres que, con el tiempo, se convirtieron para él en personas más reales y más próximas que muchas de las que lo rodeaban. La conferencia se prolongó durante más de dos horas y fue para Enrique lo más parecido a una iluminación que había experimentado en toda su vida. Desde entonces se consagró al estudio de los templarios, del mismo modo que ellos lo hicieron mil años antes a los ideales que inspiraron su Orden. Él siempre fue un joven impulsivo, pero nunca había llegado a tales extremos. Abandonó todos los proyectos que había planeado durante años y luchó para realizar su doctorado en la Universidad Complutense de Madrid. Su tesis doctoral, que publicó dos años más tarde, y cuyo tutor fue el mismo Eduardo Martín, se tituló en honor a él «Auge y caída de los caballeros templarios».

En los años siguientes consiguió una plaza de profesor en la cátedra de Filosofía y Letras de la Universidad Autónoma de México, el mismo lugar donde estudiara. Alternó su trabajo con una intensa actividad investigadora, que no había abandonado, y que lo llevó de un lugar a otro del mundo en busca de información sobre la Orden del Temple. Ahora, mucho tiempo después de aquella conferencia, volvía una vez más a Madrid, y la causa continuaba siendo la misma: la más célebre *militia Christi.* La hoja que había guardado tan celosamente en su maletín contenía una lista de obras, fruto de innumerables conferencias, pesquisas, y conversaciones a través de Internet con estudiosos de todo el mundo. Especialmente con expertos españoles, pues fue en España donde los templarios tuvieron más influencia y alcanzaron mayor poder, exceptuando únicamente a Francia. Una buena parte de esos volúmenes se encontraba en la Biblioteca Nacional de Madrid. Eran adquisiciones muy recientes que aún no había podido analizar, y hacerlo constituía la razón principal de su visita.

A pesar de su acreditada condición de investigador, no le resultó fácil convencer al rector y al patronato universitario para que le concedieran una beca y le costearan los gastos durante el tiempo que se prolongara el estudio. Pero lo había conseguido; la aprobación se la comunicó el coordinador del Área de Humanidades de la Universidad, apenas dos días antes. El tiempo justo para ocuparse de detalles como el billete de avión, el hotel donde se alojaría, o el envío a la Biblioteca Nacional de los documentos necesarios para la renovación de su caducado carné de investigador. Éste era indispensable para acceder a la sala Miguel de Cervantes, lugar donde se custodian los manuscritos, incunables y el resto de los más preciados tesoros de la biblioteca.

Cuando Enrique salió de la terminal del aeropuerto en dirección a la parada de taxis, tuvo que quitarse inmediatamente la chaqueta. Era el principio del verano y, a esas tempranas horas de la tarde, el calor resultaba insoportable. Sudando copiosamente, aunque no esperó más de cinco minutos, se introdujo a toda prisa en el coche, agradeciendo el frescor del aire acondicionado. En el camino vio que se habían construido nuevos accesos desde su última visita, y se dio cuenta de que el interior de la ciudad también había cambiado. Su hotel se hallaba en la plaza de Santo Domingo. Tras registrarse en recepción, subió a su cuarto, se dio una ducha y se cambió de ropa. No salió hasta el final de la tarde para evitar el calor. A esas horas la temperatura era realmente agradable y decidió ir paseando hasta el cercano Palacio de Oriente. Comprobó que sus inmediaciones eran muy distintas de lo que recordaba. Ahora, la calle Bailén pasaba por debajo de una plaza austera y amplia sólo para peatones, que comunicaba a través de un pequeño jardín, lleno de estatuas, con el Teatro Real. Su fachada blanca y su aspecto de mausoleo trataban en vano de competir con la clásica elegancia del Palacio Real, sereno y hermoso. Visitó también los jardines de Sabatini y bajó por la cuesta de San Vicente hasta el Campo del Moro. Ya de noche, se encaminó hacia la Plaza Mayor y cenó en un restaurante mexicano próximo a ella que había descubierto cuando trabajaba en su doctorado. Comer un buen pollo al chipotle era su terapia particular para vencer la añoranza de su tierra.

De vuelta en el hotel se duchó otra vez y se acostó enseguida. Estaba cansado por el largo viaje y, además, al día siguiente le esperaba mucho trabajo en la Biblioteca Nacional. Se durmió casi al instante, a pesar del ruido que producía el aire acondicionado de la habitación y de la luz que penetraba a través de las cortinas por mucho que se esforzara en cerrarlas.

Se despertó muy temprano por la mañana. La Biblioteca Nacional abría a las nueve, y quería aprovechar el tiempo lo más posible. Desayunó rápidamente y cogió un taxi que lo llevó hasta la plaza de Colón. Se dirigió hacia la verja de entrada del recinto de la biblioteca, protegida por una caseta de vigilancia y una barrera para los vehículos, aunque el guardia no le hizo ninguna pregunta. La fachada del edificio seguía igual que siempre. El desajuste de sus órdenes clásicos resultaba un tanto excéntrico, aunque Enrique había llegado a apreciarla de algún modo con el tiempo. El acceso a la biblioteca se encontraba a nivel del suelo, en un lugar que pasaba casi desapercibido ante la magnificencia de una gran escalinata de piedra que ascendía hasta tres enormes puertas en la sección central de la fachada. La entrada era una horrorosa estructura triangular de grandes cristales. Atravesó la puerta y luego, bajo la atenta mirada de un nuevo guardia de seguridad, pasó por un detector de rayos X. Penetró en la sala de la izquierda y se encaminó hacia el extremo opuesto. Allí, en un rincón, se encontraba la secretaría.

–Buenos días –le dijo a una madura funcionaria de aspecto afable.

–Buenos días. ¿Qué desea?

–Soy Enrique Castro. Pertenezco a la Universidad Autónoma de México. Mi carné de investigador caducó hace unos meses y creo que mi universidad tramitó con ustedes su renovación.

–Sí, espere un momento por favor –le pidió la señora–. Perdone, ¿su nombre es?

–Castro Burgoa. Enrique Castro Burgoa.

La diligente funcionaria consultó unas fichas que tenía sobre la mesa. Tras revisarlas al menos un par de veces, apareció en su rostro una expresión contrariada. Disculpándose, se levantó para desaparecer por un umbral sin puerta que comunicaba con una sala adyacente. Unos instantes después surgió por ella de nuevo, sonriente y con un papel en la mano.

–¡Lo encontré! –anunció triunfalmente–. ¿Puede rellenarme esto, por favor? –preguntó entregándole un impreso de color azul.

Enrique lo ojeó antes de empezar a responder a las preguntas, que se centraban básicamente en sus datos personales y aspectos relativos al tema, naturaleza y duración del estudio que pretendía realizar. Una vez completada la solicitud, se la entregó a la señora, que procedió entonces a preparar su nuevo carné utilizando para ello una vetusta máquina de escribir eléctrica.

–Aquí tiene –dijo la funcionaria.

Dándole las gracias, Enrique pasó a una nueva habitación de un tamaño sensiblemente menor que el vestíbulo. A su izquierda, había otro acceso a la biblioteca protegido también con los inevitables detectores. En el extremo opuesto se encontraba una mesa con un vigilante, que le entregó una pegatina anaranjada con la etiqueta de «LECTOR», después de verificar su carné. Enrique se colocó la pegatina en el pecho, sobre el bolsillo de la camisa de manga corta, y avanzó en dirección al ascensor por un largo y estrecho pasillo repleto de archivadores y carpetas, con antiguas y cuidadas prensas en algunos lugares. Encima de él y en toda su longitud, sostenida por finas columnas metálicas, se encontraba una pasarela también de metal, cuyo acceso debía de estar reservado para los trabajadores de la biblioteca.

Llegaba un punto en que el corredor se ensanchaba ligeramente antes de continuar. Allí había dos ascensores de aspecto moderno. Sin embargo, su interior se hallaba recubierto por una chapa metálica con un diseño de rombos y del color del hierro oxidado, en la que había un espejo circular. Todo ello le daba al ascensor el aspecto del vagón de un tren antiguo. Esa coexistencia entre lo actual y lo viejo era una característica general de todo el edificio. Enrique se detuvo en el segundo piso y se encaminó por un corto pasillo hacia la derecha. Al final, se encontraba una puerta alta y angosta que daba acceso a las salas de investigadores. Tras pasar junto a una mesa de control y un nuevo guardia de seguridad, atravesó dos estancias de dimensiones y aspecto muy similares en su camino hacia la sala Miguel de Cervantes, situada en el extremo. Ésta era prácticamente idéntica a las otras dos, y siempre le recordaba a la biblioteca del profesor Henry Higgins, en *Pigmalion*. Las figuras de los enormes cuadros colgados de las paredes observaban imperturbables las mesas, dispuestas ordenadamente en la sala, que ocupaban en su práctica totalidad. Bajo los cuadros, adosados a los muros, se levantaban altos muebles de madera acristalados de aspecto noble, con multitud de viejos libros en sus estanterías. A las zonas superiores se accedía por medio de una pasarela de metal sin brillo, que rodeaba la sala a unos tres metros del suelo, y a la que se llegaba por una escalera de caracol fabricada en hierro forjado.

En una mesa, a un lado de la estancia, junto a los lectores de microfichas, estaba sentado un funcionario al que Enrique entregó su carné. El hombre lo guardó y le dio a su vez una gran tarjeta plastificada de color sepia con el número de identificación del pupitre en que debía sentarse. Antes de dirigirse hacia la sala contigua, donde se hallaban los catálogos, Enrique cogió de unos recipientes de plástico media docena de pequeños impresos y otro mayor del tamaño de un folio. Tenía que rellenar uno de ellos por cada libro que pidiera, indicando los datos del mismo y los suyos propios. El impreso de mayor tamaño era un resumen de los ejemplares solicitados.

Los archivadores con las fichas se hallaban en la sala contigua. También estaban allí los terminales de ordenador mediante los que se podía consultar el catálogo informatizado de la Biblioteca Nacional, conocido por el nombre de ARIADNA. En él consiguió localizar todos los libros que buscaba, menos uno, que sí encontró en las fichas sistemáticas. La correspondiente al ejemplar tenía el aspecto de haber sido incluida hacía poco tiempo ya que, a diferencia de casi todas las demás, no presentaba un color amarillento y estaba escrita a mano, en vez de con los característicos tipos de las antiguas máquinas de escribir mecánicas.

Una vez rellenados los datos de los impresos, se los entregó a la bibliotecaria, sentada en una mesa entre los terminales y los archivadores, para que se los firmara. Luego volvió a la otra sala y se los dio al funcionario que se había quedado con su carné. Éste los observó durante unos segundos y le dijo con una sonrisa amable que se los llevaría a su mesa en unos veinte minutos o, a lo sumo, media hora, tiempo que Enrique aprovechó para tomar un refresco en la cafetería del sótano.

Cuando regresó, los ejemplares ya estaban en su pupitre, reposando sobre su tabla levemente inclinada. Aunque había leído muchísimos libros antiguos a lo largo de su vida, nunca podía evitar sentirse emocionado al verlos, y pensar que las palabras encerradas en ellos eran lo único que quedaba de los hombres que las escribieron.

La información de los viejos tomos era de un valor incalculable. Enrique se sentía abrumado y contento a la vez por la inmensa afluencia de datos, de los que tomaba notas sin el menor descanso. Utilizando, eso sí, un lápiz para ello, ya que las normas de la biblioteca prohibían el uso de otros utensilios de escritura en la sala Cervantes, por motivos de conservación de los manuscritos. La lectura resultaba tan absorbente que no se detuvo hasta bien pasadas las tres de la tarde. Los ojos le dolían y estaba hambriento, pero valió la pena. En ese poco tiempo había leído cosas que desmentían teorías mantenidas durante años, aportaban ignorados y sorprendentes hallazgos sobre épocas y temas oscuros, y planteaban nuevos enigmas que podían llevar generaciones para ser desvelados. Aquél era el más preciado y genuino premio de la investigación histórica. En ningún otro sitio como en el silencio de una biblioteca, rodeado del extrañamente acogedor aroma del papel antiguo, se sentía más feliz y más próximo a los grandes personajes que fueron testigos y protagonistas de la Historia.

Después de comer a toda prisa en la cafetería de la biblioteca, ansioso por continuar la lectura, volvió a la sala Cervantes. Le llevó varias horas revisar otros dos libros. El tercero era un manuscrito considerablemente más grueso que los que había leído hasta el momento. Se trataba de una rara y hermosa copia de la *Crónica de Jaime I el Conquistador* realizada a finales del siglo XIV en un monasterio catalán. Desgraciadamente, el libro estaba muy mal conservado, e incluso podían verse marcas de quemaduras en muchas partes. Cada vez que veía un libro así, Enrique se preguntaba intrigado cuál sería su historia, qué terribles acontecimientos habría vivido y qué secretos esconderían sus heridas.

Jaime I, hijo de Pedro II y María de Montpellier, fue el tercer rey de la Corona de Aragón. El interés principal de Enrique en esta figura se debía precisamente a este hecho. El reino de Aragón fue uno de los principales centros de poder del Temple, y el lugar al que huyeron muchos caballeros franceses cuando los máximos dirigentes de la Orden murieron quemados en París, a principios del siglo XIV. Desde la fundación del Temple, los reinos cristianos de España embarcados en una cruzada nacional, la Reconquista, habían atraído a muchos templarios, que terminaron por afincarse en el nuevo país que estaba formándose, ante la generosidad que demostraron con la *militia Christi* grandes señores como los reyes de Aragón y los condes de Barcelona y Urgel, concediéndoles multitud de castillos y privilegios.

Otro aspecto que le interesaba de la vida de ese monarca fue su intento de creación en Palestina de un reino cristiano que, aunque no llegó a consumarse, sí estrechó aún más sus lazos con los templarios, guardianes de los reinos latinos de Tierra Santa.

Enrique fue devorando con auténtico fervor las hazañas del poderoso rey y sus vínculos con los Pobres Caballeros de Cristo. Hacia el final del primer tercio del libro, había un inesperado salto de página en el texto, de modo que la última frase de una hoja no continuaba en la siguiente. Aquello no resultaba muy extraño, en realidad. En ocasiones, los libros tenían hojas arrancadas y, sobre todo en los manuscritos, era posible que una gota de cera o la propia tinta de las letras no se hubieran secado correctamente, lo que hacía que quedaran pegadas las páginas al cerrar el libro. Enrique levantó la hoja y observó el borde de cerca. Como pensaba, las dos páginas estaban unidas; podía ver una fina línea en la zona de contacto. Su primera idea fue avisar al funcionario, ya que sabía por experiencia que era preciso separar las hojas con un extremo cuidado. De lo contrario, existía el peligro de romperlas. Sin embargo, observando la sala, comprobó que el hombre no había regresado aún. Unos minutos antes lo había visto dirigirse hacia la estancia contigua. Se incorporó en la silla para mirar a través de la entrada e intentar localizarlo, pero tampoco lo encontró allí, y la mesa de la bibliotecaria se hallaba también vacía. Estuvo esperando durante unos minutos más antes de decidirse a separar él mismo las hojas. Así evitaría que retiraran el libro de la sala, aunque no se habría atrevido a ello si no lo hubiera hecho ya otras veces, sobre todo en la biblioteca de su Universidad.

Extrajo su cartera del bolsillo y rebuscó en el interior para encontrar una de sus tarjetas de visita. Era plana y resistente, y lo suficientemente fina como para que le sirviera. Agarrándola entre dos dedos la introdujo con gran delicadeza por una zona en la que las dos páginas estaban ligeramente separadas. Así, muy lentamente, fue insertándola cada vez más, separando las hojas. Llegó un momento en que la tarjeta resultaba demasiado pequeña para continuar, y entonces usó la identificación de su número de mesa, de un tamaño considerablemente mayor. Cuando logró separar del todo las páginas, encontró que entre las dos había una más, que se mantenía adherida a una de ellas. Su tamaño era menor –por eso no la había visto al mirar el borde de las hojas pegadas–, y presentaba un tono blanco, distinto del color sepia que tenían las restantes páginas del manuscrito.

Descubrió con sorpresa que la hoja estaba escrita en francés. Sintiendo curiosidad, se apresuró a terminar de despegarla para poder leer lo que decía. El papel era más fino y su textura y formato diferentes, mucho más modernos. La letra, elegante y pulcra, estaba escrita con tinta azul y no sepia o negra. Enrique, que había visto centenares de libros y manuscritos de todas las épocas, estimó que aquella hoja tendría alrededor de cien años. Parecía como si alguien del siglo pasado la hubiera dejado dentro del libro y luego olvidado haberla puesto allí. Intrigado, empezó a leerla, pero eso no hizo sino desconcertarlo más aún:

Querido Gilles:

Hace ya casi un año que no tengo noticias tuyas. Sé que me dijiste, en tu primera carta, que también sería la última. Pero estoy seguro de que te alegrarás de leer estas letras que te escribo.

Sigo preguntándome, y no he dejado de hacerlo durante todos estos meses, si realmente encontraste la Síndone. Aunque nada de ello me decías en tu carta, no veo qué otro motivo pudo hacer que te quedaras en Poblet, abandonando tu anterior vida y tu cátedra en La Sorbona, y decidieras ordenarte fraile. Tú, que siempre fuiste un ateo practicante. Ahora recuerdo con nostalgia todas las discusiones, acaloradas e irreconciliables, que mantuvimos antaño. Y no es porque te prefiera ateo, sino porque discutir contigo significaría verte de nuevo.

En más de una ocasión he pensado en ir a visitarte a Poblet. Pero supongo que tendrás razones de peso para habérmelo prohibido expresamente. Y aun así me gustaría verte.

París sigue siendo el mismo hervidero de gentes y ruido de siempre. Deberías ver la magnífica torre de Eiffel. Quizá sea un poco futurista para mi gusto, pero supongo que te alegrarás de que el pedante Baudot haya perdido su apuesta: se tiene en pie y es un orgullo para Francia.

Viene ahora a mi memoria la noche en que aquel pobre y asustado pescadero trajo a la iglesia el medallón. Recuerdo que pensé que debía estar ebrio. Ya sabes cómo son las gentes del río. También me acuerdo del día en que te lo llevé a la universidad... Pero no quiero entristecerte con mi nostalgia.

Sólo deseo felicitarte otra vez, después de todo, por tu decisión. Y esperar de la Providencia que te proteja y te guíe por siempre, ahora que comprendes, y compartes conmigo, los beneficios de la vida en la fe.

Siempre tuyo,
Jacques

29

Siglo I, Edesa
944, Constantinopla
1204, San Juan de Acre

La Sábana Santa fue llevada a Edesa por Tadeo. Allí, el rey Abgar, entristecido por la muerte de Jesús, ordenó construir, junto al río Daisan, un pequeño santuario consagrado a la reliquia. En él, una llama encendida permanentemente en memoria del rabí daría mudo testimonio de su veneración.

Pero la llama, con el paso de los siglos, terminó extinguiéndose. Durante más de trescientos años, el Santo Sudario, trasladado a la parte más alta de las murallas de la ciudad para protegerlo de una gran inundación, quedó olvidado. La Impronta de Cristo aún no había aparecido sobre la tela. Sólo durante una guerra, estando la ciudad asediada, se redescubrió entre los muros, con la milagrosa y extraña imagen, a la que se atribuyó la resistencia y la victoria de Edesa contra los enemigos. En toda la Cristiandad hubo noticia del Lienzo: la *Impronta Edesena*, el Sudario con que se amortajó a Jesús en el sepulcro, perdido durante centurias.

Edesa conservó la Sábana durante casi mil años, rodeada de leyendas e inspiradora de narraciones fantásticas. Pero, en el 943, olvidada ya la fiebre iconoclasta de los Isaurios, Romano Lecapeno, emperador de Bizancio, demandó que el Sudario le fuese entregado. Los edesenos se negaron resueltamente a ello: el emperador no tenía derecho alguno a exigirles la reliquia, que pertenecía a Edesa desde tiempos inmemoriales.

Romano Lecapeno, a las noticias de sus embajadores, contestó enviando un ejército que puso sitio a la osada ciudad que se atrevía a desafiar su poder. El bloqueo duró casi un año. Durante ese período de tiempo los edesenos intentaron confundir al emperador en varias ocasiones, con copias pintadas de la Sábana. Pero éste, aun cuando jamás había visto la Impronta de Cristo, no se dejó engañar con las burdas imitaciones. El asedio se prolongó hasta el 944, cuando, exhausta y víctima de toda clase de penurias, Edesa se rindió y no tuvo otra opción que ceder la reliquia a Bizancio.

Romano Lecapeno regresó a la capital del Imperio, Constantinopla, con el Sudario en su poder. Era 16 de agosto. La entrada fue triunfal. Todos los ciudadanos se habían echado a las calles para recibir a su emperador. La curiosidad y el fervor religioso, a partes iguales, hacían aumentar la expectación en las gentes. Romano fue vitoreado como un conquistador que volviera, desde una tierra lejana, trayendo consigo el mayor botín de guerra que pudiera imaginarse. Muchos ciudadanos lo esperaban a las afueras; otros, encaramados en lo más alto de las murallas. Miles y miles de almas se agolpaban a lo largo del itinerario que habría de seguir la Sábana Santa.

El ejército imperial entró en Constantinopla por la Puerta de Oro. Nada más traspasar el umbral, Romano entregó la reliquia a las autoridades religiosas, que la condujeron, escoltada también por los senadores al completo, hasta la iglesia de Santa Sofía. Al llegar, ante la fachada principal, la Sábana se desplegó con gran ceremonia, y se mostró al pueblo, ansioso de ver la Impronta de Cristo lo más cerca posible. Muchos quedaron decepcionados. La imagen era tan tenue que casi resultaba imperceptible. Sólo veían las manchas de sangre. Algunos, muy pocos sin embargo, lograron comprender el significado de la vaga y nebulosa figura.

Antes de anochecer, en solemne procesión, la Sábana Santa volvió a plegarse y fue conducida al *Bucoleon*, palacio y residencia del emperador. El sol estaba próximo a su ocaso, cobrizo y flameante sobre el horizonte, cuando la mayor reliquia de la Cristiandad atravesaba las puertas del *Bucoleon* para descansar en la capilla imperial de Santa María del Faro. En dos siglos y medio nadie volvería a verla fuera de ese lugar.

En Constantinopla, el Santo Sudario fue conservado hasta 1204. Un año antes, la ciudad había sido saqueada por los cruzados con la alianza de Venecia, hartos de sus abusos con los peregrinos en las rutas a Tierra Santa y de su piratería en el mar. El ataque se hizo aprovechando la debilidad del Imperio Bizantino, provocada por las luchas internas entre dinastías reales.

Pero el saqueo de 1203 sólo fue un anuncio de la invasión que se produciría al año siguiente. Los cruzados, en su mayoría franceses, tomaron Constantinopla y fundaron un reino latino. De su parte, además del apoyo naval veneciano, luchó un buen número de caballeros de la Orden del Temple. Guillermo de Charny mandaba la tropa templaria, enviada para reforzar el ejército de sus hermanos francos por el gran maestre Felipe de Plaissiez.

Guillermo de Charny, caballero de la Suprema Orden de Saboya, tenía en su linaje el parentesco con los duques de Borgoña. Hombre valeroso y capaz, se había destacado en Tierra Santa como un gran guerrero. Él era el único entre los templarios que conocía el verdadero motivo de que la *militia Christi* se mezclara con los cruzados, y sus oscuras intenciones, en la conquista de la capital del Imperio de Oriente: la Sábana Santa.

Felipe de Plaissiez había conocido en San Juan de Acre al anciano y destronado rey Amaury de Jerusalén. Siendo éste un joven monarca fue invitado a Constantinopla por el emperador, Manuel Comneno. Amaury, fervoroso creyente, manifestó un gran interés en que le fuera mostrado el Santo Sudario. Ante el ruego sincero del piadoso rey, Manuel accedió. Lo condujo al lugar más sagrado del *Bucoleon*, donde se guardaba y custodiaba la reliquia. Era un privilegio inusitado, ya que sólo la familia imperial y las más altas autoridades religiosas podían acceder al santuario.

Amaury quedó embargado por la intensa emoción de tener ante sus ojos el objeto milagroso. Pero, a pesar del excepcional gesto de Manuel, en el ánimo del rey de Jerusalén comenzaron a medrar ciertas dudas que lo atormentaban. ¿Debía esconderse un objeto sagrado que podría ofrecer tan alto y preciso testimonio de Cristo a los fieles? ¿Era lícito que sólo el emperador de Bizancio y unos pocos dignatarios del Imperio pudieran contemplar la Sábana? Amaury, con infinita sencillez, compartió sus pensamientos con Manuel. La sinceridad siempre es osada, al igual que la ignorancia, y el joven rey no hizo sino ofender al emperador, que le pidió que se marchara.

En su senectud, Amaury narró al gran maestre del Temple su experiencia. Lo tenía por hombre recto y leal, y un auténtico amigo. Le explicó el lugar donde se guardaba la reliquia, oculta en una cámara subterránea secreta, a la que se accedía desde la capilla del palacio imperial, descendiendo por un oscuro pasadizo. La entrada al mismo estaba disimulada bajo el hermosísimo altar, de mármol de Pentelikon. En él, estaban grabadas en bajorrelieve las figuras de los doce Apóstoles, cada una de ellas coronada por un sello con su nombre. Oprimiendo los sellos adecuados y en la combinación precisa –que Amaury ignoraba–, el altar quedaba liberado de alguna clase de mecanismo de cierre. Entonces, empujándolo con fuerza hacia el retablo, de maravillosos iconos, situado justo detrás, el altar se deslizaba y se abría el acceso a la escalinata que conducía a la estancia subterránea. Allí abajo, sobre una pequeña ara y entre paredes revestidas de pan de oro y piedras preciosas, el Lienzo –llamado en Bizancio *Mandylion*– se mostraba *tetradiplon*, es decir, en cuatro pliegues que sólo dejaban visible el rostro del Crucificado.

La situación del Imperio Bizantino era cada vez más grave y precaria. Su territorio había ido disminuyendo en los últimos ciento cincuenta años, y con él su poder, debilitado más aún por las luchas intestinas. Este hecho no pasaba inadvertido a las naciones occidentales ni a los turcos. Tarde o temprano, una potencia extranjera se adueñaría de la ciudad de Constantino, a la que su fundador llamó Nueva Roma augurando su futuro esplendor. Si esto ocurría, y parecía inevitable, era preciso impedir que cayera en manos infieles. Y, sobre todo, proteger el Santo Sudario de Cristo.

El rey Amaury confiaba en los templarios, monjes-guerreros íntegros y honestos. Si eran ellos quienes hallaban el Lienzo en el *Bucoleon*, estaba seguro de que procederían de la manera más adecuada. Si lo encontrasen otros... Sólo Dios sabía lo que podrían hacer con la sagrada reliquia. Y la Sábana debía pertenecer a toda la Cristiandad, y no a unos pocos poderosos.

En efecto, las sospechas de Amaury sobre Bizancio eran fundadas, y se demostraron un par de años después de sus conversaciones con el gran maestre del Temple. Después del primer saqueo de la capital, y ante la inminente toma definitiva de la misma, Felipe de Plaissiez llamó a capítulo a sus hombres más allegados. Entre ellos se encontraba Guillermo de Charny, el más joven de todos, pero distinguido con tal honor por sus méritos, su sensatez y su prudencia, demostradas estas últimas, en las situaciones más difíciles.

El gran maestre reveló a sus hermanos la ubicación de la Sábana Santa, y encargó a Charny capitanear un grupo de caballeros que habrían de unirse, llegado el momento, a las fuerzas invasoras. Una vez dentro de las murallas, algunos de ellos se disfrazarían de simples ciudadanos y, adelantándose a las huestes, se dirigirían al palacio imperial, donde se apoderarían de la reliquia. Nadie, salvo ellos, debía advertir la estratagema. Si alguien los viera, nunca sabría que, en realidad, eran caballeros del Temple.

30

1997, Madrid

La misteriosa hoja que Enrique había encontrado en el manuscrito no mostraba el sello de la Biblioteca Nacional, ni de ninguna otra. Eso no significaba necesariamente que no estuviera catalogada, pues no se marcan todas las hojas de los manuscritos, sino sólo algunas de ellas. Sin embargo, y aunque él pensaba que el escepticismo era por lo general la actitud más juiciosa para un investigador, tenía la corazonada de que había encontrado algo realmente genuino.

Enrique releyó de nuevo la hoja, deteniéndose especialmente en la frase que mencionaba la Síndone. Lo cierto es que él no sabía demasiado acerca de ella; no mucho más, en todo caso, que una persona cualquiera. Aunque estaba seguro de que la Sábana Santa, la oficialmente auténtica al menos, se encontraba desde el siglo XV en poder de los miembros de la Casa de Saboya, que la trasladaron de un sitio a otro durante más de una centuria hasta su reposo definitivo en el *Duomo* de Turín. También sabía, y esto sí era menos conocido, que antes de los Saboya el Sudario de Cristo había sido custodiado durante generaciones por los Charny, cuya estirpe siempre había estado ligada a los templarios. De hecho, uno de ellos, Cristián de Charny, fue uno de los nueve caballeros fundadores de la Orden.

Sin duda, la Síndone de la que se hablaba en la carta no era más que una de las numerosas réplicas de la Sábana Santa, extendidas por parroquias e iglesias de todo el mundo en los siglos pasados. Pero, aun así, Enrique no podía dejar de sentirse alterado. Había algo conmovedor en las palabras de Jacques, el autor, una mezcla de resignada tristeza y de júbilo que no alcanzaba a comprender. Tampoco entendía el extraño comportamiento del hombre al que iba dirigida la carta, Gilles, y se preguntaba qué lo habría llevado a pedir, a quien parecía ser un amigo tan estimado, que no volviera a escribirle, y, sobre todo, cómo un ateo había terminado convirtiéndose en monje y qué relación tendría en todo ello el medallón del que hablaba Jacques. Se dijo que no debía de tratarse más que de las corrientes vidas de personas corrientes pero, al fin y al cabo, ¿qué era la Historia sino la suma de todas ellas? Sin embargo, había algo más: el nombre del monasterio que aparecía en la carta. Ese nombre... Poblet. No le resultaba desconocido. Es más, estaba seguro de que lo había oído antes en otra parte, aunque no conseguía recordar dónde.

Tras observar la hoja al trasluz y comprobar que no tenía ninguna marca de agua, la copió escrupulosamente en su cuaderno de notas y siguió haciendo conjeturas sobre ella durante el resto de la tarde. En ese tiempo averiguó algunos datos interesantes. Como había sospechado antes de leer el contenido de la carta, su antigüedad era de algo más de cien años, o eso es lo que se desprendía de las palabras de Jacques. Éste, de quien Enrique pensaba que debía ser un sacerdote, hablaba de la torre Eiffel como si acabara de ser construida, y también de un tal Baudot. Comprobando este nombre en una enciclopedia, averiguó que Anatole de Baudot fue un famoso arquitecto racionalista que participó en la reconstrucción de la Universidad de La Sorbona, y que pretendía renovarla totalmente a costa incluso del antiguo colegio del cardenal Richelieu y de la capilla. El otro gran arquitecto que finalmente terminó imponiendo su criterio, opuesto al de Baudot, y verdadero artífice de La Sorbona moderna, fue el joven Henri-Paul Nénot, con quien Baudot mantuvo agrias y continuas disputas; al igual que con el más conocido de los arquitectos franceses: Alexandre Gustave Eiffel que, aproximadamente por esas mismas fechas, estaba finalizando la construcción de su célebre torre para la Exposición Universal de París de 1889. Por lo que se deducía también de la carta, Gilles, el profesor de La Sorbona, no parecía tenerle mucha simpatía a Baudot. Esto le hizo pensar a Enrique que aquél debió sufrir al arquitecto al igual que los demás.

Era consciente de que todo aquello suponía una relativa pérdida de tiempo –al menos en lo referente a la razón que lo había traído a España–, aunque se dijo que merecía la pena, dadas las circunstancias. Cuando el guardia se asomó a la sala para informarle de que la biblioteca estaba a punto de cerrar, lo invadió la casi irreprimible tentación de esconder el manuscrito en su maletín y llevárselo. Incluso se le ocurrió, por un momento, la descabellada idea de ocultarlo entre sus ropas para evitar los rayos X. Pero, en realidad, no pretendía robarlo, sino únicamente tenerlo un poco más de tiempo en sus manos. A lo largo de los años, conforme sus estudios habían ido intensificándose, se había dado cuenta del hecho curioso de que el conocimiento era como una droga; quizá no una destructiva, aunque sí igualmente virulenta e irreprimible. Sin embargo, él era un hombre honrado y sostenía la firme creencia de que los bienes históricos debían estar disponibles para todos aquellos que desearan estudiarlos, y no sólo al alcance de un coleccionista o de unos pocos privilegiados. Así es que ordenó sus cosas y, después de devolver los libros al funcionario y recoger su carné, se encaminó hacia la sala adyacente, en dirección a la mesa de la bibliotecaria.

–¿Sí, dígame? –le preguntó a Enrique al notar su presencia, alzando la vista de un libro y levantándose de su silla–. ¿En qué puedo ayudarlo?

No era la misma mujer que lo había atendido por la mañana. Debía rondar los cuarenta años y vestía de un modo que a Enrique le recordaba a Isadora Duncan.

–La verdad es que me parece que soy yo quien va a ayudarlos a ustedes –dijo Enrique con una sonrisa.

–¿Perdón, cómo dice? –inquirió la bibliotecaria sin comprender de qué le estaba hablando.

Enrique le entregó la carta que había descubierto en el libro, a modo de respuesta. Y añadió:

–La he encontrado en el manuscrito de las *Crónicas de Jaime I*. Estaba... entre las hojas –mintió en el último momento.

–Entre las hojas... –repitió la bibliotecaria alzando sus penetrantes ojos azules para fijarlos en los de él, y asintiendo levemente–. Ya –sentenció, volviendo su mirada de nuevo hacia la carta.

Enrique creía que ella sospechaba algo, aunque al parecer estaba dispuesta a pasarlo por alto. Esperó con paciencia a que la bibliotecaria terminara de leer la carta, que sostenía con una mano al tiempo que, con la otra, se colocaba descuidadamente el pelo largo y rubio sobre la oreja. Su rostro mostraba una expresión concentrada y pensativa.

–Tendremos que comprobar su procedencia y datar su origen, si no está catalogada –dijo más para sí que para Enrique, cuando terminó de leerla–. En nombre de la biblioteca, le agradezco que no se la haya llevado –agregó con voz sincera y mirándolo fijamente–. Es usted muy amable.

–Oh, no tiene importancia; cualquiera lo habría hecho –dijo él un tanto azorado, aunque los dos sabían que no era así–. Sólo me gustaría que me informaran de lo que descubren, si es posible. Voy a pasar en Madrid bastante tiempo y vengo aquí todos los días, así es que ni siquiera tendrán que buscarme.

–Sí, por supuesto, cómo no –le aseguró la bibliotecaria con vehemencia.

El guardia de seguridad entró de nuevo en la sala y le indicó por segunda vez que debía abandonar la biblioteca.

–Gracias –le dijo a la bibliotecaria dirigiéndose hacia la salida–. Y buenas noches.

–Gracias a usted señor...

–Castro. Enrique Castro.

Enrique estaba tumbado boca arriba sobre la cama, pensando en la carta. En realidad, no había dejado de hacerlo desde que salió de la biblioteca. Lo único que sabía de Jacques era que probablemente fuera sacerdote. Más intrigante le resultaba la figura de Gilles, el ateo al que algún acontecimiento, sin duda extraordinario, lo había llevado a convertirse en monje y a rechazar el ruido del mundo, e incluso el sonido de las palabras de un buen amigo. Como si fuera una letanía, Enrique se preguntaba una y otra vez qué le habría ocurrido y qué papel desempeñaba aquel misterioso medallón en todo ello. Tenía los ojos completamente abiertos aunque la habitación estaba a oscuras. Todo ese entusiasmo resultaba agradable, vivificante, pero también hacía que le costara conciliar el sueño. Una vez más encendió la luz del despertador que había sobre la mesilla para ver la hora, como si pensara que de ese modo pudiera acelerar el tiempo. Todavía eran sólo las dos de la madrugada. Se obligó a cerrar los ojos con un suspiro y trató de dejar en blanco su mente. No lo consiguió por completo, pero en algún momento debió dormirse porque se despertó con un sobresalto unas horas más tarde.

–¡Arranz! ¿Cómo he podido olvidarlo? ¡Germán Arranz! –exclamó levantándose bruscamente, y empezando a caminar de un lado a otro para tratar de despertarse, mientras notaba en sus pies descalzos el suave tacto de la moqueta.

La luz del sol entraba ya por la abertura entre las cortinas. Enrique se paró de improviso en medio de la habitación, mirando hacia la ventana aunque sin verla realmente. Estaba concentrado en un huidizo pensamiento que trataba de regresar al negro pozo del olvido, y pensaba que manteniéndose quieto podría de alguna manera detener también sus pensamientos. Por absurda que resultara la idea, funcionó. Lo qué había cruzado por su mente al despertarse, y le había hecho levantar de la cama de un modo tan súbito, apareció por fin claramente ante sus ojos. Su mente debía de haber estado trabajando por sí sola mientras él dormía, rebuscando en su memoria lo que no pudo recordar la noche pasada. Había ocurrido en Monterrey nueve años antes, en 1988, durante un congreso dedicado al Temple.

Ahora recordaba que la ponencia del padre Arranz fue la última de la convención. Enrique nunca llegó a saber con certeza si los organizadores lo habían hecho intencionadamente, aunque desde luego, teniendo en cuenta el revuelo que se produjo tras la conferencia del religioso, no le habría extrañado que así fuera. Aquél era el primer congreso importante al que Enrique acudía después de terminar su doctorado. Entre los ponentes se encontraban casi todos los mayores expertos en el tema, incluido el padre Arranz, un estricto profesor de historia medieval perteneciente a la orden de los Sacerdotes del Corazón de Jesús, conocidos popularmente como Padres Reparadores. En aquel tiempo, el religioso impartía clases en la Facultad de Geografía e Historia de la Universidad Complutense de Madrid, pero debía estar jubilado después de tantos años, porque ya era viejo cuando lo conoció. Incluso era posible que su orden lo hubiera enviado a algún lugar en el extranjero y que no se encontrara ni siquiera en España.

Enrique había estado a punto de perderse la conferencia del padre Arranz porque, quince días antes del congreso, su hermana sufrió un grave accidente de tráfico y tuvo que ser ingresada en un hospital. Se dijo que quizá por eso había olvidado al religioso, tratando de borrar el recuerdo de tan duros momentos.

A los ojos de quien no se dedique a la investigación histórica, la polémica que suscitó el padre Arranz con su disertación en el congreso de Monterrey podría resultar excesiva o hasta completamente injustificada. Sin embargo, para muchos estudiosos de los templarios, sus declaraciones resultaron demoledoras e inaceptables. Más que las afirmaciones en sí, pues muchas de ellas no constituían una novedad, lo que provocó el rechazo generalizado fue que las vertiera alguien a quien todos en aquella sala consideraban una de las más reconocidas autoridades mundiales en el tema. Muchos historiadores ortodoxos y de gran prestigio reprocharon crudamente al padre Arranz que se atreviera a elevar al rango de verdad histórica lo que hasta ese momento no habían sido más que conjeturas de algunos aventurados estudiosos.

Los primeros rumores acerca de la vinculación de los templarios con prácticas esotéricas eran muy antiguos. En algunos trabajos se narraba con gran lujo de detalles la relación que los Pobres

Caballeros de Cristo mantuvieron con alquimistas, gnósticos y otros muchos grupos casi desconocidos que, como ellos, mantenían en el más absoluto secreto sus misteriosas prácticas; además de con los *compañeros constructores*, firmemente ligados al Temple. La francmasonería se había considerado tradicionalmente como la heredera de los pensamientos y ritos de los templarios, después de la abolición de la Orden en Francia. Las primeras logias clandestinas de masones surgieron en Inglaterra en el siglo XIV, lo que convirtió a ese país en el nuevo baluarte de los templarios en Europa, de acuerdo con la versión histórica comúnmente aceptada hasta ese momento.

Sin embargo, en su ponencia, el padre Arranz rechazó esta teoría. No negaba que los ideales masones estuvieran inspirados en una cierta interpretación de los principios del Temple, pero sostenía que los templarios habían subsistido a la catástrofe que sobrevino a la Orden con la ejecución de sus dirigentes en París. No como una versión de los caballeros templarios, tal y como pretendían sus colegas historiadores, sino como ellos mismos, con muchos símbolos tomados de los constructores de las catedrales, pero manteniendo sus mismas prácticas y ritos... «y su mismo poder».

Enrique se acordaba perfectamente de aquella frase pronunciada por el padre Arranz. Se había fijado en su mente de un modo indeleble y ahora, al igual que nueve años antes, le pareció enigmática. Los dirigentes templarios habían muerto; sus cenizas flotaban con el viento de París mientras los caballeros de la Orden huían despavoridos, temerosos de correr la misma suerte que sus hermanos. Sus iglesias y castillos cayeron en manos del Estado francés, y los Pobres Caballeros de Cristo fueron humillados en todas partes. Y, sin embargo, el padre Arranz afirmó en la conferencia que habían mantenido su mismo poder. Enrique nunca había logrado saber qué poder era aquel del que hablaba el religioso, puesto que su secular poder terrenal había caído.

Esa afirmación fue sólo la primera de muchas otras igualmente polémicas. Se admitía que muchos templarios habían huido a

Aragón y Cataluña. Es más, en el siglo XIV la mayor parte de los hermanos del Temple eran originarios de estos y otros reinos de España. Pero el padre Arranz iba más lejos en sus teorías. Según éstas, fue Cataluña el lugar al que se trasladó el centro de poder del Temple tras su destrucción en Francia; concretamente a un monasterio de Tarragona: Santa María de Poblet. Ésa fue la primera vez que Enrique oyó el nombre del monasterio, y no había vuelto a saber de él hasta la tarde anterior, cuando encontró aquella carta entre las páginas del manuscrito.

El religioso sostenía que hubo otros centros antes, uno en la propia ciudad de París, obviamente clandestino, y otro de menor entidad en Londres. Pero que ambos fueron destruidos de alguna forma, y quedó únicamente Poblet. Como prueba, presentó imágenes de objetos y documentos, encontrados en las cámaras subterráneas de un convento inglés y otro situado en la Île de la Cité de París, que daban testimonio de la presencia de templarios en épocas muy posteriores al siglo XIV. Habló también de una pequeña iglesia medieval que había sido derribada en el pueblo inglés de Templecombe. Detrás de un antiguo retablo de madera se encontró oculta una imagen de sorprendente parecido con la del hombre de la Sábana Santa. Ésta fue una de las revelaciones que más le llamaron la atención a Enrique, pues el extraño rostro que ocultaba el Sudario lo vio por primera vez, en 1898, un abogado italiano en el negativo de la foto que había tomado del Lienzo. El padre Arranz presentó una gran cantidad de evidencias documentales para apoyar sus teorías, y todas ellas concluían en afirmar el relevante papel que desempeñó el monasterio de Poblet en la continuación de la obra del Temple.

Enrique no había oído jamás una exposición más rigurosa y tan llena de pasión. Ni volvió a hacerlo en todo el tiempo que siguió a aquella conferencia. Se acordaba de haberle lanzado varias preguntas al religioso durante su discurso, y también al final del mismo. Pero no llegó a oír la última respuesta; tales eran los gritos y abucheos de sus colegas. Durante meses después del congreso de Monterrey, éstos se encargaron de desacreditar, en todas las revistas especializadas en que les fue posible, las teorías y las pruebas del padre Arranz, y éste no volvió jamás a ser invitado a un congreso. Interesado por el tema, Enrique trató de conseguir más información en artículos o publicaciones del religioso. Pero fue en vano; el congreso de Monterrey parecía ser el primer y último lugar en el que el padre Arranz expuso sus averiguaciones acerca del monasterio de Poblet. Ante esto, Enrique pensó en alguna ocasión ponerse en contacto con él, aunque nunca llegó a hacerlo. Con el tiempo desistió de volver a intentarlo... hasta ahora.

Desayunó rápidamente en el bufé del hotel y llamó a información telefónica para averiguar el número de la Facultad de Historia de la Complutense. Habló con alguien de la secretaría que le confirmó que el padre Arranz se había jubilado unos años antes. La funcionaria no conocía su paradero actual, y se resistía a darle la última dirección del religioso; pero terminó cediendo ante la insistencia de Enrique. Se trataba de un colegio de la orden de los Padres Reparadores: el Fray Luis de León que, según pudo comprobar por el nombre de la calle, se encontraba en un lugar muy próximo al Templo de Debod y la popular Plaza de España. Se dijo que lo más apropiado era llamar primero, no sólo por una cuestión de cortesía sino también porque no estaba seguro de que el religioso se encontrara allí.

Estaba nervioso, como si hubiera vuelto a la escuela y se dispusiera a cometer la osadía de llamar a un profesor a su casa. Sólo consiguió marcar correctamente el número tras dos intentos fallidos. El teléfono sonó al menos una decena de veces antes de que se oyera una voz chillona y molesta. Daba la impresión de que había interrumpido a la recepcionista y de que debía sentirse culpable por ello. Apremiado por la señorita, se presentó de un modo un poco atropellado y, cuando empezaba a explicarle que estaba buscando al padre Arranz, la recepcionista lo interrumpió con un lánguido «le paso».

Enrique apenas tuvo tiempo de congratularse por la suerte que había tenido, pues casi al instante se oyó, al otro lado del auricular, una voz pausada y profunda:

–Diga... –inquirió Germán Arranz con su tono inconfundible, aunque quizás algo menos enérgico que unos años atrás.

Enrique descubriría luego que su suerte al encontrarlo había sido aún mayor de la que pensaba, ya que el religioso, en efecto, residió en el colegio en sus tiempos de profesor, pero ahora sólo se encontraba de visita en Madrid, adonde había llegado desde su actual residencia, en el centro que la Orden tenía en Salamanca.

–Padre Arranz –saludó Enrique muy contento.

–Sí, soy yo –afirmó la voz con un tono igual de jovial y lleno de ironía–. ¿Y usted quién es? –le interrogó con una voz nuevamente severa.

–No creo que me recuerde –dijo Enrique sintiéndose más nervioso por momentos–. Soy Enrique Castro, aquel joven profesor mexicano que lo acosó a preguntas en Monterrey, en el congreso del ochenta y ocho dedicado al Temple.

–Sí, recuerdo ese congreso... –afirmó el religioso pensativo–. ¿Enrique... Castro? –prosiguió después de un incómodo silencio. Parecía que el padre Arranz no recordaba quién era Enrique. Pero, de pronto, exclamó–: ¡Oh, sí, el profesor Castro de la Autónoma de México! Ya me acuerdo. Usted parecía un joven realmente prometedor...

–Gracias –dijo Enrique de todo corazón, sintiéndose profundamente halagado por quién pronunciaba aquellas palabras.

–No tiene por qué dármelas. Y dígame, ¿qué es lo que desea?

–He encontrado algo que quizá pueda interesarle.

–¿De veras? –preguntó el religioso con escepticismo.

–Es sobre el monasterio de Poblet. –Enrique hizo una breve pausa, para que el viejo profesor tuviera tiempo de considerar sus palabras–. Se trata de una carta que estaba oculta en un manuscrito del siglo XIV, pegada entre dos páginas. –No sabía por qué había usado la palabra «oculta», pero se dio cuenta de que resultaba muy conveniente para sus fines.

–¿Sobre Poblet? ¿Y una carta escondida en un manuscrito, dice? –Enrique notó que el padre Arranz pretendía mantener un tono indiferente, pero sin conseguirlo del todo.

–Eso es –exclamó Enrique intentando transmitir con sus palabras el entusiasmo que sentía.

–De acuerdo –cedió por fin el religioso tras considerarlo unos instantes–. Tengo que ir hoy al Arzobispado, pero podemos vernos antes, si le parece bien.

–Oh, sí, por supuesto, cuando usted quiera. –Lo había conseguido. Había logrado llamar la atención del duro profesor.

–¿A las cuatro entonces? Aquí, en el mismo colegio, si no le importa.

–Muy bien, estaré allí a las cuatro en punto –afirmó Enrique exultante–. Muchas gracias, profesor.

–A usted, hijo mío. Y vaya con Dios –dijo el padre Arranz a modo de despedida justo antes de colgar.

31

1204, Constantinopla, Pécs

La batalla de los cruzados contra el ejército bizantino fue breve pero cruel. Las huestes de ambos bandos se encontraron ante las murallas de Constantinopla por el noroeste. En el puerto, el gran Cuerno de Oro, la armada veneciana, encerró a las naves imperiales. La superioridad numérica cruzada era aplastante, y pronto el ejército bizantino fue puesto en fuga, y huyó al interior de la ciudad. En el campo de batalla quedaron cientos de hombres muertos, sacrificados en una lucha inútil y perdida de antemano.

Tampoco fue muy prolongada la resistencia en el recinto amurallado. En los corazones de los sitiados, el desánimo aumentaba rápidamente. Su antiguo poder se había quebrado. El gran imperio de antaño yacía ahora deshecho en mil pedazos. Además, la opción de ser conquistados por los cruzados no era tan mala. Al menos eran cristianos, como ellos, aunque de un carácter algo diferente. En cualquier caso, preferibles al turco, sanguinario e infiel.

El número de caballeros del Temple que se habían unido a las tropas cruzadas era de cien, totalmente pertrechados, armados y con monturas turcomanas, las mejores del mundo para la guerra. Guillermo de Charny había elegido antes de la batalla a ocho de esos caballeros para que lo acompañaran en su misión secreta, todos ellos de absoluta confianza. A cada uno lo reclutó de la misma manera, preguntándole si deseaba ir con él y pidiéndole que, si no era así, mantuviera el secreto con la ayuda de Dios. Todos aceptaron.

Los templarios luchaban en la vanguardia del ejército invasor. Por eso, fueron los primeros en cruzar las puertas de Constantinopla, vencida su débil resistencia. Ninguno cayó en la batalla. Eran soldados bravos y expertos, endurecidos en las guerras de Tierra Santa contra los sarracenos. Una vez dentro, los ocho caballeros y Charny se separaron furtivamente del resto y cambiaron sus toscos atuendos militares por túnicas de hilo fino. Para orientarse en la ciudad, llevaban un plano de la misma dibujado por un turcople convertido al cristianismo, que la conocía bien, y que solía trazar mapas para el gran maestre del Temple.

La ruta que habrían de seguir, si no se presentaba ningún contratiempo, estaba marcada de antemano. Las callejuelas elegidas eran tan tortuosas y secundarias que evitarían seguramente encuentros con soldados bizantinos. En cualquier caso, estaba previsto alterar el camino si la situación obligaba a ello o lo hacía recomendable. Era de vital importancia que llegaran al palacio confundidos entre las asustadas gentes de la ciudad.

En el puerto, una densa humareda y un fuerte resplandor anunciaban la destrucción de la flota imperial. Las calles estaban atestadas por los ciudadanos, que corrían despavoridos con algunas de sus pertenencias, las más valiosas. El griterío era ensordecedor y casi llegaba a tapar el ruido de las explosiones. Una buena parte de los edificios situados en la zona de la muralla por la que se había producido el ataque ardía consumida por el fuego.

Charny y sus hombres avanzaban con rapidez entre la multitud. En la confusión reinante, pasaban perfectamente desapercibidos. Nadie reparaba en ellos, salvo para decirles que huyeran y se salvasen. El camino fue largo: Constantinopla era una de las mayores ciudades del mundo antiguo. Pero al fin se mostró ante sus ojos el *Bucoleon*, lleno de armonía, belleza y grandiosidad.

Los pocos soldados que custodiaban el palacio estaban demasiado ocupados en sus puestos como para proteger la capilla imperial; aunque su cometido era totalmente inútil, pues el emperador, viendo la situación perdida, había huido de allí. Por ello, a Charny y sus hombres les resultó muy fácil acceder al interior sin que se diera la voz de alarma, ya que bastó con abordar y dejar sin sentido a dos guardias que protegían una pequeña entrada de carruajes.

Si el exterior del *Bucoleon* era hermoso, el interior reflejaba todo el antiguo esplendor, fastuoso y deslumbrante, del Imperio de Oriente. Con sigilo, los caballeros atravesaron el patio de armas y alcanzaron la iglesia sin ningún contratiempo. Dentro de ella no quedaba ya nadie. Ninguno de los sacerdotes había permanecido en el lugar de su ministerio. Parecía que la fe se quebraba fácilmente ante los ejércitos terrenales.

Conforme al relato del rey Amaury, el altar de mármol, tan brillante como los carros dorados de la aurora, y tan blanco como la pureza misma, se hallaba frente a ellos, al fondo de la nave. Apresurándose, los caballeros se acercaron y retiraron el lienzo que lo cubría. Debajo aparecieron las figuras de los Apóstoles, cada una con su sello correspondiente. El rey de Jerusalén había dicho al gran maestre que era necesario oprimir varios sellos a la vez; pero no recordaba cuáles. De hecho, ni siquiera los vio directamente cuando le fue mostrada la Síndone, ya que se encontraba al otro lado del altar.

El tiempo apremiaba. Charny tenía la idea preconcebida de oprimir el primero de los sellos y, sin soltarlo, ir probando con el resto. Después de fallar con el primero, probarían sucesivamente con los demás de la misma manera. Si la combinación que accionaba el mecanismo de cierre estaba compuesta por sólo dos de los sellos, aquél debería abrirse en algún momento. Pero, como sospechaba, el sistema no era tan simple. Hicieron las mismas pruebas con tres sellos e idéntico resultado. Se les acababa el tiempo y no conseguían mover el altar.

Los caballeros estaban nerviosos y abatidos. Su plan había funcionado perfectamente hasta ese instante, y sería muy desalentador tener que marcharse sin lograr el objetivo. Algunos presionaban los sellos al azar, sin que la pesada roca se liberase. Mientras,

Charny reflexionaba, tratando de que se le ocurriera alguna idea, ya que la vía de los sellos les había fallado.

De pronto, como el ala de un pájaro fugaz, un pensamiento, tan claro y obvio como descabellado, rozó su mente. Tras unos segundos de meditación, ya que no había tiempo para más, explicó su idea a los otros. Era muy simple, pero antes de llevarla a cabo todos se arrodillaron y se santiguaron.

–Perdónanos, Señor, por el sacrilegio que vamos a cometer –dijo Charny elevando al Cielo su plegaria.

Y dicho esto hizo una seña a los dos caballeros más fornidos para que ejecutaran lo que habían acordado, su último recurso. Los dos hombres, grandes como montañas, agarraron con firmeza sendos candelabros de hierro, de la altura de una persona, que se encontraban en los laterales de la iglesia, y sin ningún miramiento comenzaron a lanzar golpes terribles contra el altar. Los pedazos de mármol saltaban, catapultados a distancias inimaginables. Al poco, entre un ruido estruendoso, aumentado por la resonancia de la nave, el altar empezó a agrietarse. Después de algunas decenas de golpes, la sagrada mesa se deshizo en dos maltrechas mitades.

Bajo los fragmentos, separados ya sin dificultad por los caballeros, apareció la entrada, tal y como había asegurado Amaury. La oscuridad era total. Charny tomó una antorcha y se introdujo en el pasadizo. Uno de sus hombres lo seguía con otra antorcha. El descenso, por una escalera de caracol, era largo. La cámara subterránea debía de encontrarse a una profundidad considerable.

Por fin se abrió ante sus ojos un espacio que quebraba la monotonía abrumadora y angustiosa de la escalinata. La estancia era más grande de lo que habían sospechado. El oro y las gemas centelleaban a la luz de las teas. En el centro de la pieza, sobre una especie de columna ancha y chata, el Lienzo reposaba cubierto por un velo de seda casi transparente. Todo parecía irreal, creado en el mundo de los sueños y la fantasía.

Los dos caballeros se arrodillaron ante la Sábana, musitando, cada uno, una improvisada y fervorosa oración. Recobrado del embelesamiento que la reliquia y el lugar le producían, Charny retiró el suave velo y, con sumo cuidado, la levantó poniéndola encima de su brazo derecho, mientras con el izquierdo asía la antorcha. Cuando él y el otro caballero retornaron a la superficie, todos los demás se hincaron de hinojos, piadosamente, al serles mostrado el extraño y prodigioso rostro de Jesucristo.

Lo habían conseguido. Pero aún tenían que salir del palacio y el tiempo se agotaba. Cada vez se escuchaban más cerca los sonidos de la batalla. Acabada la breve adoración, en honor del Hijo de Dios, Charny colocó la Síndone en su pecho, debajo de sus ropas. Ése era el mejor modo de transportarla sin riesgo de perderla. Su protección no podría ser mejor pues, si intentaran arrebatársela, tendrían antes que arrancarle la vida.

Espoleados por el éxito de su misión, los templarios lograron abandonar el *Bucoleon* sin la menor resistencia. Las tropas invasoras no habían llegado todavía al palacio cuando ellos salieron. Nada más hacerlo, los nueve hombres se dirigieron a un lugar cercano al puerto. Allí los esperaban unos hermanos con sus caballos y sus ropas. Ya de nuevo como caballeros templarios, Charny y sus hombres dejaron Constantinopla. Tenían encomendado llevar la Síndone a Francia, donde se establecía el núcleo político europeo del Temple.

Los caballeros cabalgaron desde el Bósforo hacia el noroeste, atravesando los Balcanes. Pasaron por Macedonia y Servia. Al detenerse para descansar por las noches, unas veces lo hacían en casas del Temple y otras al raso, abrigados con gruesas mantas de lana. En Hungría, reino liberado hacía veinticinco años del yugo bizantino a la muerte del emperador Manuel Comneno, se hospedaron en un convento templario situado a los pies de las montañas de Mecsek, muy cerca de la ciudad de Pécs, que los monjes-guerreros conocían por su nombre germánico, *Fünfkirchen*, es decir, «Cinco Iglesias».

Allí, Charny se encontró con un antiguo amigo, el compañero constructor Laszlo de Oroszlany. El recién elegido rey de Hungría, Andrés II, había decidido reparar la catedral románica, maltrecha por un terremoto, como ofrenda a Dios por su ascenso al trono y acción de gracias por la liberación de su pueblo, y era normal que la Orden del Temple brindara asilo y protección a los compañeros constructores. De hecho, los hombres más avanzados y sabios de ambos grupos compartían conocimientos y anhelos, y estaban unidos por fuertes lazos de amistad que con el discurrir del tiempo se harían cada vez más estrechos.

Laszlo era un hombre franco y campechano, simpático y muy amigable, que parecía más joven de lo que en realidad era por su robusta constitución física. Desde sus orígenes humildes como simple cantero había ascendido a maestro de obra, un grado muy respetable que daba testimonio de sus aptitudes como arquitecto. Él y Guillermo de Charny se habían conocido diez años antes en Maguncia, durante la construcción de una casa templaria.

El encuentro con su amigo hizo nacer una idea en la mente del caballero: la Sábana Santa necesitaba un arca donde poder transportarla y conservarla como merecía. El cofre habría de estar fundido en un metal noble, pero la falta de liquidez de Charny en ese momento, unida a la delicada situación económica del convento de Pécs, lo obligaron a decantarse por la plata, quizá no el elemento más adecuado para una de las mayores reliquias de la Cristiandad, pero la fe y la devoción dignificarían el metal.

Cuando Charny pidió a Laszlo que hiciera el arca, éste se extrañó de que se lo pidiera a él, que trabajaba con piedra y no con metales; además, le preguntó a qué uso estaría destinada. El caballero le explicó, como respuesta a esta última pregunta, que contendría reliquias sagradas. La aclaración contentó al maestro constructor, incapaz de imaginar el verdadero contenido del cofre una vez fundido. Y a lo primero, Charny le dijo que lo consideraba un artista y que, en el arte, lo único importante es la inspiración. Esta respuesta no resolvía el problema, pero Laszlo agradeció mucho los elogios de su amigo, absolutamente sinceros.

En la casa del Temple había una forja. El maestre, informado por Charny de su necesidad de usarla, no puso objeción alguna a ello, aunque tampoco obtuvo una explicación más detallada que el maestro de obra. Éste había usado una roca, vaciada en su interior, para labrar el modelo del arca. Por indicación de Charny, estaba adornada con bajorrelieves de los Apóstoles. Después, con arcilla de muy alta calidad, hizo el molde. Una vez endurecido al horno, la plata se vertió en él con ayuda del herrero del convento. La operación fue un éxito. Laszlo usó el mismo sistema para realizar la tapa del cofre, unida al mismo mediante dos bisagras, e incorporó finalmente un cierre de pasador vertical que encajaba en un resalte de la caja.

La plata utilizada era de buena ley para la época, pero contenía cierto grado de impurezas que le daban un leve color pajizo. El trabajo era aceptable; quizá no una obra de arte, pero sí digno, dadas las circunstancias. Tras agradecer su trabajo a Laszlo y su ayuda al maestre de la casa de Pécs, Charny continuó camino junto con el resto de caballeros que hasta entonces lo habían acompañado.

Atravesaron lentamente las amplias tierras germanas, bordeando los Alpes, y llegaron por fin a Francia, término de su trayecto. Allí, la familia de los Charny poseía extensas y ricas tierras. El gran maestre del Temple había ordenado a Guillermo esconder por un tiempo la reliquia en su casa. Era prudente esperar a que los acontecimientos se sucedieran. Los templarios no debían verse mezclados en la desaparición de la Sábana. Nadie debía tener noticia de ello hasta que la situación se calmase.

32

1997, Madrid, El Pardo

El taxi se detuvo en el cruce de las estrechas calles de Martín de los Heros y Evaristo San Miguel. Enrique se apeó delante de una esquina achaflanada. La puerta era de hierro forjado. Sobre ella, con letras compuestas mediante pedazos de piedra, como un mosaico, rezaba: «Colegio Fray Luis de León». Era un edificio de cinco plantas, serio y austero, que exhibía en una parte de su fachada, como una cenefa sobre el piso bajo, adornos abstractos propios de los años sesenta, que provocaban un peculiar contraste.

La puerta de acceso daba a un vestíbulo que, al fondo, se convertía en un pasillo. A la derecha, un busto en bronce del fundador de la Orden parecía estar colocado para observar y asustar a los alumnos que pasaran ante él: «A partir de aquí, compórtate correctamente». A la izquierda, junto a unas escaleras que descendían, se encontraba una cabina, con la recepcionista en su interior. Enrique se dirigió a ella, y le preguntó por el padre Arranz. La mujer descolgó el auricular del teléfono y avisó al sacerdote; después le transmitió a Enrique que éste bajaría enseguida.

A los pocos minutos, la figura solemne del religioso apareció desde el pasillo. Vestía pantalones y camisa negros y utilizaba alzacuellos, una costumbre casi perdida entre los curas seculares. Producía una sensación de antigüedad, de anacronismo. Su rostro estaba envejecido y caminaba despacio, con alguna dificultad, aunque armoniosamente. Sin embargo, su brazo derecho parecía sufrir un leve temblor, que se agudizó al tender la mano a Enrique: era el signo evidente de la enfermedad de Parkinson, todavía incipiente.

–Espero que esta vez sus preguntas sean más sencillas –dijo el padre Arranz con gesto amable.

–Y yo que sus respuestas sean menos complejas –agregó Enrique sonriendo. Se alegraba realmente de ver a aquel hombre cuyo modo de exponer los hechos históricos lo entusiasmó, a pesar de que sólo había podido asistir a su última conferencia.

El padre Arranz pidió a Enrique que lo siguiera. Lo condujo hasta una pequeña sala, cuya puerta se hallaba en un quiebro del pasillo que conducía a la iglesia parroquial. Las paredes estaban decoradas con grandes orlas enmarcadas de las distintas promociones del centro.

–Bien, Enrique, ¿qué dice esa carta de que me habló y que tanto lo intriga? –inquirió el padre una vez estuvieron sentados en unas parcas butacas de hule verde.

–Seguramente será una pista falsa. Como le dije, la encontré en un viejo manuscrito –dijo tendiéndole la copia del documento al religioso y tratando de disimular su excitación.

El padre Arranz se puso unas pequeñas gafas, que extrajo del bolsillo de su camisa, y la leyó con detenimiento. Tuvo que sujetarla con la mano izquierda para evitar el movimiento producido por sus temblores. Sus vivos ojos se movían siguiendo las palabras tras las lentes.

–Interesante... Papel francés. De finales de siglo. 1889, concretamente.

Enrique estaba sorprendido. Todos esos datos eran correctos. Aunque enseguida recapacitó y se dio cuenta de que no era tan extraño: un hombre de la sabiduría de Arranz era capaz de reconocer el tipo de papel sin dudar y deducir la fecha por la referencia a la Torre Eiffel. Pero se asombró de que, aparentemente, hubiera pasado por alto la mención a la Sábana Santa.

–En efecto, profesor. Sus deducciones son exactas. Pero lo que me ha llamado la atención...

–Es la línea en que se habla de la Síndone. ¿Me equivoco? –intervino el padre Arranz terminando la frase de Enrique.

–No, no se equivoca. Déjeme que le explique mis averiguaciones. He comprobado que la Sábana Santa se encuentra, desde 1453, en poder de los duques de Saboya. La tuvieron en Chambéry y luego en Turín. En esta última ciudad lleva custodiada desde 1578.

–Continúe.

–Bien, sé que en toda Europa hay repartidas multitud de copias de la auténtica Síndone. Esto suponiendo que la mortaja se conservara en realidad, naturalmente. Por lo general, se admite que ésta, la verdadera, es la de Turín. Pero recientemente se ha datado su origen en el siglo XVI. Algunos estudios, más difusos y no concluyentes, son incapaces de ubicarla en el tiempo. Por otro lado, los templarios, concretamente la Casa de Charny, custodió la reliquia durante más de un siglo. Y por eso quería verlo a usted. Esta mañana recordé su ponencia de Monterrey, donde citaba el monasterio cisterciense de Poblet: el que se menciona en la carta. ¿Cree que podrían tener una copia de la Sábana no catalogada?

El padre Arranz miró a Enrique con una sonrisa pícara.

–O la Sábana auténtica.

Las palabras del padre Arranz habían resonado en la mente de Enrique como todas las campanas de una catedral al vuelo. En su primera conversación, el religioso disponía de poco tiempo, ya que debía acudir al Arzobispado una hora más tarde de la fijada para la cita. El caso que le había presentado el profesor mexicano le interesó profundamente, y quiso que lo visitara cuanto antes. Como tuvieron que acabar tan pronto, quedaron en almorzar juntos al día siguiente para continuar la charla.

Estuvieron comiendo en un bonito restaurante de El Pardo, un pequeño pueblo situado a diez kilómetros de Madrid, rodeados de naturaleza. Allí hablaron tranquilamente sobre sus vidas y experiencias, dejando aparte la Síndone por el momento. El padre Arranz contó a Enrique cómo había luchado por esclarecer la verdad en lo referente a los templarios, pero siempre había chocado con las esferas más ortodoxas de la investigación histórica. Él, por su condición de sacerdote, lo tenía incluso más difícil. Era incomprensible cómo las mentes más capaces son a veces también las más obcecadas. Nunca había esgrimido opiniones personales: sólo hechos. La historia se compone de hechos y no de hipótesis, aunque éstas siempre vayan por delante de aquéllos.

Terminado el suculento almuerzo, a cargo de la Universidad Autónoma, Enrique y el padre Arranz fueron a dar un paseo. El día no era demasiado caluroso e invitaba a ello. El restaurante estaba encuadrado en un hermoso y cuidado jardín que en otros tiempos perteneciera al General Franco, en un lateral de la carretera que conduce al Monasterio de los Padres Capuchinos de El Pardo, famoso por su Cristo yacente de Gregorio Hernández. Diversas clases de árboles, como sauces, abetos y chopos, ofrecían una espléndida sombra.

–Ayer me referiste lo que sabías, Enrique; ahora déjame que te cuente lo que sé yo –dijo el padre Arranz con el gesto grave–. Es curioso cómo, en ocasiones, vienen a la memoria datos o hechos que parecían hundidos para siempre en el pasado. Cuando mencionaste la Síndone y Poblet, y mi conferencia sobre la supervivencia del Temple después de ser abolido oficialmente, no me percaté de algo que quizá sea importante para tu investigación.

En la parte más baja del jardín, había una fuente con una estatua decapitada en su centro. Enrique y el padre Arranz se sentaron en uno de los bancos de piedra que la rodeaban.

–Como te decía, ayer me vino a la memoria un dato que ahora parece cobrar sentido. Por multitud de hechos, que demostré categóricamente, el monasterio de Poblet es el centro templario más moderno que se conoce. Se podría decir que hay otros muchos en toda Europa. Pero existen ciertos elementos, ciertos símbolos, que son genuinos e inconfundibles para la mirada experta. Pues bien, cuando era yo un joven sacerdote que estudiaba teología en Roma, tuve acceso a un documento en la Biblioteca Vaticana que ya entonces me extrañó, pero ahora, medio siglo después, adquiere un nuevo significado.

El padre Arranz explicó a Enrique cómo había encontrado una vetusta compilación de documentos papales de la época de Alejandro VI, el valenciano Rodrigo Borgia. En el libro había cartas personales, notas de su diario, reflexiones y toda clase de papeles, todos ellos de su puño, que no era posible clasificar de otro modo. Algunos escritos podían llegar a producir sonrojo, por su carácter abiertamente erótico o impío, en un tono de absoluta naturalidad. Pero lo que realmente tenía interés en este caso era una nota descuidadamente escrita, fechada pocos días antes de la muerte del pontífice y escrita en catalán, que decía lo siguiente, y que el religioso pudo recordar, en parte, gracias a su memoria fotográfica:

> *Mi hijo me ha dicho que todo ha salido bien. No quiero ni pensar en la pobre muchacha que ha... perdido la cabeza. César es tan impulsivo. Tengo que tratar de domesticarlo. Aunque él me haya domesticado ya a mí.*
>
> *Nudos, como siempre, ha hecho un trabajo soberbio; aunque yo sólo la he visto un momento. A veces siento que la Silla de Pedro es una columna inaccesible que los hombres no se atreven a escalar. O que no quieren escalar. Soy un pobre esclavo vestido con pieles de armiño.*
>
> *No sé qué ha hecho César con la Sábana. Es egoísta, y la quiere para él. Es ambicioso... A mí nunca me dice nada, salvo cuando necesita mi sello y el poder de mi cargo. Me ha dicho que los Saboya están contentos. ¡Sigan así!*

Más adelante, en la misma página, el Papa continuaba hablando de su hija Lucrecia y de sus sentimientos hacia ella, que la prudencia aconsejaba no mencionar.

–¿Te dice algo? –inquirió el sacerdote cuando terminó de narrar el contenido de la nota.

–Bueno, menciona una sábana. ¿Se referirá a la Síndone?

–En el papel, eso lo recuerdo perfectamente, Sábana estaba escrito con mayúscula; concretamente *Llençol* en el original. Pero lo que ahora me interesa es la referencia a su hijo César. Como sabrás, César Borgia, a la muerte de Rodrigo, huyó a Nápoles. Allí fue capturado por Gonzalo Fernández de Córdoba, el Gran Capitán. Se ha conjeturado con que este personaje, perteneciente a la Orden de Santiago, fue en realidad templario, de una orden heredera del Temple que sobrevivió al siglo XIV, y que podría tener su centro en Poblet.

–No consigo entenderlo. ¿Qué relación hay entre todo ello?

–Es evidente, querido Enrique. Si recapacitas sobre el contenido del documento, verás que se menciona la Síndone. Después, aparentemente, César Borgia pudo tenerla en sus manos. Si así fue realmente, y pensamos que el Gran Capitán se la arrebató, ¿dónde crees tú que pudo llevarla?

–A Poblet, sí, quizá; aunque son demasiadas conjeturas...

–Así es. Es labor tuya derribarlas o convertirlas en hechos.

El padre Arranz miraba a Enrique como un viejo profesor que reprendiera a su alumno por no haber superado un examen. Sus ojos brillaban de entusiasmo.

–Pero ¿cómo le había pasado desapercibido cuando la leyó? –balbució Enrique desconcertado por la penetración intelectual del religioso–. Parece ser capaz de deducir todo lo que...

–Porque, cuando yo la leí, no pude relacionar la Síndone con Poblet. La carta que tú has encontrado es el vínculo que a mí me faltaba. Ahora debes continuar la investigación. Yo estoy muy viejo y enfermo para ayudarte. –Se detuvo unos instantes–. Por cierto, ¿no te ha llamado la atención la frase en que se dice que «Nudos» hizo un buen trabajo?

El sacerdote tenía razón. Esa parte del texto había desconcertado a Enrique, aunque pensaba, simplemente, que el autor había cometido un error al escribir, víctima de un *lapsus cálami*. Antes de que el mexicano pudiera contestar, el padre Arranz continuó:

–«Nudos», en catalán, es *Nusos*. No olvides la costumbre, hoy superada, de traducir los nombres y apellidos a las distintas lenguas, o adaptarlos para conseguir un sonido más acorde con quien los pronunciaba.

–No entiendo.

–Está bien claro, amigo mío. ¿Cómo se dice «Nudos» en italiano?

Enrique reflexionó un momento. La pregunta era muy simple:

–¡*Vinci*! –exclamó, al darse cuenta del sentido de esa palabra.

–En efecto: *Vinci*. Ahora bien, ¿esto significa que Leonardo da Vinci intervino? ¿Quizás haciendo una copia de la Sábana Santa? Aquí tienes otro motivo para investigar.

Enrique acompañó al padre Arranz hasta el *Fray Luis*, y le prometió informarlo de todo cuanto descubriera. Allí, antes de despedirse, el sacerdote le recordó que Poblet había sido una plaza fuerte del ejército republicano durante la Guerra Civil. Tras la batalla del Ebro, que se inició en verano de 1938, la República fue perdiendo terreno. En la Navidad de ese mismo año, Poblet se utilizó como alcázar contra las tropas Nacionales. Los bombardeos y los incendios lo dejaron en ruinas. Todos los monjes fueron asesinados. Se llevaron su secreto a la tumba.

33

1314, París
1315, Champenard

El Santo Sudario estuvo oculto en Francia durante más de un siglo. Después, hacia 1350, sin que se supiera cómo había llegado a sus manos, Godofredo de Charny –hijo de Pedro, hermano éste del último maestre del Temple de Normandía, llamado también Godofredo– y su esposa, Juana de Vergy, mandaron edificar una capilla en Lirey, dentro de sus territorios, donde se expuso el Lienzo a todos aquellos peregrinos que desearan venerarlo.

La Casa de Charny había estado ligada al Temple desde 1118, fecha de su fundación en Tierra Santa. En sus orígenes, la Orden de los Pobres Caballeros de Cristo estaba compuesta por tan sólo nueve cruzados franceses, entre los que se encontraba Cristián de Charny. Su creación partió de una exigencia que se había hecho ineludible para la Cristiandad: la protección de los peregrinos de Occidente que cada año visitaban los Santos Lugares; miles de viajeros indefensos ante los bandidos y asesinos que acechaban en las peligrosas rutas que habían de atravesar. Para ello, el reducido grupo de caballeros, encabezados por el champañés Hugo de Payns y el flamenco Godofredo de Saint Omer, solicitaron al rey de Jerusalén, Balduino I, su aprobación y su ayuda en la fundación de la orden, una *militia Christi* de monjes-guerreros; hombres que a los votos de pobreza, castidad y obediencia unirían el combate contra el infiel a fuego y espada.

El rey Balduino estuvo de acuerdo con los principios de la Orden, enunciados por su primer maestre, Hugo de Payns. Su apoyo se concretó en algún dinero para iniciar su actividad y un monasterio en Jerusalén, la casa presbiterial de la milicia, que no era más que una parte del Templo de Salomón, un pequeño edificio que a la postre daría nombre a los templarios.

Durante los primeros años, los templarios fueron aumentando sus efectivos rápidamente. De los nueve caballeros fundadores, pronto el número creció hasta unos cientos, la mayoría procedentes de la nobleza francesa. Su labor, la protección de las rutas de peregrinaje y el amparo de los cristianos que por ellas circulaban, comenzó a merecer la consideración de todos. Los Caballeros de Cristo cumplían su función admirablemente. Esto les hizo ganar las simpatías de san Bernardo de Clairvaux, que les dio una regla propia, los apoyó en el concilio de Troyes e incluso les escribió una homilía: «Elogio a la nueva caballería». A partir de entonces, el Temple gozó del favor papal.

Hasta el concilio de Troyes, celebrado en 1128, los templarios venían observando la regla de san Agustín. Por intervención y consejo de san Bernardo, siguieron desde ese momento la más austera del Cister, con algunas leves variaciones respecto de la original. Y vistieron la blanca clámide, de sayal crudo, sin tintes, símbolo de la pureza, la santidad y la pobreza a que se consagraban los caballeros. Algún tiempo después se incorporaría a su vestimenta la cruz roja ancorada sobre el hombro, en el lado del corazón, para significar voto perpetuo de cruzada.

La creación y aceptación de la Orden del Temple supuso una gran controversia en la Cristiandad. La Iglesia nunca había admitido como piadoso que se matara a ningún hombre. En este caso, además, eran monjes los que actuaban como guerreros, pues el resto de órdenes existentes entonces, como la del Hospital o los caballeros teutónicos, tenían un carácter eminentemente caritativo y no militar. Este problema llevó a una conclusión importante: los caballeros templarios sólo combatirían a los infieles, en defensa de la fe en Cristo. Dentro de las naciones cristianas serían neutrales y no lucharían en las guerras a favor o en contra de ningún bando.

Los templarios fueron aumentando su poder con el paso de los años. Dependían únicamente de la autoridad del Papa, estaban exentos de impuestos a los obispos de las diócesis locales y recibían sustanciosas donaciones en tierras y dinero desde las provincias europeas. Iniciaron un sistema bancario y crearon su propia flota. Los reyes confiaban en ellos como tesoreros y consejeros, y los buscaban cuando un pacto debía sellarse en presencia de un hombre de honor.

Pero pronto comenzaron a tener también fama de estar en posesión de conocimientos herméticos y ocultos a la mayoría de los hombres, de realizar oscuras prácticas alquímicas y mágicas, de adorar a demonios y criaturas del mal. Los peregrinos y soldados, a su regreso de Tierra Santa, contaban historias que hablaban de extraños ritos, del secreto de la inmortalidad, de la Gran Obra... El misterio envolvía a los caballeros del Temple, siempre cerrados sobre sí mismos, enigmáticos y distantes.

A pesar de que estas prácticas, de haberse demostrado, habrían constituido delitos muy graves, la Iglesia no quiso escucharlas mientras la Orden seguía siendo fuerte en los estados latinos de Oriente. Pero cuando éstos se perdieron definitivamente, a principios del siglo XIV, la situación cambió. En esa época, el Temple se había hecho odioso para los grandes monarcas de Occidente, por la acumulación de riquezas y el inmenso poder adquirido.

Tras la expulsión de los cristianos de los Santos Lugares, la Orden del Hospital recibió Malta, la orden Teutónica formó un estado soberano en Alemania, y el Temple regresó a Francia, nación ésta, junto con España, a la que pertenecía una amplia mayoría de sus miembros, al igual que sus fundadores. Pero en Francia el rey Felipe IV el Hermoso, hombre vil y traicionero, ansiaba para sí el tesoro de la Orden, a la vez que temía que el Temple creara en su nación un estado propio, como había sucedido con los caballeros hospitalarios o los teutónicos.

Las arcas francesas estaban vacías, y la idea de imputar al Temple horribles crímenes parecía un modo perfecto de asestar un golpe definitivo contra su debilitado poder, al tiempo que sus riquezas quedarían confiscadas. Y no resultaría demasiado difícil llevar a cabo las acusaciones, ya que los templarios estaban rodeados de leyendas y habladurías que el pueblo podría llegar a creer si se actuaba con astucia. La tortura era capaz de abrir las bocas de los hombres, aunque sus corazones fueran limpios y puros.

Corría el año de 1307. En aquel tiempo, era maestre de Normandía Godofredo de Charny, ilustre descendiente del caballero que cobró la Sábana Santa durante la toma de Constantinopla y al que fue encomendada su custodia posteriormente. Junto con Jacobo de Molay, gran maestre de la Orden, y otros caballeros principales, Charny fue uno de los dirigentes templarios acusados por Felipe IV, incitado por su consejero Guillermo de Nogaret, que odiaba a Molay y a los templarios con demencial frenesí.

Cuando se inició el injusto proceso contra el Temple, instigado por el monarca francés con la connivencia del Sumo Pontífice, Clemente V, la Orden fue acusada de renegar de Cristo durante impíos ritos iniciáticos en los que, además, los caballeros adoraban a ídolos demoníacos, como al enano, barbudo y cornúpeta *Bafómet*. Se dijo que en sus conventos había signos de la Cábala, hebreos y musulmanes, labrados en la piedra; que eran alquimistas y nigromantes, celebraban aquelarres y toda clase de ritos satánicos. Se les denunció como magos y hechiceros, que se reunían a puerta cerrada en las capillas de la Orden para mofarse del Crucificado y practicar toda clase de aberraciones, rodeados de símbolos ocultistas.

La Inquisición Papal tomó parte activa en la causa. Desde el año 1231, estaba encargada de velar por la ortodoxia y el mantenimiento de la fe en la Cristiandad. No hacía mucho tiempo que las primeras hogueras, instituidas por el emperador Federico II del Sacro Imperio Romano Germánico, devoraron a los hombres y mujeres que, por su libertad de pensamiento o por motivos simplemente absurdos, se habían hecho acreedores de la persecución en aras de la religión y la fe.

Durante siete largos años, de 1307 a 1314, Jacobo de Molay y Godofredo de Charny lucharon por preservar el honor de la Or den y su buen nombre. Sufrieron largos períodos de prisión y tormento. Las fuerzas los abandonaron poco a poco. Por fin, prefiriendo la muerte a seguir padeciendo, sabedores de que ya nada podían hacer, se resignaron a lo inevitable y confesaron los delitos que el rey Felipe había inventado. Era cierto que sus rituales eran esotéricos y que practicaban la alquimia, pero sólo porque no se cerraban a las numerosas vías de conocimiento. Era cierto que renegaban de la imagen de Cristo en la Cruz, pero únicamente como demostración de que habían alcanzado un nivel de comprensión más elevado, que no precisaba iconos. Era cierto, incluso, que sus construcciones exhibían símbolos herméticos, pero eso no los convertía en adoradores del Demonio. De nigromancia, aquelarres, aberraciones y satanismo, no había nada. Si no mantenían, en sus círculos más avanzados, la ortodoxia cristiana, si se habían desviado de la Iglesia oficial, era sólo por su afán de aumentar los talentos que a cada hombre le son concedidos al nacer, y siempre con el propósito de glorificar a Dios.

Una vez más en la Historia, el mal ganó la partida bajo la hipócrita máscara del bien. Nunca se han cometido mayores atrocidades que las hechas en nombre de los más altos ideales. Jacobo de Molay, Godofredo de Charny, Hugo de Peraud y Godofredo de Guneville fueron quemados públicamente al finalizar el proceso. Cuando estaban ante el pueblo de París, renegaron de sus confesiones, arrancadas mediante tortura, confirmaron su fe en Dios y lanzaron contra sus verdugos, Felipe IV y Clemente V, la más antigua y terrible de las maldiciones, el *Macbenach*, proveniente de los tiempos de Salomón. Después, entregaron sus vidas con entereza, serenidad y valor, dignamente, como habían vivido.

El papa Clemente murió a los treinta y siete días, y el rey Felipe ocho meses después.

Godofredo de Charny tenía un hermano, llamado Pedro. Éste residía en París, aunque poseía ricas tierras en Normandía. Los dos hermanos eran muy diferentes: Godofredo estaba animado por el espíritu religioso, mientras que Pedro vivía entregado al disfrute terrenal. Si para el primero la existencia sólo podía tener sentido pleno como transición hacia la vida ultraterrena, para el segundo el fin de la misma era únicamente el goce, el disfrute de cada momento. De aquí que los dos hermanos llevaran más de diez años sin cruzar una palabra, opuestos en lo más íntimo de sus personalidades.

Sin embargo, Pedro sufrió mucho durante el proceso contra la Orden del Temple. Siempre había tenido a su hermano como un hombre recto y santo, y no podía creer las acusaciones que se vertían contra él y el resto de caballeros. Trató de utilizar sus influencias para liberar a Godofredo de la prisión. Pero todo fue en vano: sus enemigos eran demasiado poderosos. Y cuando fue quemado en la hoguera, el 19 de marzo de 1314, se sumió en un estado de profunda postración.

Hacía ya más de un año que esto había ocurrido, tan sólo unos meses después del fallecimiento de su esposa. Desde entonces, Pedro vivía retirado en el campo, lejos de la vida desordenada y frívola que tanto le había agradado antaño. Su espíritu sentía un dolor intenso y punzante. Cada noche recordaba a ambos y elevaba una sentida oración por ellos a un Dios en el que no tenía puestas sus esperanzas. Era lo menos que podía hacer en su memoria. Estaba seguro de que ambos lo agradecerían si pudieran.

En la noche de San Juan de 1315, una fuerte tormenta se desató de madrugada. Pedro se despertó sobresaltado por los truenos. Comenzaba el verano, y el calor hacía que durmiera con la ventana de su alcoba abierta, aspirando los dulces aromas de los campos florecidos. Se levantó de la cama para cerrarla, maldiciendo a los Cielos por importunarlo, y entonces, en el cercano bosque, creyó ver una sombra a la luz de un relámpago. Forzó la vista, escrutando en la negrura. Un nuevo relámpago le hizo desterrar su extraña impresión. Fuera no había nadie. ¿Quién iba a estar tan loco como para caminar a esas horas tan intempestivas bajo semejante aguacero?

Pero, cuando se volvió para regresar al lecho, una imagen espectral lo sobrecogió de pronto. Ante él, en el umbral de la habi tación, se encontraba el fantasma de su hermano, con resplandeciente hábito blanco y rostro ceniciento. Su voz sonó grave y lejana cuando habló, como si surgiese de un pozo profundo. Pedro se arrodilló presa del pánico. No sabía si la figura era en realidad Godofredo o se trataba de un ardid del demonio para arrastrarlo a los Infiernos.

–Hermano mío, hermano mío... –decía el espectro continuamente, llamándolo desconsolado.

Pedro no conseguía reaccionar. Estaba paralizado y mudo por el miedo. La visión persistía y la voz... Esa voz de ultratumba parecía llegar hasta el último rincón de su mente.

–¿Qué quieres de mí? –logró decir por fin, gritando como un demente.

–Escúchame bien. He venido desde el purgatorio para implorar tu ayuda. Pequé en vida y ahora debo pagar mis deudas. Renegué de mis votos y traicioné a mis compañeros... Si en algo estimas a tu pobre hermano, ve al antiguo convento del Temple en París. Ahora es un palacio del Rey. Ve por la noche y lleva contigo una palanca de hierro. No lleves antorcha. Nadie debe verte. Cuenta las piedras de la fachada que da al jardín, empezando por el lado derecho. Detente en la número nueve. Sácala del muro. Agáchate y mete los brazos en el hueco. Encontrarás un arca de plata. Es pesada. Cógela y envuélvela en una tela. Márchate de allí tan rápidamente como puedas. Regresa a tu casa y esconde bien el arca. No debes abrirla. La darás como legado a tu hijo Godofredo el día en que se despose. Que no la abra hasta después de la ceremonia. A él está destinado su contenido por Dios. Guarda para ti el secreto. Ni siquiera a tu hijo le digas cómo la conseguiste. Obra lo que te pido, hermano mío. Y haz decir una misa por mi alma. No sufras por tu esposa: goza de la visión del Señor. Haz decir una misa por mi alma. Adiós, hermano mío. No me olvides...

Acabada su súplica desgarrada, la visión se disolvió tan repentinamente como había aparecido. Pedro se levantó como pudo, trastornado y descompuesto. Tambaleándose, alcanzó la cama y se sentó en ella. La cabeza le daba vueltas; parecía que fuera a estallarle. ¿Había perdido el juicio? ¿Era la imagen de Godofredo producto de su imaginación perturbada? Todo había sido tan real...

A la mañana siguiente, Pedro despertó en su lecho con un sobresalto. Como un bravo torrente de montaña, el recuerdo de la visión volvió a su conciencia brutalmente. Sintió entonces, de nuevo, el pavor de la noche. Recordó la espectral figura de su hermano muerto, y sus palabras lo golpearon como piedras al rememorarlas.

Nada de aquello tenía sentido. Debía de haber sido un sueño, una simple pesadilla. Tenía que serlo. La noche anterior se había excedido con la cena. Sí, eso lo explicaba todo, se dijo, tratando de tranquilizarse. Sin embargo, cuando se levantó y fue a lavarse a la jofaina que tenía en la cómoda, sus pretextos se quebraron: en las palmas de las manos tenía grabadas, como estigmas, sendas cruces bermejas del Temple.

34

1997, Poblet

Enrique conducía por la Nacional II, en dirección a Lérida. El monótono ruido del motor siempre terminaba produciéndole una leve somnolencia. Sin embargo, esta vez se encontraba totalmente despierto, a pesar de que apenas había logrado conciliar el sueño la noche anterior. Estaba intrigado, profundamente intrigado. Su inquieto espíritu se hallaba irremisiblemente alterado, sobre todo desde su conversación con el padre Arranz. La noche pasada, mientras trataba en vano de dormirse por segunda vez en los últimos días, había estado dándole vueltas una y otra vez a sus palabras, intentando llenar los huecos que quedaban entre tantas preguntas sin respuesta y tantos misterios ocultos; pero no lo consiguió, por más que se había esforzado.

Así es que, al despertarse esa mañana –si es que consiguió dormirse realmente–, se dirigió a la recepción del hotel con su equipaje para devolver las llaves de la habitación, y preguntó si podían tramitar el alquiler de un coche por él. Eso había ocurrido cinco horas antes, a las siete de la mañana. Ahora, según decía un cartel situado a un lado de la carretera, le quedaban diecisiete kilómetros para llegar a Lérida. Allí, tomaría una circunvalación que enlazaba con la N-240 y, unos cincuenta kilómetros más adelante, seguiría por una carretera comarcal hasta l'Espluga de Francolí, para dirigirse desde este pueblo hacia el monasterio de Poblet.

Tenía todo marcado en un plano que llevaba abierto en el asiento del copiloto del pequeño Citroën. Sólo faltaba un detalle y, a esas horas, estaba padeciendo amargamente su ausencia. Por la mañana, le habían informado en el hotel de que la agencia Hertz no tendría disponible ningún coche con aire acondicionado hasta el día siguiente, porque estaban todos alquilados. También le dijeron que podía intentarlo en Avis o en alguna otra agencia si lo deseaba, pero que en ese caso tendría que ocuparse él personalmente. Enrique rechazó esta última oferta y aceptó el vehículo sin aire acondicionado que sí podían proporcionarle de un modo inmediato. Reflexionando sobre ello, con el molesto ruido que producía el aire al entrar por las ventanillas abiertas, se preguntaba por qué simplemente no había esperado un día más. La única respuesta que se le ocurrió es que, si lo hubiera hecho, quizá habría cambiado de opinión y entonces perdería su oportunidad, remota aunque posible, de encontrar alguna respuesta.

Llegó a l'Espluga de Francolí pasada la una de la tarde. Aparcó el coche junto a una humilde iglesia que parecía encontrarse en obras. Estaba hambriento y, además, necesitaba encontrar un lugar donde alojarse, de manera que se dirigió a un cercano restaurante de aspecto tranquilo.

La comida fue exquisita, incluido un postre típico de aquella zona llamado *carquinyolis*, que le recomendó enfáticamente el dueño del local, y del que Enrique fue incapaz de descubrir la composición. Cuando el afable dueño le trajo el comprobante de la tarjeta de crédito para que lo firmara, aprovechó para preguntarle:

—¿Sabe dónde puedo hospedarme por aquí?

El hombre se agarró la barbilla con una mano fuerte y tosca, a la vez que su rostro adoptaba una expresión ceñuda y concentrada. En su mano derecha todavía estaba el platillo con el recibo. Enrique tuvo que hacer grandes esfuerzos para evitar reírse, porque se le ocurrió que cualquiera diría que le había planteado al hostelero un casi irresoluble enigma matemático, en vez de hacerle una simple pregunta que, sin duda, debían de haberle formulado mil veces antes.

–Bueno –dijo por fin el dueño con un marcado acento catalán, saliendo de su trance–, aquí en l'Espluga tenemos el Hostal del Senglar. Es un sitio muy agradable y limpio, aunque un poco caro. En las afueras hay dos más: el hotel Monasterio y la Masía Cadet, pero son menos aconsejables.

–¿Cuál es el más próximo al convento de Poblet? –preguntó Enrique.

El rostro del hombre cambió súbitamente al oír esto. Su afable y campechana expresión dio paso a otra llena de recelo y desconfianza.

–¿No será usted uno de *ésos*? –inquirió con desprecio.

–¿Perdón? –dijo Enrique perplejo–. ¿Uno de quiénes?

–Sí –respondió el hostelero con un tono que rayaba en el odio–, uno de esos ricachones de Barcelona que se hospedan en el balneario de Villa Engracia. Vienen aquí cada fin de semana con sus grandes coches, y se pasean por todo el pueblo como si fuera suyo. Deben pensar que pueden llevarse su dinero a la tumba, pero están muy equivocados porque todos los millones del mundo no podrán salvar sus almas de la condenación eterna.

Cuando terminó su inesperada arenga, el dueño tenía la cara totalmente desencajada. Enrique no sabría decir si por el esfuerzo que le había supuesto el discurso o por el enfado. Le parecía que aquello resultaba un tanto excesivo, pero asintió apasionadamente antes de decir:

–Oh no, yo no soy uno de *ésos* –aseguró como si suponer lo contrario resultara impensable, y a punto otra vez de empezar a reírse ante lo absurdo de la situación–. Trabajo como profesor en México y me dedico a la investigación histórica. He venido hasta aquí desde Madrid para averiguar más datos sobre la historia del monasterio de Poblet, que me parece fascinante.

–¿Ah, sí? –el hostelero lo estudió con cautela por un momento, sin decir palabra–. En ese caso, sea usted bienvenido –añadió convencido aparentemente de que Enrique decía la verdad–. Puede ir al balneario, aunque ya le digo que no se lo recomiendo –siguió hablando como si nada hubiera ocurrido–. El albergue de Jaime I puede que sea lo más conveniente. Lo arreglaron hace sólo tres años y se encuentra cerca de la carretera, a sólo un kilómetro de la abadía. Está en un bonito lugar y es muy barato. Antiguamente había otro hotel más cerca del monasterio, pasado el albergue, pero ahora se ha convertido en una academia de inglés. ¿No cree usted que resulta gracioso? Aquí no nos ponemos de acuerdo en qué idioma hablar y vienen los extranjeros a enseñarnos uno nuevo. –El hombre empezó a reírse a carcajadas por su ocurrencia, como si se tratara del mejor chiste del mundo.

Cuando logró calmarse, y recobrado ya el buen humor, le indicó cómo llegar hasta el albergue, no sin antes insistir en invitarle a probar un licor casero que a Enrique le pareció delicioso, aunque al levantarse estuvo a punto de perder el equilibrio, lo que provocó nuevas risas por parte del hombre. Siguiendo sus indicaciones, tomó la carretera de la izquierda en la bifurcación que había a la salida del pueblo. Desde allí, tardó menos de cinco minutos en llegar al albergue, pero tuvo que soportar un calor asfixiante durante el camino porque, con el efecto del licor que le había dado el hostelero, no se atrevía a pasar de cuarenta. Un tiempo antes, había visto ya desde la carretera los edificios blancos y los tejados de color claro del albergue. Éste se hallaba compuesto por varios módulos, entre los que destacaba uno de aspecto más moderno. Enrique entró en él tras dejar el coche en el aparcamiento y se dirigió a la recepción para preguntar si tenían habitaciones libres. Era jueves y apenas se veía movimiento; sólo algún que otro grupo de jóvenes con mochilas. Aun así, el hombre que lo atendía tardó un buen rato en confirmarle que podía alojarse en el hotel.

Ya en su habitación, dejó la maleta y tomó una ducha rápida para refrescarse un poco por el caluroso y largo viaje, y para tratar de despejarse. Estaba ansioso por ver el monasterio con sus propios ojos, de modo que se encaminó de nuevo al coche a pesar de que el calor a esas horas resultaba sofocante. Continuó por la misma carretera que había seguido desde l'Espluga de Francolí. Llegaba un momento en que se estrechaba mucho para pasar sobre un puente de piedra y, un poco más adelante, había dos desvíos: uno que indicaba «La Peña» que, por el símbolo del cartel, era una zona panorámica, y otro que conducía a unas fuentes, según le parecía haber leído. Pensó que si tenía un poco de tiempo daría una vuelta por los alrededores antes de volver a Madrid. El lugar realmente lo merecía. La carretera ascendía hasta el albergue, pero ahora serpenteaba ladera abajo hacia el valle, rodeada por densos bosques de pinos y encinas, tan cerca de ella que las sombras de los árboles se proyectaban sobre la calzada como un halo protector.

A través de las ventanillas, inevitablemente abiertas, podía oír el canto de los pájaros y respirar la agradable fragancia del aire de montaña. El ruido de su motor era lo único que se atrevía a turbar, sin la menor vergüenza, la paz y la soledad de aquellos parajes. Nada era distinto cuando llegó a las inmediaciones del monasterio. No pudo evitar sentir un ligero estremecimiento al verlo. Las sobrias y altas murallas que se levantaban ante su vista le transmitían una sensación de quietud aun mayor que la que había sentido en el camino hacia el convento. Ahora empezaba a comprender la indignación del dueño del restaurante. Aquellos visitantes adinerados de fin de semana no eran más que vampiros tratando de comprar el sosiego como si se tratara de un producto de mercado, mancillando la más valiosa y desinteresada ofrenda de ese lugar.

Pasado un cruce se encontraba un aparcamiento, donde había tan sólo diez o doce vehículos. Uno de ellos, de un aspecto tan destartalado que resultaba sorprendente que aún funcionara; si es que lo hacía. Enrique dejó allí su coche y se dirigió andando hacia un restaurante de nombre Fonoll, que parecía funcionar también como tienda de recuerdos.

–Buenas tardes –le dijo al hombre que había tras la barra.

El interior era fresco y en el ambiente flotaba un delicioso aroma a dulces. Las mesas se hallaban casi vacías, al igual que el resto del lugar. Además de él, en la barra sólo se encontraba un paisano de unos setenta años, que estaba tomando un café.

–Buenas –saludaron el camarero y el hombre al unísono–. ¿Qué desea? –preguntó el primero, hablando esta vez él solo.

–Una botella de agua sin gas, por favor. Muy fría.

–Es la primera vez que viene, ¿verdad? –se oyó de improviso una voz a su lado. Era el anciano del café quien hablaba.

–¿Eh...? Sí –admitió Enrique desviando su mirada de unos bollos de aspecto suculento, y volviéndose hacia él.

Enrique esperaba que el hombre añadiera algo más, pero no lo hizo, de modo que llamó al camarero para pedir que le trajera uno de los dulces, además del agua.

–Ya lo imaginaba –volvió a hablar el anciano, como si hubiera cobrado vida de nuevo repentinamente–. ¿Sabe cómo lo he sabido? –preguntó moviendo la mano delante de los ojos de Enrique con el dedo índice extendido–. Por la expresión de su cara al mirar el monasterio –dijo sin esperar a que respondiera.

El hombre lo observaba con gesto serio. Tenía el rostro lleno de arrugas y su cabello, totalmente cano, le caía sobre la frente. Casi sin darse cuenta, Enrique miró hacia el exterior a través de una ventana, preguntándose cómo podía haberlo visto el anciano a esa distancia.

–Aquí tiene –le informó el camarero trayendo lo que Enrique había pedido.

–Oh, ha sido una estupenda elección –exclamó el hombre–. Ese dulce es una verdadera maravilla. Se lo digo yo, que llevo aquí más de cincuenta años.

–¿Es usted un monje? –inquirió Enrique.

El anciano no iba vestido como un fraile, sino que llevaba un pantalón gris y una camisa blanca de manga corta; aunque en estos tiempos eso no significaba necesariamente que no lo fuera.

–No, no, yo no –dijo el hombre con un tono extraño, algo triste quizá–. Soy sólo un lego. Me ocupo de los asuntos mundanos de la abadía. Mi nombre es Juan –se presentó volviendo a su voz normal y ofreciéndole la mano.

–Enrique Castro –se presentó él a su vez, estrechándosela con firmeza–. Encantado de conocerlo.

–¡Vaya!, tiene usted fuerza –se quejó el lego–. Se ve que le dan bien de comer allá de donde venga.

—Lo siento, no pretendía...

—No lo sienta, señor Castro. Así es como deben dar la mano los hombres —afirmó con una sonrisa, dándole a la vez una palmada a Enrique en el hombro—. Y cuénteme, ¿de dónde viene?

—De Madrid. Estoy allí...

—Oooh, Madrid —lo interrumpió—. Es una preciosa ciudad aquélla —afirmó con la mirada perdida, como si estuviera evocando las imágenes que vio alguna vez.

—Sí que lo es —aseveró Enrique, tras asegurarse de que el anciano no iba a continuar—. Le decía que estoy allí trabajando. En realidad yo soy mexicano. Pertenezco a la Universidad Autónoma de México y he venido a España a estudiar unos manuscritos sobre los templarios recién adquiridos por la Biblioteca Nacional.

—Los templarios... —dijo Juan en un susurro respetuoso—. Entonces le gustará esta comarca. Recuerdo que mi abuelo me contaba las leyendas que su abuelo le contó acerca de los Pobres Caballeros de Cristo que anduvieron por estas tierras. Todavía puede encontrar castillos que les pertenecieron en Barberà y Grañena. Y, sobre todo, nuestro monasterio de Poblet. Al parecer, éste fue un lugar importante para ellos durante muchos siglos. Eso es al menos lo que aseguraba mi abuelo. Y yo lo creo, ¿sabe? —afirmó adoptando un tono de complicidad—. He visto cosas muy extrañas en los sótanos de la abadía, donde no entran los visitantes.

Al oír aquellas palabras, Enrique estuvo a punto de atragantarse con el bocado que estaba engullendo en ese momento.

—¿De... veras? —consiguió preguntar entrecortadamente, sintiendo que el trozo de dulce aún seguía atrapado en su garganta.

El anciano asintió con solemnidad, antes de apurar el último trago de su café. Y, después de meditar unos instantes, añadió:

—Aparte de los monjes y yo, sólo ha visto las cámaras subterráneas una persona más. Eso fue hace muchos años. También trabajaba como profesor, al igual que usted; aunque él era un sacerdote, si no recuerdo mal... Arranz, se llamaba, creo.

—¡¿Germán Arranz?! —preguntó Enrique exaltado. Debía haberlo imaginado.

–¡Eso es, Germán era su nombre! –exclamó el lego–. ¿Lo conoce?

–Sí, claro –afirmó con rotundidad Enrique sin que se notara que apenas lo había visto tres veces en su vida–. Es un hombre fascinante, a pesar de su carácter huraño.

–Es él, sin duda –sentenció Juan–. Sí, un hueso duro de roer. ¿Y qué tal se encuentra?

–Bueno, no está demasiado mal. Sufre temblores por el Parkinson, pero conserva intactas sus energías y su lucidez.

–Qué coincidencia –musitó el lego de nuevo con aire pensativo–. El mundo realmente es un pañuelo. Déle recuerdos de mi parte cuando lo vea.

–Lo haré –aseguró Enrique.

–¿Le gustaría que le enseñara el monasterio? –le propuso Juan–. Si es amigo del profesor Arranz, también lo es mío.

–Por supuesto –afirmó Enrique entusiasmado–. Me encantaría.

35

1315, Champenard, París

Pedro de Charny experimentó una convulsión rotunda e irreversible en su modo de entender la vida. El hecho de confirmar que la aparición de su hermano ejecutado no había sido un sueño lo conmocionó en lo más íntimo de su espíritu. Y se alegró al saber que su querida esposa, separada de él aún joven por las garras de la muerte, estaba en la Gloria. Se sentía como un ciego que, de pronto, recobra la capacidad de ver; un ciego de nacimiento que descubriera por primera vez los colores y las luces.

Lo primero que hizo el nuevo Pedro de Charny fue confesarse con el párroco de Champenard, el pequeño pueblecito de la Alta Normandía en que residía desde su marcha de París. Sus pecados eran muchos y algunos de ellos muy graves. Si ahora debía regresar a la vieja Lutecia, y arriesgar su vida cumpliendo el encargo de su hermano, quería estar preparado para un Juicio en el que tan sólo un día antes no creía.

Cuando el párroco llegó a la residencia de Charny, se mostraba muy azorado y jadeaba visiblemente. Era un hombre grueso, que había ido corriendo hasta allí ante el temor de que tuviera que administrar la extremaunción al señor de la casa. Su preocupación estaba más que justificada: Pedro no era demasiado piadoso, aunque cumplía con sus obligaciones religiosas, y jamás antes había solicitado la asistencia de un sacerdote. Ni lo había invitado siquiera a visitarlo.

Pero el verdadero motivo de que Pedro hubiera optado por no ir él mismo a la iglesia del pueblo era muy distinto del que el clérigo había sospechado. Además de confesión, deseaba encomendar a aquel buen hombre la custodia de su hijo y sus dos hijas si él no regresaba. Aunque no dio explicaciones al sacerdote más allá de lo necesario, haciéndole creer que se trataba de un duelo en Rouen. Cuestión de honor: no podía disuadirlo de que compareciera. También le encargó una misa por Godofredo.

En todo el día, Pedro no separó las palmas de las manos de su cuerpo.

La aparición de Godofredo había acontecido en la madrugada del día anterior. Su encargo no debía demorarse. Pedro salió con el alba hacia París. Viajó solo y con dos caballos, uno para él y otro para el arca una vez la tuviera... Si lo conseguía. Al llegar a la *Île de la Cité*, sintió una extraña nostalgia. En su ánimo se entremezclaban los recuerdos de sus vivencias allí, que habían sido hermosas y placenteras, pero ahora despreciaba. Sentía cierta compasión de sí mismo, aunque lo hecho hecho estaba.

El convento del Temple se encontraba en el extremo oeste de la isla. Era un palacio rodeado de una pequeña muralla, a un lado, y el río, al otro. Pedro, antes de anochecer, dio un paseo por la zona, tratando de urdir un plan para entrar en el jardín. Las puertas se cerraban a la puesta de sol. Esto podía no ser un problema demasiado grave a la hora de entrar, salvo, claro está, que alguien lo viera; pero a la salida, con la caja, era diferente. El fantasma de Godofredo le había dicho que era pesada. Seguramente no podría escalar el muro con ella encima.

Pensó mucho e ideó varios modos de hacerlo. Casi todos eran descabellados. Sólo uno se le antojaba realizable, aunque complicado. No estaba seguro de que pudiera funcionar, pero debía intentarlo, tratar de cumplir cuanto antes el encargo de su hermano. Después, asistiría a la misa dicha en su nombre.

Llegada la noche, Pedro se dirigió al palacio del Temple. Estaba próxima la luna llena. Había demasiada luz, pero la decisión de actuar estaba tomada. Oculto entre las sombras, vigiló el recinto durante dos largas horas. En su interior no se observaba movimiento alguno. El edificio estaba deshabitado y todas sus riquezas habían sido confiscadas después del proceso. No parecía demasiado importante vigilarlo y por eso ningún guardia permanecía allí durante la noche. De todos modos, había que asegurarse.

Reuniendo todo su valor y sabiendo que su acción no era insensata, Pedro fue hasta la muralla. No levantaba mucho más de la altura de un hombre, y estaba construida mediante piedras irregulares. Esto facilitaba escalarla, pues aumentaba el número de entrantes y salientes donde poner los pies y asirse con las manos. Pedro trepó en una zona protegida de la pálida luz de la luna. Llevaba consigo una palanca y un amplio paño de estopa.

Ya estaba dentro del recinto del palacio. Para llegar a la fachada del jardín, caminó unos metros y dobló a su derecha. En la propia esquina comenzó a contar las piedras de la primera hilera, la más cercana al suelo. Se detuvo en la novena. Sacó la palanca de debajo de sus ropas y la fue introduciendo entre las comisuras de los bloques, esta vez totalmente regulares. Primero limpió las uniones y después intentó mover la piedra. Ésta no se desplazaba un ápice. Hizo más fuerza, pero sin resultado.

Pedro sudaba abundantemente. La noche era cálida y el esfuerzo fatigoso. Se enjugó los regueros de sudor que le bajaban por la frente. De pronto, los ladridos de un perro lo alertaron. Se oían muy próximos al lugar donde se hallaba. Completamente quieto escuchó, agudizando el oído. Cada ladrido sucesivo parecía más cercano. El can debía de estar, seguramente, al otro lado de la tapia del convento. Eso creía Pedro. Pero se equivocaba. Delante de él, al final del muro, asomó un animal de aspecto fiero y temible, aunque sólo podía distinguir de él su contorno y el brillo de sus ojos a la luz de la luna.

El perro se detuvo unos instantes, el tiempo justo de fijar la posición de su presa. Pedro se quedó inmóvil mientras el animal, frenético, se lanzaba ladrando hacia él. No había escapatoria, y simplemente lo esperó con la palanca levantada en su diestra, para asestarle un golpe cuando lo alcanzara e intentara abalanzársele. Fueron momentos breves pero intensos, de máxima tensión. Pero, cuando el can se hallaba a unos pocos pasos de su presa, se detuvo de improviso, con los ojos exorbitantes. Gimió lastimeramente y se tumbó en actitud sumisa.

Un suceso tan extraño no podía deberse a la casualidad. Parecía que el influjo invisible de una fuerza superior protegiera al hombre que, clandestinamente, trataba de recuperar el tesoro oculto del Temple. Sin embargo, era mejor no pensar en ello y continuar. El arco de la razón tiene un límite, y Pedro de Charny estaba peligrosamente cerca de sobrepasarlo.

Sin perder de vista al animal, que ahora lo observaba apático, Pedro continuó su trabajo. Introdujo de nuevo la palanca entre los sillares, con más ímpetu que anteriormente, e hizo un gran esfuerzo para intentar mover la piedra. Por fin cedió ligeramente. Esto le confirió renovadas energías. Empujó el hierro más adentro y volvió a empujar. El bloque salió un poco más. Lo estaba consiguiendo.

Tardó varios minutos en extraer completamente el bloque granítico. Era tan pesado que le costó incluso arrastrarlo para liberar el acceso al muro. Hecho esto, se arrodilló y tanteó con los brazos el espacio interior. No consiguió tocar nada. Quizás el arca estuviera más hacia dentro. Tuvo que tumbarse para tratar de llegar a ella. Rogó que el perro no mudara su actitud y volviera a su inicial hostilidad.

El hueco parecía no tener fondo. Pedro estaba metido hasta más allá de la cintura cuando tocó una superficie fría de suaves y lisos contornos. Era el arca. La asió y tiró de ella con fuerza, al tiempo que la levantaba para evitar rozaduras en su base. Poco después la tenía fuera. No se detuvo más que un instante a mirarla. Parecía antigua y hermosa; se percibía el amor del artesano que la hizo, aunque el trabajo era propio de un mediocre orfebre. La envolvió con el tosco paño antes de colocar en su sitio la piedra del muro. Después, ató el arca con una gruesa cuerda, dando lazadas alrededor y por debajo, hasta que la tuvo bien sujeta. Anudó entonces el extremo a su cintura y regresó a la tapia del palacio con ella en brazos. Como le dijo su hermano, era bastante pesada.

Antes de escalar de nuevo el muro, Pedro miró por última vez al perro que había estado a punto de atacarlo, aún sorprendido por su inesperada reacción. Había calculado la longitud de la cuerda para que le permitiera coronarlo sin mover el arca del suelo. Ya arriba, comprobó que nadie lo observaba y la izó cuidadosamente, operación que repitió a la inversa para dejarla al otro lado de la cerca. Después bajó él.

Todo había terminado felizmente. Ahora sólo restaba irse de allí aprisa, esperar el amanecer y regresar a Champenard. El encargo de Godofredo estaba cumplido.

Pedro llegó a su casa antes de la hora de la cena. Subió directamente a sus aposentos desde las caballerizas. El mozo de cuadra que estaba de servicio en ese momento, cepillando a los caballos, se sorprendió al ver a su señor tan sucio y despeinado. Le preguntó, asustado, si le ocurría algo, pero Pedro ni siquiera lo escuchó. Tenía la cabeza en otra parte. Ahora que había conseguido el arca, se le presentaba con mayor claridad lo incomprensible de los recientes acontecimientos.

En su alcoba, retiró la tela y observó con detenimiento el cofre. Era de metal; seguramente plata, pensó. Y, frente a él, sintió deseos de abrirlo. Puso sus manos sobre la tapa y la acarició como un amante, con ternura, muy lentamente. En su mente resonaban las palabras de Godofredo: «No debes abrirla»... Se contuvo. Debía cumplir fielmente el encargo de su hermano. Aun así, se preguntó qué tesoro contendría. Su valor debía ser incalculable, de una u otra forma, para haber promovido tales desvelos. Al menos, lo sabría el día de las nupcias de su hijo.

Continuaba absorto en sus reflexiones y recuerdos cuando un característico sonido en el vientre le recordó que estaba hambriento. No había probado bocado desde el día anterior. Envolvió otra vez el arca cuidadosamente, atándola con un cordel de bramante, y la encerró en un armario. Pediría que le subieran la cena y, mientras saciaba su apetito, tendría tiempo para decidir dónde la escondería. Su hijo tenía apenas diez años, y todavía faltaba mucho para su boda.

Estaba cansado y tenía sueño. Se frotó los ojos con las palmas de las manos y vio, admirado, que las cruces habían desaparecido.

36

1997, Poblet

Después de pagar, Enrique y el lego salieron del restaurante. El calor aún era casi insoportable, y Enrique agradeció la fresca brisa que provenía de las sierras cercanas.

–Aquellos picos más altos del fondo pertenecen a la sierra de Montsant –dijo Juan señalándolos–, y las que rodean el monasterio son las montañas de Prades.

Los dos hombres caminaron bajo el sol en dirección a una puerta embutida en la muralla exterior del convento. Enrique notaba la piedra caliente a través de sus zapatos. Juan le explicó que esa puerta se llamaba de Prades al igual que las montañas. Siguieron andando por una plaza más estrecha mientras el lego le contaba la historia de todo cuanto veían, y él tomaba notas y hacía croquis en un pequeño cuaderno que había sacado del bolsillo. En los edificios bajos, a un lado, vivían antiguamente los jornaleros y artesanos que trabajaban para la abadía. Alguien debía ocuparse aún de esos trabajos porque podían verse lustrosos aperos de labranza y herramientas en un cobertizo junto al que pasaron. La plaza se ensanchaba más adelante y, en ella, estaban las puertas que daban acceso a la antigua portería, ahora en desuso, y a la capilla de Sant Jordi, encargada por Alfonso V a mediados del siglo XV. Al fondo se elevaba una nueva muralla en la que se abría una puerta de dos hojas chapadas en bronce, que recibía el nombre de

Puerta Dorada ya que, de acuerdo a la tradición, se había adornado con oro para recibir a Felipe II. Las murallas exhibían los escudos de las Coronas de Aragón y Cataluña, y también de Castilla, puestos allí en honor a otros visitantes ilustres del monasterio: los Reyes Católicos.

La Puerta Dorada conducía a la Plaza Mayor. En su camino por ella hacia el recinto interior del monasterio, pasaron junto a la tienda de recuerdos. Un grupo de quizás una veintena de turistas, vestidos con ropas de colores y combinaciones impensables, se agolpaban para ver los objetos que ofrecía el local y comprar las entradas para la visita guiada. Enfrente, se encontraban las ruinas del antiguo edificio administrativo del convento y del viejo hospital de peregrinos y pobres. Junto a ellas estaba construyéndose una nueva posada con la intención de sustituir a la antigua, aunque ahora, pensaba Enrique, los peregrinos vendrían en coche y tendrían que pagar, y los pobres ni siquiera se acercarían. El lego lo condujo al interior de la pequeña capilla de Santa Catalina, de estilo románico, aunque no se detuvieron en ella por mucho tiempo. De nuevo en la plaza, le mostró la cruz del abad Joan de Guimerà y dieron tres vueltas a su alrededor, de acuerdo con la tradición según la cual quien lo hiciera volvería de nuevo a Poblet.

Enrique estaba encantado con todo lo que veía. El monasterio era mucho más grande de lo que había pensado, y su conservación, ejemplar. Pero se dio cuenta de que, en la cruz que había visto y en otros muchos lugares, había unas extrañas muescas; incluso en las losas de piedra del suelo.

–¿Qué son esas marcas en la piedra? –interrogó a Juan, sintiendo curiosidad.

–Lo ha notado, claro –dijo el lego como si ya estuviera esperando la pregunta–. Fue algo realmente espantoso –afirmó con una conmovedora tristeza–. Ocurrió en la Navidad de 1938, en plena Guerra Civil, unos pocos días antes de Nochebuena. Nunca lo olvidaré. Yo tenía –Juan entrecerró los ojos mientras lo calculaba– once años entonces. Mi casa estaba a unos pocos kilómetros de aquí, cerca de Riudabella. Me encantaba vagar por las montañas con mis amigos, aunque mi madre se ponía hecha una furia si se enteraba. En aquellos años había muchos lobos en estas sierras, casi tan hambrientos como nosotros por la guerra. Ahora ya casi no queda ninguno. También solía venir al monasterio para ver a los monjes y a los jornaleros trabajar en las viñas. Eran muy amables conmigo y siempre me daban alguna hogaza de pan, racimos de uvas y, a veces, incluso un cántaro de miel. Sobre todo el abad, un hombre muy viejo de casi noventa años que hablaba con un acento extraño y se llamaba Gilles.

En un primer momento, Enrique no supo a quién se refería el lego, porque pronunció el nombre como «Gi-lles», en vez de «Llils». Pero cuando se dio cuenta, sintió un estremecimiento. Hizo un rápido cálculo mental: suponiendo que, a finales del siglo pasado, Gilles tuviera alrededor de cuarenta años, si seguía vivo en 1938 tendría entonces prácticamente noventa. Justo la edad del monje al que conoció Juan en su niñez. Eso, unido a un nombre tan atípico, sólo podía significar que aquel fraile era el mismo Gilles a quien un sacerdote francés había enviado una carta más de un siglo antes. La carta que Enrique había descubierto en un viejo manuscrito. Todo coincidía. Sintiéndose absolutamente pletórico, siguió escuchando con atención las palabras del lego:

–Ése fue el día en que empezaban las vacaciones, aunque la verdad es que, desde que comenzó la ofensiva del Ebro, las clases no habían sido muy regulares. Por los bombardeos sobre todo, ¿sabe? –Enrique asintió distraídamente aunque sabía que en realidad no era una pregunta–. Recuerdo que era temprano; el cielo estaba completamente blanco y hacía un frío tremendo. Cuando se oyeron los primeros gritos, yo estaba en el calefactorio. Es una pequeña habitación a la que se entra desde el antiguo comedor y en la que hay una chimenea –le explicó a Enrique–. Me asomé al claustro para averiguar qué ocurría y lo que vi me heló la sangre, se lo aseguro. Por todo el patio corrían monjes de un lado a otro. Se les veía muy asustados y no paraban de repetir a gritos: «¡Los milicianos están aquí!». Lo cierto es que a mi edad yo no sabía mucho de política; sólo que los nacionales tiraban bombas y que los republicanos no les tenían mucha simpatía a los curas. Así es que corrí a esconderme en la cocina. No sé muy bien por qué, pero aún sigo vivo, luego debí acertar.

Bajo la sombra de un árbol, en un banco de piedra en el que se habían sentado, Enrique seguía tomando sus notas mientras Juan hablaba. Su letra era irregular, dada la velocidad a la que tenía que escribir para mantener el ritmo de la historia. Aunque lo prefería a tener que interrumpir al lego. Hechizado, continuó escuchando sin hacer un solo comentario.

–Unos minutos después se oyeron unos golpes terribles procedentes de la Puerta Real, ésa que está allí –dijo Juan señalando una entrada situada entre dos torres hexagonales–. Y luego vinieron los disparos. Yo jamás había oído unos disparos de verdad. Mi padre tenía una escopeta de cartuchos e iba con los compañeros de vez en cuando a cazar a los bosques, pero nunca me había dejado acompañarlo. Estaba terriblemente asustado. No sabía si salir corriendo o quedarme en el armario dentro del que estaba escondido. Era uno de esos que tienen grandes compartimentos para guardar el pan, con respiraderos en las puertas que evitan que se acumule la humedad. Mis ropas estaban llenas de harina por todas partes, y pensé en la buena tunda que me llevaría cuando volviera a casa y me viera mi madre. ¿Se lo puede creer? Unos milicianos estaban tomando el monasterio y yo pensando en eso. Supongo que fue por el miedo. Aquélla era una forma tan buena como cualquier otra de decirme que saldría de allí con vida, aunque sólo fuera para oír las riñas de mi madre. Era absurdo, claro, pero no imagina cuánto me sirvió pensarlo en aquel horrible día.

La punta del lápiz de Enrique estaba tan roma que apenas lograba ya escribir. Rebuscó ansiosamente en el bolsillo de la camisa y dio gracias cuando encontró un bolígrafo en él. No tenía la menor idea de dónde había salido; quizá lo cogió en la recepción del hotel sin darse cuenta. Pero eso no importaba ahora.

–A través de los respiraderos podía vigilar una parte del claustro, y también casi todo el refectorio por una abertura que lo comunica con la cocina. Así es que vi cómo entraban los milicianos en el patio y tomaban posiciones en él. Se oían ruidos por todas partes y pasos agitados en el piso superior, como si estuvieran registrando de arriba abajo el monasterio. Nunca en mi vida he pasado tanto miedo como en el momento en que entraron dos soldados en la cocina y uno de ellos abrió el compartimento de al lado. Estaban tan cerca de mí que hasta podía oler su aliento y el acre hedor de sus uniformes. No llegué a saber qué es lo que se llevaron, porque yo estaba encogido en un rincón con los ojos cerrados y rezando para que no me descubrieran, pero todas las noches desde entonces le doy gracias a Dios por hacer que encontrasen lo que buscaban. Cuando me atreví a volver a mirar por los respiraderos, se me encogió el corazón. El abad Gilles estaba en medio del claustro frente a un hombre vestido de uniforme que parecía ser el comandante de los milicianos. Al lado de éste, se encontraba otro militar que trataba de disuadirlo para que fusilaran a todos los monjes, pero el jefe de la tropa se negó. Recuerdo que, al oír su respuesta, suspiré de alivio con tal fuerza que la harina me saltó a la cara y, por un momento terrible, pensé que iba a estornudar y que me delataría. Pero afortunadamente no lo hice.

A Enrique le resultaba tan apasionante la historia de Juan que a veces se descubría mirándolo extasiado, con la punta del bolígrafo apoyada inerte sobre el papel. Luego se veía obligado a hacer un gran esfuerzo para recuperar el ritmo, pero no podía evitarlo.

–Me impresionó la absoluta serenidad que mostraba el rostro del abad cuando, sólo un momento antes, los dos milicianos habían estado discutiendo si iban a matarlo o no. Para serle sincero, señor Castro, y a pesar de haberle dedicado toda mi vida a Dios, no creo que pudiera mostrar ante la muerte la entereza y el valor que demostró aquel hombre; no creo que nadie pueda. El abad no era el único monje que estaba en el claustro. Junto a él vi a fray José, el anciano jefe de los novicios, y en su rostro tampoco había miedo alguno. Recuerdo que, después de llevar tanto tiempo metido en el mueble, tenía las piernas doloridas y sentía calambres por todas partes. Estaba seguro de que, si alguien llegaba a descubrirme, no sería capaz de salir corriendo. Aunque después tuve que hacerlo para salvar mi vida –dijo en un susurro, más para sí mismo que para Enrique–. Los dos monjes le pidieron al comandante de los milicianos que les permitiera enterrar a uno de los frailes que, al parecer, había muerto el día anterior. Aquello me sorprendió mucho, y sigue pareciéndome extraño hoy. Como le he contado, yo había ido al monasterio por la mañana muy temprano y no había visto ninguna señal de duelo, ni ninguno de los frailes comentó nada sobre ello. ¿Le estoy aburriendo con mis recuerdos? –le preguntó a Enrique de pronto, como si acabara de despertar de un profundo letargo–. No tiene por qué aguantar mis viejas historias. Los ancianos como yo hablan siempre demasiado. Yo creo que es porque tenemos miedo de morir y que nadie nos recuerde –sentenció sin que Enrique estuviera seguro de si hablaba o no en serio.

–¡Oh, no, por favor! –exclamó Enrique temeroso de que Juan no acabara su relato–. Continúe, se lo ruego.

–Está bien, lo que usted quiera, señor Castro –accedió el lego para alivio de Enrique–. Pero luego no diga que no se lo he avisado; aunque ya no queda mucho por contar. Como le decía, el abad y el hermano José le pidieron permiso al comandante para enterrar a un fraile muerto. Él accedió, lo que provocó nuevas quejas y gritos por parte del lugarteniente, que el comandante atajó ordenándole que se marchara fuera del monasterio para organizar el perímetro de defensa. Aunque yo no era más que un niño, recuerdo que pensé que aquello no quedaría así. Y desgraciadamente no me equivoqué. Hubo un momento en que el claustro se quedó vacío, porque los frailes se fueron a hacer los preparativos del funeral y los milicianos simplemente desaparecieron. Y, ¿sabe?, aquello fue lo peor de todo. Puede que le parezca una tontería, pero empecé a llorar al ver el claustro completamente desierto. Aquel lugar que tan sólo unas horas antes había estado tan lleno de vida y de actividad. Cuando conseguí parar, me dolía la garganta de esforzarme por no hacer ruido con mis sollozos. Después de ese día, siguió doliéndome durante mucho tiempo.

Enrique comprobó inquieto las hojas que le faltaban para terminar la libreta. Apenas había diez, aunque esperaba que fueran suficientes.

–Quizás un cuarto de hora después de que se marcharan, vi que los monjes regresaban de nuevo. Cuatro de ellos llevaban sobre sus hombros un humilde ataúd de madera de pino. Caminaban con paso lento y solemne encabezados por el abad y fray José, seguidos por todos los demás hermanos. La comitiva estaba escoltada por varios milicianos que aparecieron en el claustro poco antes que los monjes. Eso fue todo lo que vi desde mi escondite en el armario de la cocina. No sé exactamente qué ocurrió después, porque, no mucho tiempo más tarde, sólo pude oír los disparos y, sobre ellos, unos desgarradores gritos de pánico. Después de tantos años, todavía me despierto algunas noches envuelto en sudor, escuchando aquellos horribles gritos de dolor y de miedo. No puedo afirmarlo, ya le digo, pero estoy completamente seguro de que el abad y fray José murieron en silencio, con la misma dignidad con que debieron de vivir sus vidas. Ésa fue la segunda vez que lloré aquella mañana, pero en esa ocasión no pude evitar hacer ruido. Lloré por Gilles y por el hermano José, y por todos los demás monjes, y por mis doloridas piernas, que tenía completamente dormidas, y, sobre todo, lloré por lo absurdo de una guerra cuyas razones ni siquiera entendía.

Enrique se dio cuenta de que el anciano lego estaba llorando. Las lágrimas le corrían por la cara siguiendo los caprichosos caminos de sus arrugas. Él mismo estaba a punto de ponerse a llorar también.

–Lo siento mucho –es lo único que se le ocurrió decir–. No tiene que continuar si no quiere.

Juan se enjugó las lágrimas con sus manos encallecidas y luego alzó una de ellas hacia Enrique para indicarle que todo estaba bien, que podía seguir.

–Espero que me disculpe –dijo el lego afligido–. Soy un viejo tonto. Hacía muchísimos años que no le contaba esta historia a nadie: el suficiente para creer que podría soportarlo esta vez, pero ya sabe lo que dicen acerca de las viejas heridas. Bueno, ya que la he empezado, debo terminarla –afirmó con resignada determinación–. No mucho después de los disparos, o eso creo, porque había perdido totalmente la noción del tiempo, oí unos estruendos a lo lejos que al principio tomé por los truenos de una tormenta. Eso fue hasta que el ruido del motor de un avión resonó con estridencia por encima del claustro, y soltó una bomba que debió de caer en algún lugar más allá del refectorio. No podía creer que estuvieran bombardeando el monasterio. La onda expansiva fue tan violenta que todos los cacharros de la cocina cayeron de sus alacenas y el armario tembló, a pesar de los gruesos muros de piedra que me separaban del lugar de la explosión. Me obligué a salir del armario, dejándome caer al suelo desde el compartimento a un metro de altura, pero no conseguí ponerme en pie porque mis piernas no me respondían. Las tenía entumecidas y el dolor que sentí al tratar de estirarlas fue insoportable. Mientras estaba tirado en el suelo, el avión pasó otra vez en vuelo rasante, y esta vez la bomba cayó más cerca, acompañada de unas ráfagas de ametralladora. Tras la explosión, lo único que conseguía oír era un pitido agudo. Y pensé que me quedaría sordo para el resto de mi vida. No fue así, pero no oigo muy bien del oído izquierdo, que es el que se llevó la peor parte. Con la segunda detonación, el armario se tambaleó de tal modo que creí que iba a caerme encima y aplastarme. Estaba aterrorizado y, aunque cada movimiento era un suplicio, conseguí salir de la cocina a rastras. Había cacerolas, bandejas, cuencos, tazones, y todo lo que pueda imaginar, desparramados por el suelo. El aire estaba tan cargado de humo y olía tanto a pólvora quemada que los ojos me ardían. En el vestíbulo la escena era mucho peor. Las piedras del suelo estaban manchadas de sangre y se veían miembros mutilados por todas partes. Y lo más terrible eran los desgarrados lamentos de los heridos, que se oían incluso por encima del estruendo ensordecedor de las explosiones. Nadie me prestó atención. Ni siquiera cuando pude incorporarme y salí del monasterio a pie. Ni tampoco cuando me detuve un instante junto a los cuerpos de los monjes que yacían bajo la cruz que le he ense ñado antes. Recuerdo que corrí por esta plaza en dirección a la salida, y durante todo el tiempo, hasta que me agazapé temblando detrás de unos setos ya fuera de peligro, pensé que en cualquier momento una de aquellas mortíferas balas atravesaría mi espalda, y que eso sería el final. Cuando los aviones se fueron, gran parte del convento no era más que un montón de ruinas humeantes, y sólo entonces me di cuenta de que el brazo me sangraba. Creí que me había manchado con la sangre de alguien, pero al mirarme vi que tenía una herida abierta casi hasta el hueso; probablemente debida a la metralla. Aún tengo la cicatriz –le dijo enseñándole a Enrique una marca que cruzaba a lo largo su brazo–. Lo siguiente que recuerdo es que me desperté en la cama de un hospital de campaña y que mi madre estaba junto a mí.

–¿Qué cree usted que ocurrió? –le preguntó Enrique conmocionado por la historia del lego–. Con los monjes, quiero decir. ¿Cómo cree que murieron?

–No lo sé –respondió Juan–. ¿Quién sabe? –añadió en un murmullo.

Enrique asintió con la cara totalmente seria. La inesperada y fascinante historia lo había conmovido. Miró el cuaderno con gesto distraído para desviar la vista de los ojos del lego, incapaz por alguna razón de mantener su mirada. Sólo le quedaba una hoja en blanco.

–Usted es la primera persona fuera de mi familia que oye esta historia.

Enrique asintió de nuevo, sin decir nada.

–Así es que utilícela bien –añadió Juan tratando de recuperar su tono jovial–. Si escribe con ella un libro, o algo así, y se hace rico, no dude en llamarme.

Enrique volvió la cabeza para mirar al lego. En el rostro de éste aún se veían las marcas de las lágrimas secas, pero ahora estaba iluminado por una cálida sonrisa.

–¿El noventa por ciento para usted, y el diez para mí? –preguntó Enrique.

Juan se mantuvo en silencio por unos instantes, como si estuviera considerando seriamente la propuesta.

–A partes iguales –dijo por fin–. Si fuera yo el que tuviera que escribirlo... ¡Válgame Dios! Mejor no pensarlo.

Los dos hombres empezaron a reírse a carcajadas. Realmente no por el comentario del lego, sino porque necesitaban hacerlo para exhortar los miedos y el sufrimiento de aquella Navidad de hacía casi sesenta años, como el anticipo de tiempos mejores y menos oscuros.

37

1327, Champenard
1453, Lirey

Pedro de Charny tenía motivos para estar contento. Era el día de los esponsales de su hijo. La novia era una muchacha dulce y hermosa, llamada Juana, de la Casa de Vergy. Además, podría por fin conocer el contenido del arca de los templarios. Godofredo no había dicho nada en contra de que su hijo la abriera y le mostrara lo que fuera que hubiese en su interior. A él estaba destinada y podía obrar como mejor creyera. No iba a negarle a un padre compartir tan preciado don.

Sin embargo, la alegría de Pedro duraría muy poco, y con ella la propia y natural de un casamiento. Durante el banquete, que se celebró en el jardín de su propiedad, riendo por una traicionera chanza, se atragantó con un hueso de cordero y se asfixió sin que nadie pudiera hacer nada para salvarlo. Gracias a que había allí varios sacerdotes, que oficiaron la ceremonia, Pedro pudo recibir la extremaunción mientras luchaba por robar un poco de aire y evadirse de las garras de la muerte. Pero no lo consiguió. La felicidad se tornó tristeza; el blanco de la pureza nupcial, en negro fúnebre.

Aquella misma mañana había llamado a su hijo para mostrarle el arca. Durante más de un decenio había permanecido encerrada bajo llave en el sótano, en un cofre de la bodega, rodeado de barricas y botellas de vino. Sólo le dijo, repitiendo las palabras de su hermano, que el contenido estaba destinado a él por Dios. Godofredo aceptó el presente sin comprender de qué se trataba. Por su imaginación pasaron diversas ideas, todas ellas vagas y equivocadas. Estaba seguro de que tenía que ser algún tipo de legado familiar, algún objeto antiguo y muy valioso; en esto último estaba en lo cierto, aunque era incapaz de sospechar su auténtica naturaleza.

La muerte del padre sumió a Godofredo en una intensa tristeza. El día más feliz de su vida había sido también el más doloroso. En Champenard, después de las exequias, el luto duró un mes completo. Muchas mujeres del pueblo lloraron desconsoladamente en el entierro. Pedro se había ganado el aprecio de sus siervos por su temperamento desenfadado y cordial, siempre justo e indulgente. Aunque su gravedad de ánimo había aumentado desde la aparición de su hermano, no perdió estos rasgos de carácter, sino que los aderezó con una recobrada devoción religiosa.

Pero es imposible luchar contra las ineluctables leyes de la vida y el destino. Godofredo tuvo que sobreponerse y, junto a su bella esposa, apartar de sí el dolor y seguir adelante. Juana lo apoyó mucho, y compartió con él la admiración del legado de Pedro: la Sábana Santa. Nunca supieron cómo había llegado a sus manos ni el inexplicable secreto que la rodeaba. Se consideraban honrados y afortunados de poseerla. La Providencia obraría para iluminarlos y guiar sus pasos.

Nadie más tuvo noticia de la Síndone durante otro cuarto de siglo. Godofredo no sabía qué debían hacer con la reliquia. Consideró, animado por Juana, la posibilidad de enviársela al papa, pero estaba «destinada a él por Dios». La gran pregunta estaba formulada, y ambos creyeron que, llegado el momento oportuno, lo sabrían sin dudarlo, presentándose como una revelación, de un modo claro y evidente.

Estaban en lo cierto.

A mediados del siglo XIV, Francia estaba en guerra con Inglaterra. Las hostilidades entre ambas potencias se habían iniciado en 1337, por los derechos de sucesión al trono francés, y no terminarían hasta 1453, en la que se conoció como Guerra de los Cien Años. El rey de Francia, Felipe VI, hijo de Carlos de Valois y sobrino del vil Felipe el Hermoso, y el heredero al trono inglés, Eduardo, llamado el *Príncipe Negro* por el color de su armadura y de su corazón, hijo del rey Eduardo III, se encontraron por primera vez en la batalla de Crécy en 1346. Poco después, durante el asalto francés a Calais, Godofredo de Charny fue capturado y recluido en espera de su rescate.

Pero Godofredo logró huir por sus propios medios, exponiéndose a la muerte. Era un hombre astuto y valeroso que no deseaba ver cómo su familia se veía en la deshonrosa obligación de pagar por su libertad. Justo antes de la exitosa fuga, había tenido un sueño extraño, carente de figuras o imágenes, en el que una voz lejana y autoritaria lo animaba, casi como un mandato, a intentar la escapada, y le aconsejaba que se encomendara al Santo Rostro de Cristo. Cuando despertó, excitado y sudoroso en medio de la noche, Godofredo juró dedicar una capilla en sus tierras para venerar la Síndone. Ignoraba el porqué, pero tenía la seguridad, la absoluta convicción, de que ése debía ser el destino de la reliquia que durante veinticinco años había guardado como el más inestimable tesoro.

Así lo hizo. Al regresar en 1349, con la aprobación del papa Clemente VI, erigió la iglesia prometida en Lirey, llamada de Santa María, y en ella expuso el Sudario. Poco a poco, al tener noticia de ello, peregrinos de toda la Cristiandad fueron allí a venerarla como la auténtica mortaja que envolvió el cuerpo de Jesús, recogido por José de Arimatea, y que resucitó en el sepulcro al tercer día de su muerte en la cruz. Pero también se iniciaron los problemas, ya que algunos obispos, celosos de los privilegios otorgados desde Aviñón por el Vicario de Cristo a los Charny y, sobre todo, de los fabulosos ingresos en forma de limosnas aportados por los misericordiosos visitantes, intrigaron contra la familia sin ningún rubor. Además de esto, y por añadidura, la noble Casa de Saboya, que tenía lazos de consanguinidad con los Charny, comenzó a solicitar que les fuera entregada la Sábana, como cabeza de la estirpe y, por tanto, heredera legítima de la misma.

Godofredo murió en la batalla de Poitiers, en 1356, siendo ya rey Juan II, hijo de Felipe VI, que fue capturado durante su curso por el Príncipe Negro. Durante la centuria siguiente, la Sábana continuó en Lirey, siempre a cargo de los herederos de la familia Charny. En todo ese tiempo, los duques de Saboya continuaron insistiendo en su reclamación, hasta que, en 1453, coincidiendo con la caída definitiva de Constantinopla en manos del Imperio Otomano, Margarita de Charny la entregó por fin tras largos enfrentamientos.

Esta mujer excepcional, adelantada para su tiempo y cabeza de la dinastía durante muchos años, siempre se negó a aceptar las demandas de los Saboya. Los motivos que la llevaron a entregar finalmente la preciada reliquia se asientan en un miserable chantaje del que fue objeto. Margarita tenía una hija, llamada Catalina, una doncella dulce y exquisita, de gran corazón y fina inteligencia, pero poco agraciada físicamente. Era difícil encontrar marido a una criatura fea como ella, de cabeza alargada y ancha, ojos caídos por el raquitismo sufrido durante la infancia, y labios repletos de lunares, que el maquillaje no lograba disimular. Así, aún continuaba soltera a los veinticinco años, ya que, al contrario de lo que solía suceder en muchos casos como el suyo, no creía estar destinada a la vida conventual.

Sin embargo, un apuesto joven, oficial del Rey, comenzó a mostrar repentinamente un gran interés por la muchacha. La conoció en la iglesia, donde acudía con su madre, dándole el agua bendita, y poco a poco fue trabando amistad con ella y frecuentándola decorosamente; una amistad que Margarita veía con buenos ojos, al ser el pretendiente un hombre digno y de buena posición. Y así, ambos jóvenes iniciaron una relación de noviazgo que parecía idílica. Pero, por desgracia, todo formaba parte de un oscuro plan, frío y perverso, escrupulosamente urdido por el desalmado duque Luis de Saboya.

Catalina había caído en las redes del hipócrita oficial sin sospechar. El amor ciega al amante, que sólo ve lo que quiere ver y confunde sus deseos con la realidad. Ella sabía que la boda se celebraría muy pronto y, engañada por su falaz prometido, no pudo resistir el deseo de la carne. Se dejó deshonrar por él, entregándose al amor irreflexivamente. El embaucador, entonces, continuó su noviazgo con toda normalidad. Pero llegado el día de las nupcias, en el momento de la consumación del matrimonio, el marido abandonó el tálamo a toda prisa y fue en busca de la madre de su esposa.

Le anunció a Margarita que su hija no era doncella. Había sido desflorada antes de la boda y, en esas condiciones, no podía aceptar el matrimonio, al tiempo que debía denunciarla a la Santa Inquisición. La situación que se planteaba era de una gravedad extrema. Margarita, sin comprender lo que había sucedido y las circunstancias en que su hija había cometido tal desliz, trató de sobornar al oficial para que mantuviera su silencio. Pero él, después de dejarse rogar, se reveló por fin, y solicitó como pago por su discreción la entrega de la Síndone a la Casa de Saboya.

Margarita de Charny lo comprendió todo finalmente. Pero no tenía otro remedio que aceptar el chantaje. Sin embargo, puso una condición. El oficial debería pasar al menos un año junto a Catalina, como un amante esposo. Después, con la excusa de una batalla, él se iría lejos, le escribiría un par de cartas y luego fingiría su muerte. Catalina sufriría mucho, pero habría conocido la felicidad durante algún tiempo. Además de esto, que fue aceptado sin titubeos, Margarita eligió el lugar del encuentro. No quería pisar territorio saboyano. Sería en Suiza, en la ciudad de Ginebra. El 22 de marzo de 1453, en el palacio de Varambon, el Santo Sudario de Cristo, durante tantos años en su poder y por una vil extorsión, dejó de pertenecer a la noble Casa de Charny. A partir de entonces, su historia estaría ligada a los duques de Saboya hasta 1502, cuando César Borgia se lo arrebató. Pero ellos nunca llegaron a saberlo, y veneraron la reliquia en Chambéry, y luego en Turín, durante las siguientes centurias.

38

1997, Poblet

Juan acompañó a Enrique hasta la tienda de recuerdos para que éste comprara un nuevo bloc de notas. Afortunadamente, ya no estaban allí los turistas extranjeros, por lo que apenas tardaron unos minutos. De camino hacia la Puerta Real, Enrique se fijó en la cúpula de la iglesia, que sobresalía majestuosamente por detrás del campanario. Tenía el aspecto de la atalaya de un castillo medieval. Y quizá lo fue en su día; pero ahora, en las caras de su estructura poligonal, se abrían enormes arcos ojivales de fina decoración, en cuyo interior se disponían dos hileras con tres ventanas cada una.

–¿Puede llevarme allí arriba? –le preguntó Enrique al lego señalando la cúpula–. Debe de tener una vista magnífica.

–No veo por qué no –concordó Juan–. Después de una historia tan triste nos vendrá bien la brisa que corre en la cúpula. Despeja la mente, ¿sabe?

Lo que el lego había llamado «brisa» era en realidad un auténtico vendaval. La vista desde la cúpula era impresionante, pero Enrique tenía que cubrirse los ojos con una mano para poder mantenerlos abiertos. En caso contrario, el salvaje viento hacía que le lloraran sin parar y le impidieran admirar el paisaje que rodeaba el monasterio. Desde esa altura, podía ver los coches del aparcamiento, y las nuevas personas que atestaban la tienda de recuerdos eran poco más que manchas de colores. El día estaba completamente despejado, y se mostraban con claridad las lejanas sierras de Montsant y las pequeñas poblaciones de las laderas, que daban la impresión de estar ascendiendo por ellas costosamente. El viento fresco, aunque recio, y el calor de la tarde producían una sensación agradable, relajante.

Enrique estaba contemplando la escena una última vez cuando de pronto se fijó en algo que antes le había pasado desapercibido. Seguramente, debido a que los predominantes tonos pardos del recinto hacían que quedara camuflado entre la vegetación de la zona este del convento, pues su tamaño sí era lo bastante grande como para hacerlo destacar en el paisaje.

–¿Qué es aquella edificación de allí? –le preguntó a Juan a gritos, tratando de hacerse oír sobre el rugido del viento.

El lego siguió con la mirada la dirección que señalaba el brazo de Enrique, y luego respondió:

–Es un cementerio. Tiene más de ochocientos años, pero ya no se utiliza. Ahora los monjes se entierran en otro que hay dentro del monasterio.

–¿Y eso de color verde que se mueve con el viento? –volvió a preguntar Enrique.

–Ah, se refiere a la parra –dijo Juan mirando de nuevo al camposanto, sin entender al principio de qué hablaba Enrique–. Tiene tantos siglos como el propio cementerio. La verdad es que es un milagro que aún no se haya secado. Cuando yo era pequeño, sus hojas cubrían gran parte del cementerio y daban una buena sombra en verano, pero ahora sólo brotan unas cuantas hojas alrededor del tronco. Si se fija, verá que está sujeta con postes de madera en varios sitios.

Enrique observó con más detenimiento y vio que, en efecto, por encima de las verdes hojas de la parra y en algunos puntos del perímetro exterior del camposanto sobresalían unos gruesos cilindros de madera pintados de blanco. Inclinándose un poco para cubrirse del viento, sacó su libreta nueva y pasó las hojas en las que había tomado notas sobre la iglesia antes de subir a la cúpula.

Cuando llegó a una libre, dibujó cuidadosamente en ella el cementerio, incluidos los postes y una representación bastante tosca de las ramas de la parra que iban de unos a otros.

De nuevo en la plaza, tras bajar de la cúpula, Enrique sentía los labios resecos por la acción del viento y del sol. La luz era más tenue, pues ya empezaba a anochecer, pero aún hacía calor. Decidieron ir a tomar un refresco antes de visitar las cámaras subterráneas del monasterio, momento que Enrique esperaba con gran impaciencia.

El amplio vestíbulo del convento era muy fresco, y lo parecía más, incluso, por el contraste de temperatura con el exterior. Mientras contemplaban el alto y sobrio techo de la sala, se oían a lo lejos las voces de los turistas, que descendían por una escalera de piedra a un lado. El lego explicó que ésta llevaba a una sala llamada el Palacio del rey Martí, y al dormitorio de los monjes. Antes de que los visitantes llegaran al vestíbulo, Juan lo condujo a través de una puerta de madera, situada en el lado opuesto al de la entrada. Esa zona estaba reservada exclusivamente para los frailes de la abadía, y desembocaba, pasando por detrás de la biblioteca, en una gran plaza. Se encaminaron hacia el extremo derecho de la muralla este, a cuyos pies se alzaba un robusto y gran edificio. Frente a él, se hallaban unas capillas circulares que Enrique suponía que pertenecían al ábside de la iglesia.

Penetraron en el edificio por una pequeña puerta metálica. El interior estaba decorado, al igual que el resto del monasterio, con una sobria austeridad. Los muebles de madera parecían muy antiguos y terriblemente frágiles. Dos hileras de gruesas columnas atravesaban de lado a lado la estancia sin ventanas. A la derecha, se hallaba una gran chimenea de paredes ennegrecidas, que debía de haber calentado muchos cuerpos y alguna que otra perola de caldo.

–¿Puede ayudarme? –preguntó Juan desde el otro extremo de la sala.

El lego trataba de mover una alacena de aspecto pesado. Enrique no se percató de sus intenciones hasta que, después de ayu dar a Juan a ponerla a un lado, éste hincó su rodilla en el suelo y levantó una gruesa y polvorienta alfombra. Al hacerlo, dejó al descubierto una losa rectangular de piedra, aislada del resto del piso por un hueco casi imperceptible que rodeaba su perímetro.

–Y ahora... –dijo el lego como si fuera a presentar un número de magia, presionando una de las piedras de la base de la chimenea–. Fíjese bien.

Enrique oyó de pronto un ruido de cadenas arrastrándose y un sonido hueco y grave. Boquiabierto, observó cómo la losa de piedra se hundía bajo el suelo a un metro escaso de sus pies, para luego desaparecer por un extremo, y dejar al descubierto unas escaleras de piedra sumidas en la más absoluta oscuridad.

–¡Increíble! –exclamó Enrique entusiasmado.

–Eran realmente listos, ¿eh?

Juan se dirigió a un pequeño mueble de roble y extrajo de un cajón una linterna de aspecto potente.

–Sígame. Y tenga mucho cuidado por donde pisa. Los escalones están húmedos y resbaladizos.

Conforme decía esto, el lego empezó a descender cuidadosamente por las escaleras del pasadizo, iluminando los traicioneros peldaños con la linterna, y apartando, con la mano libre, las enormes telarañas que colgaban del techo. Enrique lo siguió, sin levantar en ningún momento la vista de los talones del lego y de las puntas de sus propios zapatos.

–Se dice que, unos días después del bombardeo, las tropas nacionales tomaron el monasterio. –La voz de Juan resonaba de un modo inquietante en la oscuridad–. Este edificio había quedado prácticamente destruido y fue así como descubrieron la entrada del pasadizo. También se cuenta que los soldados encontraron estandartes y escudos de los templarios, además de un extraño tapiz con símbolos de los constructores de catedrales. Nadie sabe qué hicieron con todo aquello, pero lo que no pudieron llevarse sigue aquí, como podrá ver dentro de un momento. En las últimas campañas de la guerra, el monasterio sirvió como cuartel general, y la entrada del pasadizo se reconstruyó con la intención de utilizar las cámaras subterráneas como un improvisado búnquer para el Estado Mayor.

La escalera acababa en una sala amplia, tan oscura como aquélla. Enrique chocó contra la espalda del lego cuando éste se detuvo de repente.

–Cuidado con el hueco –le dijo a Enrique iluminando el suelo del otro extremo de la habitación. Allí, unas estrechas escaleras descendían hasta una puerta metálica muy deteriorada por la corrosión, situada por debajo del nivel de sus pies–. Esa puerta conduce a un pasadizo. Antiguamente podía irse a través de él hasta una salida en el bosque, al sur del monasterio, pero ahora está medio derrumbado y es muy peligroso entrar. Además, los soldados cegaron la salida durante la guerra.

Enrique estaba fascinado: entradas secretas, pasadizos, objetos misteriosos... Todo aquello parecía irreal, demasiado fantástico para ser verdad.

–Ésta es la sala donde encontraron el tapiz y todo lo demás –dijo el lego entrando en una estancia mucho más amplia que la anterior–. ¿Y ve estas columnas retorcidas? –preguntó mostrándole a Enrique los fustes.

–Las columnas de Jachim y Booz. Los guardianes del templo de Salomón –dijo Enrique mirándolas fijamente.

Cuando Juan iluminó las paredes, Enrique pudo ver las marcas que habían dejado en ellas los escudos, que aparecían de un color más claro que el resto. Y también herrumbrosos aros para las antorchas que alguna vez iluminaron la estancia.

–El tapiz cubría aquella pequeña entrada –le informó Juan iluminando un hueco en la pared del fondo–. Mire lo que hay encima.

Sobre el estrecho y bajo arco, grabados en la piedra, había unos símbolos. Enrique se aproximó para verlos más de cerca.

–El Ojo de Dios y... –empezó a decir el lego.

–Los gemelos de la constelación de Géminis –terminó Enrique–, el más característico sello del Temple, que representa a los dos caballeros montados sobre una misma cabalgadura. ¿Pero qué...? Juan, ¿puede dejarme la linterna un momento?

–Sí, claro. ¿Qué ocurre?

–Quiero comprobar algo –contestó Enrique distraído, poniendo su cara tan cerca como pudo de las pequeñas estrellas grabadas en la piedra–. ¿Lo ve? Justo aquí, alrededor de la estrella Cástor.

El lego se colocó junto a él para mirar lo que Enrique trataba de mostrarle.

–No veo nada.

–¡Está ahí! ¿Realmente no lo ve? Es un círculo oscuro. Parece hecho con algún tipo de pintura.

–¡Ya, ya lo veo! –exclamó el lego–. Tiene usted razón.

Los dos hombres comprobaron todas las estrellas una por una, pero no encontraron ninguna marca similar en ninguna otra.

–¿Cree que significa algo? –preguntó Enrique.

–No tengo la menor idea. –Juan se encogió de hombros–. Quizá lo significó en algún momento.

Alumbrando con la linterna su cuaderno de notas, Enrique dibujó los símbolos de la pared, tanto el Ojo como las estrellas de Géminis y la extraña marca que rodeaba a Cástor, la cabeza de uno de los gemelos y la estrella más brillante de la constelación.

–Si eso le parece raro –dijo el lego cuando Enrique terminó–, venga a ver esto –añadió atravesando el bajo arco de piedra de la entrada que había ocultado el tapiz.

Enrique lo siguió obligándose a dejar de mirar los símbolos de la pared.

–Éste es el *sancta sanctórum* –susurró Juan, como si fuera un sacrilegio alzar la voz allí–, el lugar más secreto y oculto del monasterio.

Se encontraban en una sala pequeña y vacía, de techo alto.

–El lugar perfecto para guardar una preciada reliquia –musitó Enrique observando las desnudas paredes de piedra.

Cuando volvieron a salir a la superficie ya era casi de noche. Antes de darle efusivamente las gracias al lego y despedirse de él hasta el día siguiente, Enrique completó en su libreta los datos que faltaban de su visita a las cámaras subterráneas.

Mientras conducía el coche de vuelta al albergue no dejaba de pensar en lo que había visto. Ya no tenía duda alguna sobre la veracidad de las afirmaciones que el padre Arranz hizo acerca del monasterio de Poblet en el congreso de Monterrey. Y, aunque jamás sabría cómo vivió el misterioso Gilles, sí había descubierto al menos cómo murió. Además, tenía la certeza de que en el monasterio se había venerado una copia de la Sábana Santa. «O la Sábana auténtica», pensó, recordando las palabras del profesor.

Se dijo que debía sentirse contento, pero resultó inútil. Aún había preguntas sin respuesta; demasiadas preguntas. Tenía la sensación de que aquellos misterios sin resolver eran lo que realmente importaba, y que algo se le estaba escapando. A pesar de lo que había descubierto, seguía sin poder explicar por qué un profesor ateo de La Sorbona había hecho un largo viaje desde París a un monasterio perdido en las montañas de Tarragona, en busca de la Sábana Santa. Tampoco comprendía qué lo había llevado a convertirse al encontrarla, o por qué unos monjes cistercienses la tenían oculta en las entrañas de la tierra, en un lugar lleno de símbolos templarios. Ni tenía la menor idea de cuál era el papel del medallón de Jacques en todo ese enigma.

Los dos cuadernos de notas reposaban sobre el asiento del copiloto. Enrique apartó por un momento la mirada de la carretera para dirigirla hacia ellos. Estaba seguro de que la respuesta se encontraba en sus hojas, en algún lugar. Ya alcanzaba a ver a lo lejos las luces del albergue cuando recordó una frase que el profesor Arranz dijo en su conferencia, justo antes de que los abucheos de sus colegas impidieran oír más sus palabras: «A veces la Historia nos sorprende con sus hechos y nos vemos tentados a ocultar una verdad que nos asusta. Pero no deben tenerle miedo a lo que ya ha ocurrido; simplemente cambien...»

–... su punto de vista –murmuró Enrique.

La impresión que sufrió fue tan intensa que perdió el control del coche, se salió de la carretera y fue a chocar contra el tronco de un árbol. Afortunadamente le dio tiempo a frenar, y el cinturón de seguridad evitó que se golpeara la cabeza contra el volante. Durante un angustioso momento fue incapaz de respirar y sentía un fuerte dolor en el pecho, en el lugar donde se le había clavado el cinturón.

Apagó el contacto y, después de varios intentos, logró encender la luz interior del vehículo. Con gran esfuerzo, cogió una de las libretas, que ahora se encontraban en el suelo, donde habían caído al salir despedidas del asiento por la fuerza del impacto. Pasó las páginas con violencia hasta que encontró lo que buscaba en una hoja y la arrancó. Luego cogió rápidamente la otra libreta y comenzó a pasar sus páginas con igual furia.

–¡¿Dónde estás?! – preguntó en el silencio de la noche, apretando con fuerza en su puño la página que había rasgado–. ¿Dónde es...? Dios mío... –dijo en un susurro–. ¿Cómo he podido no darme cuenta?

Muy lentamente, tan asustado al descubrir que tenía razón como que parecía haberse vuelto loco, abrió la mano que agarraba la hoja arrancada. Estaba totalmente encogida, como una flor marchita. Enrique la colocó junto al cuaderno abierto sobre sus rodillas y trató de alisarla con la palma de la mano. Cuando vio las dos imágenes juntas, inhaló aire con fuerza, incapaz todavía de creerlo. Aunque no lo necesitaba, giró la libreta hasta que el dibujo del camposanto tuvo la misma orientación que las estrellas de la constelación de Géminis. En una hoja aparte y con un trazo discontinuo, empezó a copiar la imagen del cementerio, pero dejando sin unir los puntos del perímetro y trazando las líneas que representaban el tronco de la parra. Como por arte de magia, surgieron ante sus ojos atónitos las delgadas figuras de los dos gemelos, cogidos de la mano y con sus cabezas, Cástor y Pólux, inclinadas levemente hacia delante.

Enrique permaneció unos instantes sentado en el coche, con los brazos posados lánguidamente sobre sus piernas, y observando con la mirada perdida las luces del albergue. Luego pareció cobrar vida de nuevo y, con una inusitada calma, se guardó todos los papeles en el bolsillo. Encendió de nuevo el contacto tratando de arrancar el coche. El motor emitió un sonido ronco pero no llegó a funcionar.

Salió torpemente con una pequeña linterna en la mano que había encontrado milagrosamente en la guantera. El dolor de su pecho no era ya más que una molestia sorda y lejana, pero empezó a notar una punzada en la rodilla, que se había golpeado en el accidente. La temperatura había descendido mucho y la brisa nocturna le produjo un escalofrío. Cojeando ligeramente, fue hasta la parte delantera del coche para abrir el capó, e iluminó el interior con el haz de luz. El radiador estaba destrozado; el agua de su circuito caía por todas partes. Miró en dirección al albergue por última vez y después le volvió la espalda para encaminarse hacia la negra carretera, hacia el monasterio de Poblet. La abadía se encontraba a menos de un kilómetro pero, en aquella oscuridad, parecía estar mucho más lejos. Las ramas de los árboles, que por el día proporcionaban una agradable sombra, tenían en la negrura un aspecto amenazador. Más allá de la calzada, en las frondosas profundidades del bosque, los ojos de animales desconocidos brillaban fugazmente.

Cuando llegó al monasterio, y después de atravesar la Puerta de Prades, encontró la plaza completamente desierta. Enrique se dirigió hacia el cobertizo de herramientas que había visto al pasar por allí esa mañana, mirando con nerviosismo en todas direcciones, temeroso de que lo descubrieran. La entrada estaba abierta, pero antes de pasar se aseguró de que el interior estaba vacío espiando furtivamente a través de una ventana. Ya dentro, encendió la linterna y paseó su luz por toda la habitación, en busca de un pico y una pala de aspecto macizo. Con ellos al hombro y la linterna apagada otra vez, se movió entre las sombras hasta alcanzar la oscura maleza que crecía en la zona norte del convento.

La temperatura había descendido aún más. El cielo estrellado fue cubriéndose poco a poco por espesas nubes de tormenta. Enrique oyó el lejano sonido de un trueno y en su mente surgió la imagen de un avión de alas plateadas vomitando fuego y muerte.

Le llevó algo más de diez minutos atravesar la planicie y llegar hasta el viejo cementerio. Estaba rodeado por un muro de unos dos metros de altura, compuesto por piedras de forma irregular que se habían desprendido en algunas partes. Las nubes habían terminado de cubrir el cielo sobre su cabeza, como una asfixiante losa gris. Nada más atravesar la desvencijada puerta de barras metálicas, empezaron a caer las primeras gotas de lluvia. Si no estaba equivocado, la tumba que buscaba debía de encontrarse al otro lado del camposanto. La oscuridad era ahora casi completa, pero sólo se atrevía a encender la linterna de un modo intermitente, por temor a que algún fraile pudiera verlo desde las ventanas del monasterio. Andando casi a ciegas entre las lápidas, tropezaba continuamente con ellas. A unos pocos metros del muro opuesto a la entrada, se enganchó el pie en una raíz y cayó de cara contra el suelo. El pico y la pala salieron despedidos hacia delante en su caída, y produjeron un ruido estrepitoso al chocar contra las piedras del muro. La lluvia se intensificó. Unas gotas gélidas golpeaban con furia su espalda, como si quisieran impedir que se levantara de nuevo.

Consiguió erguirse a duras penas, mientras palpaba con el dedo la linterna en busca del interruptor. Esta vez no se molestó en cubrir el foco de luz con su cuerpo cuando lo movió de un lado a otro para localizar las herramientas. Se encontraban al pie del muro, junto a uno de los postes que sostenían la parra. Después de agacharse a recogerlos con un gruñido de queja –la rodilla empezaba a dolerle de nuevo–, miró a su alrededor y comenzó a lanzar rápidos destellos de luz en todas direcciones para tratar de situarse.

–Pólux –dijo en una voz muy baja, iluminando un poste situado en el muro frente a él–. Y... –susurró aún más bajo dándose la vuelta.

La mano que sostenía la linterna empezó a temblarle y tuvo que sujetarla con la otra para poder fijar el haz de luz. La tumba no tenía lápida. Sólo una improvisada cruz clavada en el suelo y fabricada con dos pequeñas tablas, unidas mediante algún tipo de cuerda. La horizontal se encontraba levemente inclinada, y en ella aún podía leerse, en unas letras irregulares y borrosas: «FRAY CÁSTOR».

Enrique se quedó de pie junto a la sepultura. El agua le caía sobre la cabeza y los hombros, y le resbalaba por los brazos hasta el extremo de los dedos. No llegaba a comprender del todo cómo un profesor de historia como él estaba a punto de profanar una tumba en el cementerio de una abadía. Sin embargo, se sentía curiosamente tranquilo, en paz. Dejó la linterna a un lado, apuntando hacia la tumba, y cogió la pala. Un trueno ensordecedor partió el cielo en el mismo instante en que la clavó en la tierra. Siguió cavando sin descanso mientras la noche se iluminaba con descargas azuladas que dejaban en el aire un penetrante olor a ozono, entre el rugido desgarrador de nuevos truenos que parecían anunciar la llegada del fin del mundo.

Después de cavar durante quizá veinte minutos, estaba completamente empapado. Sentía las ropas pesadas y frías sobre su piel. El agua se acumulaba en el hoyo, y hacía que sus pies quedaran sumergidos bajo un charco de lodo. Pero la tormenta comenzaba a alejarse con la misma rapidez con que había aparecido, y la lluvia iba perdiendo su fuerza hasta que se convirtió en una llovizna apenas perceptible. Al poco, cesó por completo. La luz mortecina de la linterna, que ahora estaba dentro de la fosa, comenzaba a desvanecerse lentamente.

Enrique hundió de nuevo la pala en el barro, pero esta vez se oyó un sonido distinto al golpear contra el suelo. Dejó la herramienta a un lado y se puso de rodillas en el fondo del agujero. Frenético, metió sus brazos dentro del agua sucia y palpó con las manos la áspera superficie de un ataúd de madera.

Había llegado el momento de comprobar hasta qué punto estaba en lo cierto. Lo que pensaba parecía descabellado, y Enrique sabía que rara vez las cosas descabelladas tenían sentido. Sin embargo, las piezas que su cerebro había ido juntando coincidían de un modo tan perfecto que excluía la casualidad. Creía que en esa Navidad de 1938 no fue un monje lo que enterraron bajo una cruz de madera, sino la más valiosa reliquia del monasterio, aquella que Fernández de Córdoba le arrebató a César Borgia: la Sábana Santa auténtica, que éste robó de alguna forma a los Saboya y que or denó copiar a Leonardo da Vinci para engañarlos; el Sudario de Cristo que se mantuvo oculto en Poblet durante siglos, en las secretas cámaras de sus sótanos, bajo el atento cuidado de hombres como Gilles. La idea de enterrarlo en una tumba debió ocurrírsele al anciano y valeroso abad. Puede que incluso ya la hubiera pensado mucho antes en previsión de esos tiempos oscuros. Enrique no lo sabía. Pero sí estaba seguro de que Gilles, como todos los hombres sabios, pensó que su plan no era infalible, y previó la solución a lo único que podía hacerlo fallar: su muerte y la de todos cuantos supieran dónde se había ocultado el Sudario. Si eso llegaba a ocurrir, éste quedaría sepultado para siempre bajo tierra. Así es que ordenó que enterraran el Lienzo en un lugar concreto del cementerio, junto al poste que se correspondía con la estrella Cástor de la constelación de Géminis, pues él conocía la peculiar forma de aquél. Y luego marcó la estrella en la cámara subterránea, con la esperanza de que, si todos los frailes morían, alguien fuera capaz de encontrar la Sábana Santa interpretando las pistas que había dejado.

Ahora, casi sesenta años después, él, un apasionado estudioso de los templarios, las había seguido una por una y lo habían llevado hasta allí, hasta un humilde ataúd de pino inhumado bajo la tierra de un cielo extraño.

La mayor parte del agua que cubría el féretro se había filtrado ya a la sedienta tierra. Enrique podía ver la ajada madera, tan frágil después de los años que casi se deshacía bajo sus dedos. Los herrumbrosos clavos apenas opusieron resistencia cuando se ayudó del pico para levantar la tapa. Con sumo cuidado para evitar que cayera barro dentro, fue levantándola hasta que el interior del ataúd quedó al descubierto. El ritmo de su corazón se aceleró al ver un bulto en el fondo. Inclinándose hacia delante lo agarró por los lados y lo extrajo con dulzura. Estaba envuelto en un paño grueso y tosco, que Enrique tuvo que rasgar para dejar al descubierto una pesada arca de plata ennegrecida por el tiempo. No tenía grandes adornos; sólo unos relieves con figuras que debían de ser de santos. Pero era precisamente su sencillez lo que la hacía hermosa, el digno receptáculo de una reliquia. Con dedos temblorosos por la emoción, retiró el pasador que cerraba la tapa. Al abrirla, las bisagras emitieron un leve quejido, pero no se resistieron. Cogió la linterna del suelo, sorprendido de que aún funcionara, y dirigió su luz al interior del arca. Una tela de seda oscura le impedía ver lo que había debajo. Se miró las manos, que tenía manchadas de barro, y las frotó contra su camisa empapada para limpiárselas. Después, volvió a iluminar con la linterna el arca mientras retiraba la tela lenta y respetuosamente.

–¡Oh, Dios...! –murmuró sabiendo que no podría contener las lágrimas, al ver por fin lo que ocultaba.

En aquel lugar, llorando de alegría bajo un cielo de verano cuajado otra vez de estrellas, Enrique siguió contemplando el sereno y tenue rostro de la Sábana Santa. Y sólo entonces comprendió por qué, de entre todos los hombres, Leonardo da Vinci había merecido ser llamado el *Divino*.

Epílogo

1998, París

Hacía ya seis meses que el profesor Enrique Castro había enviado la Sábana Santa al Vaticano. Desde entonces, nada más había sabido de la misma, aunque sus pensamientos continuamente regresaban al Lienzo en busca de paz y sosiego para su alma. Las grandes preguntas de la humanidad tenían siempre respuestas extrañas y complejas. No es sencillo fiarlo todo a la razón ni tampoco a la fe. Quizás el ser humano esté condenado a no poder entenderse a sí mismo, cegado irremisiblemente por el velo de su propia esencia. O puede que sea como el pez de acuario, inmerso en su pequeño mundo sin ver que, más allá, hay un universo insondable. En cualquier caso, pensaba Enrique, cada hombre debe, con auténtica honestidad y en la medida de sus posibilidades, alzar su mirada hacia el cielo para tratar de vislumbrar lo que hay sobre su cabeza.

El hallazgo de la Síndone había sido un punto de inflexión en su vida, tanto personal y profesional como espiritual. Más de un pilar que creía sólido en su modelo de pensamiento se había tambaleado, e incluso llegado a caer hecho pedazos. Seguía siendo un hombre eminentemente racionalista, pero había comprendido que la inteligencia debe servirse de todas las realidades del mundo, sin excluir alguna de ellas sólo porque dificulte la construcción del edificio mental. Ahora, puede que su pensamiento fuera menos sólido, pero también se sentía liberado de la esclavitud de una lógica excesivamente rígida y demasiado humana.

A veces no lograba comprender cómo se había atrevido a llegar tan lejos, desenterrando en secreto y en plena noche, bajo aquella pavorosa tormenta, el ataúd que contenía la Sábana, o atravesando, en el aeropuerto de Barajas, los arcos de seguridad con ella en su maleta, camuflada entre sus prendas. Si la policía aduanera la hubiese registrado, él quizás estaría en la cárcel por expoliar el patrimonio histórico-artístico español. Aunque la Síndone, pensaba, debía pertenecer a la humanidad en su conjunto y no estar escondida, por mucho que eso la protegiera. Así pensaba también Germán Arranz, que tanto lo había ayudado en su investigación, y que había estado de acuerdo en que la estudiara a fondo en su país. De hecho, él guardó en España el arca de plata que la contenía hasta que fue enviada a Roma. Como historiador, Enrique siempre había defendido la postura de que todo monumento, libro antiguo o resto arqueológico debe estar al alcance de cualquier persona. Protegidos frente a cualquier atentado contra su integridad o posible robo, sí, pero no tanto que se impida su disfrute. Lo contrario sería casi equivalente a perderlos.

En el caso de la Sábana Santa, esta idea era aún más fuerte. Todos, creyentes y ateos, deberían poder contemplarla en su rara majestuosidad. Enrique estaba seguro de que su decisión, compartida por el padre Arranz, de devolverla al Vaticano, su legítimo dueño moral, había sido acertada. Sin embargo, estaba extrañado de que su gabinete de prensa no hubiera emitido nota alguna al respecto de su recuperación. Un tiempo de estudio para comprobar su autenticidad era comprensible, pero ya había pasado aproximadamente medio año desde que la enviara a Roma. Y esto, a pesar de que había incluido una copia del informe que, en secreto, él y diversos colegas suyos de la Universidad Autónoma de México, especializados en las distintas ramas del conocimiento, y sin ningún afán de notoriedad, habían realizado sobre la Síndone, obteniendo resultados muy sorprendentes e incluso desconcertantes.

Sus dudas eran profundas. Pero aquel lunes, 25 de mayo de 1998, quedarían resueltas. Se encontraba en París disfrutando de unos días de vacaciones con su esposa Mercedes. Aquella mañana habían visitado la Torre Eiffel, el «mostruo» de hierro forjado que pesaba más de seis mil toneladas. Después de tomar un delicioso, pero caro, *café au lait* en su lujoso restaurante, fueron al museo del Louvre. Allí contemplaron la *Gioconda*, la más célebre pintura de Leonardo da Vinci, protegida tras un grueso cristal blindado para evitar atentados contra su integridad, que ya habían sucedido antes. Y, como todos los que tenían la oportunidad de observarla con detenimiento, quedaron fascinados por la expresión de su rostro. Sus ojos y su sonrisa podían evocar tanto simpatía cándida como maldad turbadora. Era un enigma que, seguramente, nunca se dilucidaría por completo.

La visita al Louvre resultó muy agradable para el intelecto pero demasiado fatigosa para las piernas. Al salir, sin embargo, y por deseo expreso de su esposa, se encaminaron al Sena, donde los populares *bouquinistes* venden en sus puestos multicolores toda clase de objetos antiguos, libros, láminas, monedas... Casi a la hora del almuerzo, se sentaron cansinamente en un banco a orillas del río. Enrique había comprado un periódico, y lo estaba ojeando con desinterés cuando vio una noticia que llamó poderosamente su atención. Era una pequeña crónica de la última visita del papa Juan Pablo II a la Sábana Santa de Turín... La Sábana Santa que había sido falsa desde el siglo XVI.

JUAN PABLO II RETA A LA COMUNIDAD CIENTÍFICA A REALIZAR NUEVOS ESTUDIOS SOBRE LA SÁBANA SANTA

El Santo Padre viajó ayer a Turín para venerar el Santo Sudario de Cristo y reavivó con sus declaraciones la controversia sobre su autenticidad.

Aclamado por millares de fieles, el Papa visitó por tercera vez la Sábana Santa en Turín, acompañado por el primer ministro de

Italia, Romano Prodi, y por el cardenal Giovanni Saldarini, arzobispo de la ciudad y custodio de la reliquia. Visiblemente cansado, y dando muestras de su delicado estado de salud, el Pontífice veneró de rodillas el Santo Sudario, uno de los más preciados símbolos de la Cristiandad y hacia el que profesa una especial devoción.

La Sábana Santa, custodiada por los duques de Saboya en el Duomo de Turín desde hace casi cinco siglos, fue calificada por el Papa como «símbolo del martirio infligido al Crucificado y a millones de hombres desde entonces por la barbarie de sus semejantes», pero también un inigualable «testimonio del Evangelio y muestra del amor divino y el pecado de los hombres».

En su discurso posterior, el Sumo Pontífice afirmó que la Sábana Santa es «un desafío a la inteligencia que requiere de cada ser humano, especialmente de los científicos, un esfuerzo para dilucidar su auténtico significado». También mencionó la «profunda fascinación ejercida por la Síndone, que ha llevado a plantear preguntas transcendentales sobre la concordancia entre el Santo Sudario y la pasión de Cristo narrada por los evangelistas».

El Papa retó asimismo a la comunidad científica internacional a llevar a cabo nuevos estudios sobre el Lienzo, más allá de los realizados en los años setenta: «La Iglesia insta a abordar el estudio de la Síndone sin posturas preconcebidas, actuando con absoluta libertad y respeto, ya sea de los científicos o de los fieles».

FINIS

Sicut umbra dies nostri

Conclusión del estudio de la Síndone

Informe *Gilles*

Este informe, denominado Gilles en honor del profesor francés que llegó hasta la Sábana Santa en el monasterio de Poblet, no pretende especular con los hechos que se deducen del estudio de la Síndone. Las informaciones aquí presentadas se derivan estrictamente de las observaciones, pruebas y ensayos realizados durante su estudio, salvo cuando se indique expresamente una suposición. Cualquier error que se hubiera cometido no se debería, por tanto, a la transgresión de las fronteras marcadas en toda investigación científica rigurosa.

Tampoco se pretende demostrar la identidad del hombre del Lienzo, ni si en verdad era Jesucristo. A pesar de ello, cabe destacar que todos los miembros del equipo llegaron a la conclusión, absolutamente personal, de que el margen de duda es pequeño a la luz de los resultados obtenidos, comparándolos especialmente con los relatos evangélicos. Por encima de la casualidad o el azar, el hombre de la Sábana era un ser de cualidades excepcionales. Si el hombre que fue amortajado con este sudario, que nosotros llamamos Sábana Santa, era o no el Hijo de Dios es y seguirá siendo una cuestión de fe; pero si alguien pudo alguna vez serlo, ése fue él.

Por último, como aclaración necesaria y oportuna, debe mencionarse que el cabello encontrado en el tejido de la Síndone, y que se ha utilizado para realizar el estudio genético del individuo al que pertenecía, se envió al Vaticano, en una caja de acero hermética, junto con la propia Sábana. Además, todas las pruebas de ADN utilizadas en los experimentos han sido destruidas ante el riesgo de que, llegado el caso y si cayeran en manos indeseables, pudiera considerarse la posibilidad de crear un clon del individuo analizado, sea quien fuere.

Tejido de la Síndone

La Sábana Santa está compuesta por una fibra de lino de excelente calidad (*Linum ustatissimum*), con algunas, aunque muy escasas, fibras de algodón (*herbaceum*) entremezcladas. El tipo de tejido se conoce como *sarga de cuatro en espiga* o *cola de pescado*. Este procedimiento de hilado sólo se conoce en Europa desde el siglo XIV, pero las muestras más antiguas que se conservan datan del siglo II a. C., halladas en tumbas egipcias. Se conserva un lienzo similar, no de lino, que pertenece a la XII dinastía de Egipto, datado entre los siglos XVIII y XX a.C.

Fue confeccionada a mano en telar de pedal de lizo alto (tipo de telar conocido en Egipto desde al menos treinta siglos antes de Cristo). El hilo de la trama contiene treinta y ocho fibras por centímetro cuadrado. El de la cadena, veintiséis por centímetro cuadrado. Los distintos espesores de la tela demuestran que las madejas fueron hiladas por varias personas.

El tamaño exacto del Lienzo es 4,36 m de largo por 1,10 de ancho. Quizá pueda encuadrarse, en cuanto a su procedencia, en la ciudad de Palmira, el centro más importante de producción textil a lo largo del siglo I d.C. Esta ciudad se halla muy próxima a Damasco, la actual capital de Siria.

El peso de la Sábana Santa, de una ligereza extraordinaria por su altísima calidad, muy flexible y tupida, depende de las condiciones ambientales, especialmente de la humedad. Puede, sin embargo, fijarse entre los valores límite de 240 y 290 g por metro cuadrado. De este modo, la Sábana completa tiene un peso total que, aproximadamente, oscila entre los 1.150 y los 1.390 g.

Características físicas del hombre del Lienzo

El hombre del Lienzo (sin tener en cuenta el acortamiento de la pierna izquierda, producido por causas relacionadas con su muerte) medía de altura entre 181 y 182 cm, era antropométricamente[1] perfecto (no muestra ningún defecto en su físico) y de constitución atlética. Se ha calculado un peso aproximado de 80 kg y una edad en torno a los treinta o treinta y cinco años.

Por el estudio de su fisonomía y sus características corporales, no puede afirmarse con claridad que el hombre del Lienzo perteneciera a la raza semita; sus rasgos sólo lo sugieren vagamente, y su altura y constitución no se corresponden con las del judío medio de hace dos mil años. Más fácil es encuadrarlo, aunque resulta menos preciso por su amplitud, en el tipo mediterráneo.

Tortura del hombre del Lienzo

El cuerpo del hombre del Lienzo presenta azotes repartidos por toda su extensión, salvo en la zona pectoral izquierda, con el objeto presumible de evitar un eventual paro cardiaco. Las regiones más castigadas son el pecho, los hombros y el dorso; en menor cuantía, las piernas, nalgas y vientre. En la flagelación se emplearon dos látigos distintos, cada uno con dos correas y cada correa con dos bolas (probablemente de plomo o hueso) en sus extremos, del tipo conocido como *flagrum*. Se cuentan aproximadamente ciento veinte golpes repartidos por todo el cuerpo.

1. La antropometría forma parte de la antropología, y se encarga de estudiar las medidas y proporciones del cuerpo humano.

El hombre del Lienzo fue clavado (¿a la cruz?) por las muñecas, entre los huesos del carpo,[2] sin fracturar el huesecillo semilunar del mismo. El clavo destinado a la muñeca derecha no penetró bien entre los huesos, y se torció por causas desconocidas; hubo que clavarlo de nuevo al menos una vez más (quizás incluso en dos ocasiones). Por eso la herida de esta muñeca es mayor (unos 15 × 20 mm) y de forma oval. Los nervios medianos fueron dañados por los clavos, quedaron en tensión y provocaron el alargamiento de los dedos y la contracción de los pulgares hacia el interior de las palmas. Los propios clavos provocaron la hemostasia,[3] lo que impidió que el hombre del Lienzo se desangrara.

Los pies se clavaron juntos, uno sobre el otro, atravesando el astrágalo,[4] y provocando un alargamiento de la pierna derecha durante el tiempo del martirio. El hombre del Lienzo, definitivamente, no era cojo. La pierna izquierda se muestra más corta porque, al estar flexionada tanto tiempo (¿en la cruz?), se mantuvo así posteriormente debido a la rigidez *post mortem*. La rodilla izquierda estuvo doblada sobre la derecha.

La tristemente célebre corona de espinas, usada para escarnio del condenado, fue en realidad un casco. Produjo lesiones en las zonas frontal, parietal-temporal y occipital (frente, sienes, región superior y nuca) de la cabeza del hombre del Lienzo, en una distribución aureolar y homogénea. Se cuentan unas treinta heridas distintas claramente confirmadas. Las más importantes llegaron hasta la vena frontal y la rama frontal de la arteria temporal. El mayor reguero, sinuoso, cruza la frente; la sangre es densa. Su forma se debe a la contracción del músculo frontal, como reacción convulsiva al dolor. El arbusto empleado en su confección recibe el nombre de «Espino de Cristo», o *Ziziphus spina Christi*.

2. Región del esqueleto de la mano, compuesta por ocho huesecillos dispuestos en dos filas, que se articula con el antebrazo y el metacarpo.

3. Estancamiento de la sangre.

4. Hueso en la parte superior y media del tarso, que se articula con la tibia.

cuyas espinas presentan la forma de dobles ganchos muy puntiagudos.

Ya muerto (la herida no muestra turgencia en sus labios), el hombre del Lienzo recibió una incisión profunda en el costado, producida por un instrumento puntiagudo y cortante, que se introdujo casi horizontalmente. La herida es perfectamente visible, aunque la sangre ha dejado una marca más difusa y una coloración poco intensa. Esta herida se localiza exactamente en el hemitórax[5] derecho, con salida de sangre y suero (*post mortem*), sobre el costado derecho y hasta la región lumbar, entre la quinta y la sexta costillas. El desgarro, de márgenes abiertos y sin aspecto de coagulación, demuestra que se produjo sobre un cadáver. La lanza que se empleó, probablemente, fue una *lancea* romana, usada habitualmente por los legionarios en época imperial. La hoja presenta un diseño oval, capaz de atravesar músculos y dislocar costillas; es como una típica hoja vegetal, pero más alargada.

Se observa un ligero hundimiento del hombro derecho por causas desconocidas. Es posible que se debiera a un tirón del verdugo dado a la pierna derecha para clavarla en la *stipes*,[6] admitiendo que el hombre del Lienzo muriera en la cruz.

El hombre del Lienzo cargó en sus espaldas con un pesado madero (¿el *patibulum*[7] de la cruz?) cuyo peso, por las marcas en la espalda y hombros, debió de ser de entre 60 y 70 kg, que hizo penetrar más las espinas de la «corona» en la región de la nuca. Este madero produjo una zona irritada y magullada, casi cuadrada, de aproximadamente 9 por 10 cm, en el hombro derecho (región supraescapular[8] y acromial[9]). Otra marca parecida, aunque de menor tamaño, aparece en la zona escapular izquierda. El grosor del madero debía de rondar los 15 cm, por lo que, en relación con el peso, se deduce que su longitud debió de ser de entre 1,60 y 1,70 m.

5. A media altura de la cavidad torácica.
6. Madero vertical de la cruz.
7. Madero horizontal de la cruz.
8. Por encima del omóplato.
9. Parte del omóplato que se articula con la clavícula.

El hombre del Lienzo fue atado por los tobillos.[10] También muestra marcas de cuerdas en muñecas (manos atadas y flagelación), brazos, axilas y pecho, estas últimas posiblemente debidas al madero que tuvo que cargar a sus hombros.

Recibió crueles golpes en el rostro. Se aprecia una clara desviación del arco de la nariz hacia la izquierda, así como una zona irritada y magullada debida a un golpe enérgico. La región cigomática[11] derecha aparece también tumefacta. El golpe fue propinado con un bastón o garrote de unos 5 o 6 cm de diámetro, y llegó desde el lado derecho, dado con la mano izquierda (a la costumbre judía). Produce efectos más graves en la nariz. Otras marcas de fuertes golpes se observan en el pecho y el vientre. Los labios están muy inflamados. Una parte de la barba fue arrancada, presumiblemente, de un tirón.

El hombre del Lienzo cayó al suelo, en repetidas ocasiones y en superficies bastante irregulares (empedrado o adoquinado basto), durante sus diversos tormentos. Sus rodillas están claramente magulladas, sobre todo la izquierda.

El reguero de sangre que cruza completamente la espalda del cadáver a la altura de la cintura se debe a la herida de lanza en el hemitórax, y se produjo con toda probabilidad al bajar al hombre de donde estuviera clavado (¿la cruz?).

Sobre sus párpados, al amortajarlo en el sepulcro, se colocaron sendas monedas de bronce de tamaño pequeño, similar aproximadamente al de las cuencas de los ojos. Ésta es una costumbre judía, ya se trate de monedas como de otra clase de elementos (cerámica, piedras, etc.). Las monedas probablemente eran *leptones*.[12]

Antes de envolverlo, ataron la cabeza del cadáver con un pañuelo por debajo del mentón, para mantener la boca cerrada en la

10. Si fuera Jesús, sería probable que se tratara de los otros dos condenados durante el *via crucis* hacia el Calvario (Gólgota).

11. Pómulo o mejilla.

12. Moneda de bronce de Judea.

sepultura. El hombre del Lienzo llevaba el cabello sin cortar (intonso), y se le recogió en la nuca en una envoltura que caía más abajo de la base del cuello. Esta forma es típica de la cultura esenia de Palestina de hace dos mil años.

La rigidez que se observa en el cadáver, muy evidente, con la cabeza hundida en el pecho, es típica de los crucificados, como demuestran diversos testimonios históricos.

Análisis del Lienzo

Adheridos a la tela se encuentran restos de cera, fragmentos de cuerpos de insectos, esporas y polen, lana y pequeñas hebras de seda rosa y azul.

En el estudio palinológico[13] se han detectado, entre las fibras del Lienzo, granos de polen de plantas desérticas del tiempo de Jesucristo y la región de Palestina, idénticos a los hallados en los estratos sedimentarios del lago Genazaret, con una antigüedad de dos mil años.

También se han hallado granos de polen que demuestran su paso por Constantinopla, Francia, Italia, Asia Menor (Edesa) y España, entre otros menos representativos. Esta diversidad, que no existe de un modo natural en ningún lugar del mundo, demuestra que ha viajado mucho y aporta pruebas de los itinerarios recorridos. Algunos granos son de especies extinguidas, por lo que no han servido para el estudio. Pero otras especies aún existen y pertenecen a dichas regiones geográficas.

Se ha hallado una gran cantidad de partículas de óxido de hierro y hierro puro (un componente de la sangre), en mayor cuantía sobre las manchas de las heridas mayores. Esta cantidad demuestra que se vertió mucha sangre. A veces atraviesa el tejido. El hecho de que no se difundiera más en la tela por capilaridad indica

13. La palinología es la parte de la botánica que estudia el polen y las esporas, vivos o fósiles.

que era muy espesa (el cadáver estaba deshidratado). Estas partículas están en toda la extensión de la Sábana, probablemente debido a que se guardaba plegada.

Las manchas de sangre están repartidas por todo el Lienzo. Han perdido cualquier resto orgánico que permita identificarla como tal (aunque su formación parece evidente). Tampoco hay vestigio químico de sangre. A la luz ultravioleta no se ha producido fluorescencia, luego no hay hemoglobina. La prueba con bencidina ha resultado negativa: no ha habido transformación de color. Negativo también el examen microespectroscópico en busca del hemocromógeno. Negativa la cromografía de estratos ultradelgados. Las proteínas específicas de la sangre quedan desnaturalizadas y pierden las características que permiten identificarlas. Sí se emite el espectro de la metahemoglobina desnaturalizada, es decir, sangre muy antigua. Búsqueda de bilirrubina, positiva. Con luz reflejada, se vio el color azul típico de la azobilirrubina. Test de la fluroescamina, positivo. Se detectan proteínas de la sangre.

Se han encontrado proteínas animales en algunas zonas del Lienzo, pero sólo en las manchas de sangre, y no en toda la superficie, como sucedería en un lienzo preparado por un pintor. Estas proteínas están unidas a otra sustancia orgánica, la seroalbúmina, que sólo se encuentra en la parte serosa de la sangre. En la prueba de disolución en hidracina, los fragmentos difundieron el color rojizo característico del hemocromógeno.

Análisis de la impronta del Lienzo

La imagen del Lienzo se considera una impronta en el sentido de que no se ha formado por contacto, ni mediante acción química o bacteriológica (revelado por el estudio de rayos X). No hay ninguna clase de pigmento en el tejido. Se descarta, asimismo, la naturaleza térmica de la imagen por la época en la que se formó.

La imagen es sumamente superficial; no traspasa las fibras más exteriores del lino, ni siquiera en las zonas más oscuras. La mayor oscuridad corresponde a las regiones donde hay más fibras impresionadas (es decir, que no es más intensa en cada fibra por separado). Sólo aparece imagen en la cara de la Sábana que estuvo en contacto con el cadáver. Bajo las manchas de sangre no hay impronta.

Las fibras con imagen están erosionadas. El lino en esas zonas se ha deshidratado y oxidado más velozmente que el resto de la Sábana. La impronta está creada por una descomposición acelerada de ciertas partes del lino. El verdadero color de la imagen es gris neutro. Parece sepia por el tono amarillento del lino y la iluminación externa.

La imagen es tridimensional. Sus diferencias de oscuridad sólo dependen de la distancia. El grado de intensidad es inversamente proporcional a la distancia de la tela al cuerpo.

La impronta es un auténtico negativo fotográfico de la figura del hombre del Lienzo (salvo las manchas de sangre, que están en positivo). Las zonas claras se ven oscuras y viceversa. Pero carece de perspectiva (no hay un foco radiante localizado y puntual). La imagen se formó por una radiación que emitió el propio cuerpo. Su naturaleza se ignora, y no hay ninguna hipótesis que permita enunciar una teoría satisfactoria.

Análisis genético del hombre del Lienzo

En este apartado es conveniente introducir una reseña explicativa, que sirva para comprender con claridad los conceptos más importantes que emplea la ciencia genética. El análisis llevado a cabo con el hombre del Lienzo como sujeto se ha realizado mediante su cadena completa de ADN,[14] obtenida de un cabello encontrado en el tejido.

La herencia genética de los seres humanos se transmite de generación en generación, aportando cada progenitor la mitad de la

14. Ácido desoxirribonucleico.

misma a los hijos. Un individuo tiene pares de unidades genéticas, aunque en la transmisión (óvulo o espermatozoide: los gametos), sólo interviene una secuencia simple. Cada unidad genética se denomina gen, y el conjunto de éstos, que se encuentra en los cromosomas, es el genoma, una larga hélice enrollada de ADN.

El hombre tiene veintitrés pares de cromosomas, es decir, cuarenta y seis en total. Cada gen de un cromosoma tiene un espejo en el cromosoma correspondiente: son genes homólogos. Esto es así porque cada gen específico ocupa una posición invariable en un cierto cromosoma, llamada lucus. A lo largo de los cromosomas se localizan unos cien mil genes distintos (varios miles relacionados con enfermedades hereditarias), algunos muy pequeños y otros tremendamente grandes. Entre ellos hay, habitualmente, código genético aparentemente inútil. En la actualidad se conoce el 30 % del mapa del genoma o, dicho de otro modo, unos treinta mil genes.

Cuando un individuo posee los dos genes homólogos de una pareja idénticos, se dice que es homocigótico respecto de ese gen. En caso contrario, siendo cada gen homólogo diferente, el individuo es heterocigótico respecto del mismo. Cada forma distinta de un gen se denomina alelo. Y de los dos genes, en caso de ser diferentes, sólo se manifestará en el individuo el que tenga el rasgo de dominante, quedando oculto el recesivo. Únicamente en caso de que se hereden dos alelos recesivos se mostrará ese rasgo. Pero, aun sólo teniendo un alelo recesivo, y aunque no se muestre el rasgo, se puede transmitir el gen a los hijos y generaciones posteriores.

En ciertos casos, un rasgo determinado depende de varios o muchos genes (poligenético, en oposición a uno solo, monogenético), y de la combinación de sus alelos. Y en algunas ocasiones, inclusive, la combinación de alelos puede inducir rasgos intermedios. Hay que tener en cuenta que la mayoría de los rasgos más importantes del hombre responden a la suma de diversos genes.

Características físicas

-Complexión atlética.
-Talla elevada.
-Hombros y cadera anchos.
-Cabeza alargada (dolicocéfalo[15]).
-Piel clara.
-Cabello castaño claro, ligeramente ondulado.
-Barba casi rubia.
-Nariz larga.
-Labios medios.
-Orejas pequeñas.
-Cejas negras y redondeadas.
-Ojos verdosos-parduscos.
-Grupo sanguíneo AB, factor Rh+.
-Todos los sistemas físicos potencialmente aptos.
-Ninguna alteración cromosómica.
-Ninguna anomalía congénita monogénica ni poligénica.
-Muy alta resistencia a las alergias.
-Ausencia de genes de enfermedades hereditarias.

Características psíquicas

-Inteligencia poderosa. Cociente intelectual, aislando los factores ambientales, en torno a 150 (menos del 1 % de la población).
-Amplias capacidades inductiva y deductiva.
-Capacidad memorística elevada.
-Elevada aptitud para la abstracción.
-Gran estabilidad emocional.
-Habilidad muy alta en actividades somáticas.
-Excelente coordinación psicomotriz.
-Ninguna enfermedad mental hereditaria.

15. Índice cefálico inferior a 0,77.

La conclusión más relevante del estudio genético ha sido descubrir que el hombre del Lienzo no tiene ninguna pareja de alelos recesivos, es decir, que el sujeto analizado nunca es homocigótico respecto de un gen recesivo. Sus genes homólogos son siempre ambos alelos dominantes, o uno dominante y el otro recesivo. Esto supone que el hombre del Lienzo muestra sólo los rasgos contenidos en los alelos dominantes o rasgos intermedios, ya que no es posible que un cierto rasgo se muestre con claridad, perteneciendo a un alelo recesivo, en un individuo heterocigótico respecto de ese gen.

Entre los treinta mil genes conocidos y ubicados en el mapa del genoma humano, sólo un 10 % se han verificado en sus diversos alelos. Éstos son unos tres mil genes en los que el hombre del Lienzo presenta siempre, al menos, un alelo dominante. La probabilidad de que esto suceda en un ser humano es, consecuentemente, de 1 cada $2^{3.000}$. Para hacerse una idea clara de la magnitud de este número, hay que decir que es infinitamente mayor que un *gugol*,[16] el mayor número usado por los matemáticos. La probabilidad de que todos los seres humanos de la Tierra resultasen agraciados con el primer premio de la lotería durante todos los días de sus vidas es incomparablemente mayor que la del hecho expuesto.

Versión de los Evangelios

Mateo

(En el palacio de Caifás.) Entonces se pusieron a escupirle en la cara y abofetearlo; otros le daban golpes, diciendo: «Adivínanos, Cristo, quién te dio».

(En el palacio de Pilatos.) Entonces les soltó a Barrabás; y a Jesús, después de azotarlo, se lo entregó para que fuera crucificado. / Después de desnudarlo, lo vistieron con una túnica de púrpura y,

16. 10 elevado a la centésima potencia.

tejiendo una corona de espinas, se la pusieron en la cabeza. / Le escupían, le quitaban la caña y le daban con ella en la cabeza.

(Vía Crucis.) Después de burlarse bien de Él, le quitaron la túnica, le pusieron sus ropas y lo llevaron a crucificar.

(Crucifixión.) Los que lo crucificaron se repartieron sus vestidos a suertes.

(Referencia a la Sábana Santa.) José [de Arimatea] tomó el cuerpo, lo envolvió en una sábana limpia y lo depositó en su propio sepulcro nuevo, que había hecho excavar en la roca.

Marcos

(En el palacio de Caifás.) Algunos se pusieron a escupirle y a taparle el rostro: le abofeteaban y decían: «Profetiza». Y los criados le daban bofetadas.

(En el palacio de Pilatos.) Le pusieron un manto de púrpura, le ciñeron una corona de espinas y se pusieron a saludarlo: «Salve, rey de los judíos». Y le golpeaban en la cabeza con una caña, le escupían y, rodilla en tierra, le hacían reverencias.

(Vía Crucis.) Cuando lo sacaban para crucificarlo, obligaron a llevar su cruz a un transeúnte.

(Crucifixión.) Lo crucificaron y se repartieron sus vestidos, echando suertes sobre ellos, para ver lo que le tocaba a cada uno.

(Referencia a la Sábana Santa.) Compró éste [José de Arimatea] una sábana, lo bajó, lo envolvió en ella, lo puso en un sepulcro cavado en la roca y rodó una piedra a la puerta del sepulcro.

Lucas

(En el palacio de Caifás.) Los que custodiaban a Jesús se burlaban de Él y lo golpeaban; y como lo habían cubierto con el velo, le preguntaban: «Profetiza quién te pegó».

(Vía Crucis.) Cuando lo llevaban [a crucificar], echaron mano de un tal Simón de Cirene, que venía del campo, y le cargaron la cruz para que la llevara detrás de Jesús.

(Crucifixión.) Llegados al lugar llamado Calvario, lo crucificaron allí.

(Referencia a la Sábana Santa.) Entonces, un hombre llamado José [...], de Arimatea [...], se presentó a Pilatos y le pidió el cuerpo de Jesús; después de bajarlo, lo envolvió en una sábana y lo puso en un sepulcro excavado en la roca, donde nadie había sido puesto todavía. / Pedro, sin embargo, se levantó y fue corriendo al sepulcro: al asomarse, sólo vio los lienzos; y regresó a casa admirado de lo sucedido.

Juan

(En el palacio de Pilatos.) Entonces Pilatos tomó a Jesús y lo azotó. Los soldados trenzaron una corona de espinas y se la pusieron en la cabeza, y también un manto de púrpura; luego se acercaban a Él y le decían: «Salve, rey de los judíos», y le daban bofetadas.

(Vía Crucis y crucifixión.) Tomaron a Jesús que, cargado con la cruz, salió hacia el lugar llamado de la Calavera –en hebreo Gólgota–, donde lo crucificaron.

(Crucifixión.) Los soldados, después de crucificar a Jesús, tomaron sus vestidos e hicieron cuatro partes, una para cada soldado, y la túnica.

(Lanzada.) Cuando llegaron a Jesús, al verlo muerto, no le rompieron las piernas; pero uno de los soldados le traspasó el costado con una lanza, y seguidamente manó sangre y agua.

(Referencia a la Sábana Santa.) Tomaron [José de Arimatea y Nicodemo] el cuerpo de Jesús y lo envolvieron en lienzos con aromas, como acostumbraban los judíos a sepultar. / Los dos [Simón Pedro y ¿el propio Juan?] iban corriendo juntos; pero el otro discípulo corría más que Pedro y llegó antes al sepulcro y, agachándose, vio los lienzos tirados, pero no entró. Enseguida llegó Simón Pedro, entró en el sepulcro y vio los lienzos tirados y el sudario que había cubierto su cabeza, no tirado con los lienzos, sino envuelto en un lugar aparte.

Jesús o el gran secreto de la Iglesia

Ramón Hervás

Una fascinante y polémica visión de un Jesús inédito.

Este ensayo es esencial para comprender, profundizar y saber que hay de cierto en los inquietantes temas que se encuentran en la ficción de *El Código Da Vinci* y otros muchos misterios que la novela no menciona.

Los descubrimientos que desvela este libro suscitarán grandes polémicas y desconcertarán tanto al creyente como al agnóstico. Las investigaciones para las controvertidas cuestiones que se plantean, se han desarrollado a partir de los datos que ofrecen los Evangelios sinópticos, así como otras fuentes heterodoxas de la tradición.

JESÚS O EL GRAN SECRETO DE LA IGLESIA es una fascinante aproximación a la figura de Cristo, su vida y su linaje. Los orígenes de Jesús han sido ocultados durante siglos, así como la verdadera relación que mantuvo con las tres Marías que marcaron su vida: su madre, Magdalena y Salomé. Jesús tuvo un hijo con Magdalena, a quien no conoció y qué nació en Occitania y que, con el tiempo, este primer heredero del linaje de Cristo dará origen al mito del Santo Grial.